Asesinato En Cannes

Una novela del detective Maldonado

Pablo Poveda

Nova Illice Media Pub

Copyright © 2024 por Nova Illice Media Pub

NOVA ILLICE
MEDIA PUB

Corrección: Ana Vacarasu

ISBN: 9798343540857

Imprint: Independently published

Todos los derechos reservados

No se permite la reproducción total o parcial de esta obra, ni su incorporación a un sistema informático, ni su transmisión en cualquier forma o por cualquier medio (electrónico, mecánico, fotocopia, grabación u otros) sin autorización previa y por escrito de los titulares del copyright. La infracción de dichos derechos puede constituir un delito contra la propiedad intelectual.

1

«En esta vida, lo que es bueno acaba matándote», pensó mientras mojaba un pedazo de pan en la tapa de callos madrileños que le habían servido en la barra de la Tabernita de Domínguez, un clásico de Bravo Murillo. Aunque aún faltaban unas horas para la comida, no iba a rechazar un plato de callos. Después de todo, no sabía si más tarde tendría ocasión de llevarse algo a la boca.

Al detective no se le había perdido nada en Tetuán, de no ser por el trabajo. Otro aburrido caso de infidelidades. En esta ocasión, se trataba del futuro esposo de una viuda adinerada que se acercaba a la recta final de su vida. El investigado, un galán cincuentón y cazafortunas, veinte años más joven que ella, con la carrera de Derecho sin terminar, sin oficio ni ganas de obtener uno, pero con el descaro suficiente para ir saltando de herencia en herencia. La clienta, en este caso, no era la viuda, sino su hija, que rechazaba por completo la relación de su madre con el seductor. Le había encargado al detective que obtuviera pruebas fehacientes de que el hombre era infiel, para así sacar a su madre del hechizo en el que estaba inmersa. Y es que el amor es ciego, pero la familia, no, decía Maldonado.

El caso nunca le atrajo, pero sí el dinero que le iban a pagar por espiar a un sinvergüenza. Después de dos semanas de vigilancia, averiguó su rutina y logró destapar el secreto que escondía.

Dio un trago a su doble de cerveza y se limpió el bigote de espuma que le dejó en el labio. Después, comprobó la hora en su viejo reloj de pulsera. Las agujas se habían detenido de nuevo.

«Maldita sea, otra vez...», murmuró, dándole varios golpecitos a la esfera, pero el mecanismo no reaccionaba.

«Ojalá fuera tan fácil detener el tiempo en esta vida», pensó, al aceptar que el viejo reloj había dejado de funcionar. Lamentablemente, tendría que pasar de nuevo por el relojero, se dijo, o buscar una alternativa que le diera la hora correcta. Levantó la mano y se acercó a la barra para llamar la atención del camarero.

—¿Otra cerveza? —preguntó este, al ver que la copa estaba casi vacía.

—¿Podrías decirme qué hora es?

—Sí, claro... —respondió, algo sorprendido. Pedir la hora estaba comenzando a ser un hábito del pasado—. Las doce menos cuarto.

—Perfecto. Hora de pagar... Dime qué te debo, por favor.

Maldonado sacó un puñado de monedas y pagó de más para dejar propina. Finalmente, dio el último trago a la cerveza para aclararse la garganta y buscó el paquete de lights que llevaba en el bolsillo interior de su Barbour. Se despidió y se alejó de la barra para abandonar el bar.

Al salir a Bravo Murillo, miró hacia el cielo todavía cubierto de nubes y encendió un cigarrillo. Luego, comprobó que la cámara portátil que guardaba en el bolsillo del pantalón tenía suficiente batería. No sería la primera vez que la tecnología le fallaba. Debía apresurarse si no quería que la oportunidad se le escapara. En un cuarto de hora, no muy lejos de allí, entraría en acción.

Fumó en silencio mientras caminaba hacia el paso de peatones. En el camino, se vio reflejado en el espejo tintado de un vehículo aparcado en el carril bus, y no reconoció al hombre que veía en él.

«Para lo que hemos quedado, tronco», se dijo, pensando que jamás habría imaginado acabar haciendo de paparazzi a la carta. Suspiró, dio una larga calada al cigarrillo y lo apagó en una papelera antes de cruzar.

2

La estrecha calle de Juan de Olías tenía todo lo que un escenario de rodaje podía necesitar: una farmacia, un bar, un estudio de tatuajes, una nave de almacenes para empresas y una tienda de alimentación latina. A diferencia de otros callejones que salían de Bravo Murillo, este tenía un aspecto renovado y limpio, con las fachadas de los viejos edificios restauradas y construcciones medianamente nuevas. El aspecto reflejaba el cambio que el barrio estaba experimentando lentamente durante la última década. Una transformación que aumentaba el valor del suelo, de los alquileres y que modificaba drásticamente la clase social que lo habitaba. Caminó tranquilo, calle abajo, buscando alguna señal que lo pusiera en alerta. Se asomó a la puerta del bar y leyó la carta que había en el exterior, ilustrada con imágenes: patatas bravas, gambas a la plancha, jamón, alitas de pollo... pero también pato frito, sashimi de salmón, gyozas a la plancha y rollitos de primavera.

«Carajo, venir con hambre y no tener otro sitio», pensó, y se asomó a la puerta para echar un vistazo a la clientela. Los bares regentados por chinos eran así. Algunos se esmeraban en copiar las recetas clásicas de las cocinas de los bares, hasta mejorarlas. Era un ejercicio inteligente, pues mantenían a la clientela original. Otros preferían adaptar la carta, mezclando lo local con lo patrio. Poco a poco, bares como ese inundaban la ciudad, pero al detective no le importaba; prefería que un cocinero asiático preparara las raciones de oreja antes que ver la ciudad infestada de cafeterías de brunch e infusiones para adelgazar.

Lo único que le sorprendió del lugar fue que hubiera gente consumiendo en su interior, dado el estado de suciedad que se observaba desde la entrada.

«A falta de pan, buenas son tortas», pensó, y siguió caminando, cuando advirtió el rótulo azul del hostal Falfes, a escasos metros de allí. Sospechó que el sujeto debía estar a punto de llegar. Se detuvo frente a la tienda de alimentación, al otro lado de la calle del hostal. Ahora debía esperar y disimular. Echó un vistazo a la calzada, intentando evitar sorpresas desagradables. Si tenía que correr, no le costaría hacerlo hasta el final de la calle. Buscó el paquete de lights para matar el rato y pasar desapercibido, pero se dio cuenta de que se había fumado el último cigarrillo en el camino.

De pronto, el tendero del local, que también era asiático, se asomó a la calle. Sus ojos se cruzaron con los del detective.

—¿Tenéis tabaco?

El hombre negó con la cabeza y sacó un cigarrillo para él. Lo encendió y después señaló al bar por el que el detective había pasado segundos antes.

—El bar de allí tiene máquina —respondió—. Maldonado lo miró en silencio, esperando que lo invitara a uno, pero el hombre no parecía entender sus códigos.

—Está bien saberlo... ¿Me invitarías a uno de esos? —le preguntó, aunque la negativa ya estaba escrita en la cara del otro—. Luego compraré unos chicles...

El hombre, que no iba a entrar en el juego del expolicía, bajó la guardia y le tendió el paquete de L&M rojo. No eran sus lights, pero pensó que menos daba una piedra.

—Solo efectivo.

—Por supuesto... —agradeció el gesto y le devolvió el paquete. Cuando colocó el cigarrillo entre sus labios y acercó el mechero para encenderlo, notó una silueta que se acercaba por la acera de enfrente. La llama prendió la punta del cigarro. Maldonado aspiró con fuerza y desvió la vista hacia la puerta del hostal.

«Ahí lo tienes», se dijo, al reconocer al sujeto que le habían encargado espiar. Vestido de traje y sujetando un maletín negro de piel, caminaba decidido hacia el hostal. Con disimulo, el detective sacó la cámara del bolsillo, la encendió y la colocó a la altura de la cintura. Entonces disparó una ráfaga para capturar el momento. El hombre entró en el edificio y se perdió tras la puerta.

Ahora debía cazar a la damisela por la que arriesgaba su herencia. Por la experiencia de los días anteriores, calculó que la amante no debería tardar en llegar.

—¿Llevas hora? —preguntó al tendero.

—Las doce.

—Gracias... —dijo, y siguió fumando sin perder de vista la escena.

—Problema.

—¿Qué? —preguntó, confuso.

El hombre señaló con la cabeza al hostal y luego cruzó los brazos en la espalda.

—Chino saber cuándo problema.

Aunque no dudaba de que el hombre sabía tanto o más que él, antes de que terminara la frase, avistó a una mujer despampanante que se acercaba al hostal. Maldonado comprendió enseguida que no era ella el problema al que se refería el sabio asiático. Detrás de la mujer, un Audi Q5 aparcó en doble fila y de él bajaron dos hombres corpulentos con la cabeza rapada, camisetas de licra y pantalones de traje.

«Mierda...», pensó, al asociar aquella estética con la mafia eslava. Luego

miró al hombre. Este terminó su cigarrillo con toda la templanza budista que lo habitaba, como si allí no fuera a pasar nada.

—Chino saber —repitió el tendero y entró en la tienda. De inmediato, la persiana automática comenzó a bajar.

—¡Eh, espera! —exclamó, pero el hombre no le hizo caso.

Desconcertado, el detective se quedó unos minutos en la calle, expectante ante un desenlace que no auguraba nada bueno con aquella combinación.

La puerta del hostal se abrió de golpe y el donjuán salió corriendo, aún con el maletín en la mano. Para entonces, la calle estaba despejada, excepto por el coche aparcado en la esquina. Los ojos desesperados del tipo se cruzaron con los del detective, que supo reconocer el miedo a la muerte en su mirada. Acto seguido, los dos matones aparecieron en la calle y un tercero bajó del vehículo.

El seductor corrió hacia Maldonado, en busca de ayuda, pero su intento fue en vano. Los hombres con camisetas de licra desenfundaron sus armas y le apuntaron a la espalda.

Uno.

Dos.

Tres.

Maldonado se tiró al suelo antes de oír el primer disparo y gateó medio metro en dirección a Bravo Murillo, para escapar.

Cinco explosiones potentes como una traca de truenos retumbaron en la estrecha calle y se clavaron en la espalda del hombre. Habría sido un milagro que siguiera con vida.

Aun así, logró avanzar unos metros y se desplomó entre dos coches. Finalmente, el cuerpo cayó frente a la puerta de la tienda de alimentación, ahora cerrada a cal y canto. El impacto contra el suelo fue el punto final de su carrera, y un charco de sangre comenzó a brotar alrededor del cadáver. Maldonado, que seguía protegiéndose la cabeza, vio caer al hombre a escasos metros de él, con la mirada desesperada y el maletín aún en la mano. Sin embargo, su atención se centró en el objeto y se preguntó qué habría en su interior para costarle tan caro.

En ese momento, uno de los matones apareció en su campo de visión.

El corazón del detective se detuvo, y también su respiración. La cara del hombre era la de quien solo puede ganar, porque ya lo ha perdido todo en la vida.

Ambos se miraron durante un instante. Maldonado guardó silencio, pensando que a veces era mejor no decir nada. Si iba a morir, probablemente el otro ya lo había decidido. Sin embargo, si no lo había hecho, no debía darle motivos para meterle una bala en la cabeza.

Finalmente, el hombre cogió el maletín de piel del cadáver y regresó al coche. Cuando Maldonado recuperó la respiración, vio a la mujer abandonar el hostal y desaparecer por la esquina. El Audi aceleró hacia Bravo Murillo y se incorporó al tráfico. El detective se puso en pie y miró a ambos lados de la calle, sorprendido de que nadie saliera del bar ni de la farmacia. Luego miró por última vez al cadáver y pensó en hacerle una foto, pero reculó antes de disparar con la cámara.

«El caso está cerrado», se dijo, reflexionando sobre lo que había presenciado. Comprobó su reloj y vio que había roto el cristal de la esfera por el golpe.

«Lo que me faltaba».

Una sirena de policía se acercaba desde Infanta Mercedes.

Maldonado suspiró profundamente y, aunque no tenía reloj, supo que era la hora de largarse de allí.

3

El sol de la tarde entraba por la ventana y se deslizaba hasta el mueble del dormitorio. Cuando la sangre regresó a su cerebro, lo primero que pensó fue encender un light. Se quitó de encima la sábana y el brazo de la mujer que lo acompañaba. Con sigilo, se levantó de la cama, semidesnudo, vestido solo con una camiseta interior de tirantes y calzoncillos. Agarró el paquete de tabaco y se apoyó en la ventana. Tenía la boca seca, así que no dudó en darle un trago al vaso de agua sobre la mesilla de noche, antes de encender el cigarrillo. Luego, lo prendió, se apoyó en el alféizar y fumó en silencio, observando el final del paseo de la Castellana, el túnel de Sinesio Delgado y el flamante distrito financiero de las Cuatro Torres. Pensó que aquel era el «culo» de Madrid, o la «cabeza», según se mirara.

—¿Estás bien? —preguntó desde la cama, la mujer desnuda, cubierta por la sábana. Maldonado la miró unos segundos, sin responder—. Te he notado algo distraído.

—Un día complicado en el trabajo —contestó, sin dar más explicaciones. Maruja era una mujer bella, con el cabello teñido de rubio y algunos años más que él. Tenía un aire a Brigitte Bardot, pero de barrio, de «Tardofranquismo» y desarrollismo urbanístico. Las arrugas en su rostro le resultaban atractivas al expolicía, al igual que las curvas de su cuerpo moldeado por los años, a pesar de sus intentos por mantenerlas a raya.

—¿Estás seguro?

—No tengo razones para mentirte. Pero tampoco soy una picadora de carne. Hay días y días... Supongo que hoy es uno de esos.

Ella asintió, apretando los labios.

—Ven aquí —le dijo, haciéndole una señal para que le pasara el cigarrillo. Él se acercó a los pies de la cama y ella lo abrazó por detrás, acariciándole la oreja con los labios. Luego le quitó el cigarrillo de los dedos y fumó a su lado—. Puedes contarme lo que quieras, Javier. Sabes que aquí no hay peligro.

«¡Ja! Me encanta esa frase».

A pesar de todo, seguía distraído por lo que había presenciado horas antes. El donjuán había sido trinchado como un pollo, y ahora el detective debía encontrar la manera de explicárselo a la clienta. En su interior, libraba una batalla entre cobrar o contar la verdad, aunque tenía claro que lo primero le resultaba más doloroso, al menos a él.

Después de unos segundos, decidió que le contaría una mentira: diría que el hombre se había marchado con otra. Eso le rompería el corazón a la pobre viuda, pero evitaría un dolor innecesario. De lo contrario, convertiría a la víctima en un mártir, y su clienta no solucionaría el problema con su madre.

Sentado en la cama, con la mirada perdida en el horizonte, Maldonado recuperó el light que le había quitado Maruja, dio un par de caladas y se levantó. Por alguna razón, sintió que no debía perder más tiempo allí. Su relación con Maruja era esporádica, casual y, sobre todo, sin compromiso. Se conocieron en la barra del Museo Chicote, una de esas noches en que el detective, tras ganar en el casino de la Gran Vía, decidió celebrarlo. Para él, el Museo Chicote era un imán para turistas de fin de semana y un refugio de celebridades televisivas que disfrutaban del voyerismo ajeno. Pero también era un buen lugar para tomar una copa en el centro. Esa noche, la suerte se extendió, y fueron los ojos de Maruja los que se encontraron con los suyos en el espejo, mientras él bebía en silencio.

No fue una situación idílica, pero a cierta edad, tras varios bofetones de la vida, nada lo es. Ella había acudido con su marido, un empresario mayor que él, con cara de pocos amigos y sonrisa de cliente habitual de los clubes de la Colonia Fleming. En un encuentro fortuito en el baño, el detective y Maruja intercambiaron miradas, unos besos y, finalmente, los números de teléfono.

Días después, él amanecía en el apartamento donde ahora se encontraba, un piso que ella había heredado por un golpe de azar. Sabía que no era el único hombre en su vida y que, por encima de todos, estaba su marido, del que no pensaba divorciarse.

«Estoy a punto de dejarlo», le decía como una canción recurrente, pero él sabía que los hechos hablaban más que las palabras, y que detrás de sus promesas no había intención de actuar. Por suerte, no necesitaba convencerlo de nada.

Maruja hablaba del amor en términos que él no alcanzaba a comprender, pero no le importaba. Ella llenaba las horas y la soledad que a veces lo invadía. Sin embargo, cada vez que salía de allí, la sensación de vacío interior permanecía.

Se levantó de la cama y reparó en una rosa en un jarrón. La olió y supo que era reciente, probablemente regalo de otro amante. No comentó nada al respecto. Después, vio una revista sobre la cómoda, un magacín de cine. Maldonado detestaba la industria cinematográfica y a las personas que trabajaban en ella, empezando por los actores. Simplemente no los soportaba. En cambio, a Maruja le encantaba el cine y hablar sobre películas.

En sus conversaciones, ella le contó que en otra época fue actriz, pero su carrera duró poco. Pronto comprendió que la actuación implicaba sacrificios y decidió tomar otro camino, cuando conoció a su marido.

—Aún no me has llevado al cine. Podríamos ir esta noche a la filmoteca.

—¿La qué? No, gracias —dijo, mientras se colocaba el reloj roto—. Tengo que llevar esto al relojero.

—Los cines Doré, Javier. Esta semana ponen «Río Rojo», de John Wayne. Seguro que la has visto. Es un clásico.

—Lo siento, soy más de Bogart y Bacall. Además, ya lo hemos hablado: nos podrían ver juntos, y tú no quieres eso.

Ella sonrió con desdén, encendió otro cigarrillo y cruzó las piernas.

—Lo dudo mucho. Nadie de mi entorno pisa Lavapiés.

—No me sorprende... —dijo, suspirando—. Creo que es hora de marcharme, Maruja. Aún queda mucha tarde por delante.

«Bueno, realmente no lo creo».

—¿Ya te vas? Quédate un poco.

¿Qué tienes que hacer a estas horas? Has terminado tu caso...

—La mujer lo abrazó de nuevo. Empezaba a incomodarle. No es que no le gustaran sus caricias, pero prefería estar solo—. Dime que soy la única.

—No empieces...

—¿Hay otra, Javier?

—Se supone que no hablamos de nuestra vida privada.

—Es esa chica pelirroja que trabaja contigo, ¿verdad? He notado cómo la miras...

Él frunció el ceño.

«¿Qué demonios? Será mejor que te deshagas de ella».

Jamás le había hablado de Marla.

—¿Me has estado espiando?

—Puede ser.

—¿Puede ser? ¡Caray, Maruja! Esto no me lo esperaba. Somos adultos...

—No entiendes lo que me provocas por dentro. ¡Ven aquí, por favor! ¡Hagamos el amor otra vez, Javier! ¡Házmelo!

—¿Qué? No, disculpa —le dijo, apartándola con delicadeza, pero no fue suficiente. Cuando empezó a vestirse, notó que ella seguía de pie, desnuda, frente a la ventana.

—¿Cómo te atreves?

Él ya casi había terminado de vestirse. La miró de reojo mientras se ataba los cordones.

—¿A qué, mujer?

—¡Me siento insultada! ¡Jamás un hombre me ha rechazado así!

Él suspiró por la nariz. Olía el drama a kilómetros.

—Tal vez no era lo suficientemente hombre. Escucha, esto ha estado bien, pero está pasando de castaño a oscuro...

Antes de que pudiera terminar, el rostro angelical de la mujer se había transformado en el de una furia desatada. Maruja agarró el jarrón y lo lanzó contra él. En un acto reflejo, se protegió con las manos, pero la mala puntería de su amante hizo que el jarrón se estrellara contra la pared.

«¡Uf! Ha estado cerca».

—¡Lárgate de mi casa, cretino! —gritó—. ¡Eres un cerdo, cabrón! ¡No quiero volver a verte!

—Tus palabras son órdenes... —murmuró, esquivando un segundo objeto, antes de cruzar el pasillo. Salió del apartamento y bajó por las escaleras, mientras escuchaba cómo ella seguía rompiendo muebles.

«Una lástima», pensó cuando llegó a la entrada del edificio. Sabía que lo que empieza de manera abrupta suele terminar igual. Lo que no esperaba era que lo espiara, y eso lo puso en alerta. Ese tipo de comportamiento nunca auguraba nada bueno.

Al salir a la calle, decidió que era el momento de tomar un taxi, regresar al centro, ducharse, reparar el reloj, poner en orden su vida y, tal vez, ir al despacho a redactar el informe para su clienta. En ese momento, se preguntó si Marla seguiría allí.

Se acercó al borde de la acera y llamó un taxi. El coche no tardó en detenerse. De repente, una maceta impactó contra el suelo cerca de él. Su corazón se aceleró y miró hacia arriba.

«La madre del cordero...», se dijo, al ver a Maruja desnuda en el balcón, gritándole improperios. Entró al taxi y pidió al conductor que se largara cuanto antes. De lo contrario, temía que no viviría para contarlo. Y no iba mal encaminado.

4

Día 1.

Miércoles.

Era una de esas mañanas de marzo en las que el cielo de Madrid parecía más gris de lo habitual y la lluvia constante, pero suave, golpeaba las ventanas de la oficina de Maldonado como un eco de su estado de ánimo. La pequeña habitación donde trabajaba era un santuario de soledad y recuerdos.

Estaba sentado detrás de su escritorio, con un café para llevar que había comprado a primera hora y al que había añadido un generoso chorro de segoviano. La mesa, desordenada, estaba cubierta de papeles y archivos abiertos. Llevaba un rato revisando el último caso en el que había trabajado, sabiendo que al menos le permitiría pagar las facturas pendientes. No estaba siendo una buena época, había conocido tiempos mejores. Sin embargo, había aprendido que rechazar problemas de gran envergadura también significaba decir no a las grandes sumas de dinero. Últimamente, todo lo que llegaba al despacho eran trabajos para empresas, espionaje industrial y temas que olían a peligro desde lejos. Tras los últimos casos, había decidido no involucrarse en ningún asunto que fuera más allá de lo local, que no fuera fácil de resolver y, sobre todo, que implicara riesgo de muerte.

Por desgracia, tanto rechazo había terminado por silenciar el teléfono.

Las gotas de lluvia resbalaban por la ventana, distorsionando la vista de la ciudad. Maldonado se preguntó, una vez más, cómo había llegado a este punto. Había sido uno de los mejores en el Cuerpo de Policía Nacional, pero las circunstancias lo habían llevado hasta aquí, a esta oficina. Pensaba que la vida tenía una manera cruel de burlarse de las aspiraciones de un hombre.

El teléfono sobre el escritorio rompió la monotonía, sonando con fuerza. Era un aparato antiguo, de disco, con un timbre que resonaba en todo el despacho. Maldonado suspiró antes de tomar el auricular. ¿Quién diablos llamaba a esas horas?, se preguntó. Solo deseaba que no fuera Hacienda, el propietario del alquiler, o un nuevo caso conyugal. En los últimos meses, las llamadas eran de clientes desesperados por probar infidelidades o jóvenes buscando a padres ausentes. Nada que realmente despertara su interés. Estaba harto de todo el mundo.

—¿Sí? —respondió con voz áspera, frotándose los ojos para espantar el cansancio.

—¿Señor Maldonado? —La voz al otro lado era profunda, con un matiz de autoridad y urgencia.

—Tal vez. ¿Quién llama? —respondió, acomodándose en la silla, con una chispa de curiosidad. No era común recibir llamadas tan temprano.

—Mi nombre es Javier Salinas, soy abogado. Represento a la familia de Paco Guzmán. —Hizo una breve pausa, como si el nombre fuera suficiente para transmitir algo significativo.

—Escuche, si es por el golpe al coche, dejé mi número en el parabrisas... Tal vez el aire se lo llevó —improvisó Maldonado, consciente de que no había dejado nada. Aún sentía culpa por haber chocado el BMW nuevo, pero sin haber renovado el seguro de su viejo Golf, prefería evitar problemas.

—¿Cómo dice? No sé de qué me habla, señor...

—¿Cómo dice usted?

—¿Qué?

—¿De qué estamos hablando?

—De la familia de Francisco Guzmán, el cineasta.

Maldonado sintió un ligero cosquilleo en la nuca.

«Carajo. Espabila, detective».

Paco Guzmán era un nombre que resonaba en los círculos madrileños: un director de cine famoso por sus obras controvertidas y su estilo de vida excéntrico. Recientemente, había escuchado en las noticias que Guzmán había muerto, aparentemente en un accidente.

—Disculpe el malentendido. Ahora le sigo —respondió, neutralizando su tono—. ¿Qué puedo hacer por ustedes a estas horas? Debe ser urgente, por lo temprano que es...

La voz de Salinas se volvió más grave, casi conspirativa.

—¿Está informado de lo sucedido?

—Está hablando con un detective. ¿Por quién me toma?

—No parece estar muy despierto.

—Mis condolencias... Ahora, dígame en qué puedo ayudarles.

—Verá... La familia de Guzmán no cree que su muerte haya sido un accidente. Hay demasiadas inconsistencias, demasiadas preguntas sin respuesta. —Salinas hizo otra pausa, dejando que la información calara antes de continuar—. Necesitamos a alguien con experiencia, discreto, que pueda investigar sin atraer la atención de los medios.

«Ajá. Ya veo».

Maldonado se reclinó en la silla, viendo cómo las gotas de lluvia resbalaban por la ventana como lágrimas. Sabía leer entre líneas, y cada una de esas líneas solía tener un precio mayor al habitual. No era raro que las familias ricas quisieran mantener sus asuntos fuera del alcance de la prensa. Pero algo en el tono del abogado le hizo pensar que este caso podría ser más complicado de lo que parecía a simple vista. Además, la muerte de un cineasta tan influyente seguramente involucraba intereses poderosos.

—¿Qué tipo de inconsistencias? —preguntó finalmente, sintiendo cómo su curiosidad profesional se encendía.

Salinas exhaló, como si hubiera estado conteniendo la respiración.

—La policía cerró el caso demasiado rápido. Dicen que fue un accidente durante una fiesta en su casa, que Guzmán cayó por las escaleras. Pero los detalles son confusos, las declaraciones de los testigos no coinciden y algunos objetos personales de Guzmán han desaparecido. —Hizo otra pausa y cuando continuó, su voz bajó un tono—. Hay rumores de que estaba trabajando en algo grande, un proyecto que podría haber expuesto a personas poderosas.

Maldonado sintió cómo el interés se afianzaba. Este no era un caso cualquiera. Sin embargo, contaba con que el abogado ocultara algo más íntimo del director, algo común en las familias. La prensa ya había mencionado las prácticas sexuales poco convencionales del cineasta. Se levantó y caminó hacia la ventana, observando las luces de los coches reflejadas en el pavimento mojado de la Gran Vía.

—¿Por qué no acuden a la policía? —inquirió, aunque ya sabía la respuesta. Solo trataba de medir la urgencia.

—Ya lo he dicho. No podemos confiar en que lo mantendrían discreto, y si Guzmán fue asesinado, sus asesinos podrían estar vigilando a la familia. —La voz de Salinas se volvió más suave—. Necesitamos a alguien externo, que no esté en el radar de estas personas ni de las autoridades. Por eso pensamos en usted, señor Maldonado.

El detective asintió, aunque Salinas no pudiera verlo. Entendía lo que implicaba este trabajo: peligro, sí, pero también una oportunidad para enfrentarse a algo más grande que los rutinarios casos que solía aceptar. Después de todo, por mucho que intentara evitar el riesgo, este siempre acababa encontrándolo.

—Entiendo que ha sido usted quien ha dado conmigo, no la familia.

—Así es.

—¿Cómo me ha encontrado?

—Su nombre aparece en las páginas amarillas.

—¿Así quiere que confíe en usted?

El abogado carraspeó.

—Digamos que tenemos un contacto en común. Eso es todo lo que puedo decir por teléfono.

«Berlanga».

—De acuerdo, haber empezado por ahí —respondió Maldonado, con renovada determinación—. Veré qué puedo hacer.

La voz de Salinas mostró alivio.

—Gracias, señor Maldonado.

—No me las dé todavía. No he dicho que haya aceptado.

—Lo entiendo.

—Les saldrá caro, ¿lo saben?

—El dinero no es un problema en este caso. La familia está dispuesta a pagar lo necesario para conocer la verdad.

—¿Aunque no les guste?

—La mentira duele más, créame.

—Eso lo sabe usted bien.

Salinas ignoró el comentario.

—Le enviaré toda la información que tenemos. Le será útil para empezar. Manténganos informados.

—Lo haré —respondió Maldonado, colgando el teléfono, con una extraña sensación.

La oficina parecía más oscura que antes, pero no encendió la luz. Le bastaba la del flexo. Tomó su vaso de café y apuró las últimas gotas. Sentía la necesidad de un trago, pero al abrir el cajón del escritorio, descubrió que la botella de DYC estaba vacía.

«Demonios...», murmuró, mientras se recostaba de nuevo en la silla, con la mirada fija en la pared. Sintió un cosquilleo por dentro, una señal de que, finalmente, algo interesante había llegado a su vida.

5

La puerta de la oficina se abrió con suavidad, y Marla entró con dos cafés humeantes en las manos y un sobre del banco. Sus pasos eran ligeros, pero el eco de sus tacones resonó en la habitación, rompiendo momentáneamente la concentración de Maldonado.

Aquella mañana, vestía de manera sencilla, pero impecable: pantalón negro, blusa blanca y una chaqueta ajustada que resaltaba su figura. A pesar de su aspecto pulcro, había en ella un aire de desconfianza que solo desaparecía en presencia de Maldonado.

—Vaya, ¿ya estás aquí?

—Buenos días.

—Te he traído café —dijo Marla con voz suave, dejando la taza en el escritorio mientras sus ojos se posaban en el vaso de cartón vacío—. Un poco pronto, ¿no?

Maldonado asintió en silencio, concentrado en la conversación telefónica con el abogado.

—Alguien tiene que levantar el país.

—No me refería a eso... —respondió, evitando entrar en discusión, y se fijó en los documentos que él tenía delante—. ¿Quieres que redacte el informe para esa mujer?

—¿Eh? No, yo me encargaré.

Ella notó su distracción, algo habitual en él.

—¿Cómo terminó el asunto? ¿Lograste sorprender al cazafortunas?

—¡Ja! Esa es buena... Digamos que se encontró con su propio veneno.

Marla se apoyó sobre la mesa, interesada.

—Soy toda oídos.

Él la miró con seriedad.

—Se metió en un buen lío. Quizá tenía deudas con quien no debía... o una pelandusca lo engañó... El caso es que lo frieron a balazos... y yo estaba allí para verlo.

Marla, sintiendo la gravedad del tema, se inclinó hacia atrás, prudente. Sabía que un caso como ese podía traer complicaciones.

—¿Hiciste fotos?

—¿Qué? Ni hablar. Nadie tiene por qué ver eso...

—¿Qué le vas a contar a la clienta?

—Lo he estado pensando. Le diré que se fue con otra. Y punto.

—Eso es mentir, Javier. Saldrá en los periódicos. Se enterarán de lo ocurrido y le dará un infarto a esa mujer.

—Créeme, Marla. Esta vez prefiero no ser el que da las malas noticias.

Marla frunció el ceño, intuyendo que la preocupación de Maldonado iba más allá de ese caso.

—En ese caso, seré yo quien lo haga.

—No, tú tampoco. Mejor juega tu papel.

—Ha llegado una carta del banco, Javier —dijo, sacando el sobre de la parte trasera de su cintura y entregándoselo—. ¿Cómo van las cuentas?

—Bien, supongo.

—¿Has hecho las transferencias que te pedí?

—¿Eh? —preguntó, desconcertado, mientras abría el sobre. Los impagos del préstamo que había pedido para la reforma de la oficina seguían acumulándose. Era lo que pasaba por no tener un seguro que cubriera accidentes. Claro, cómo iba a prever que alguien intentaría prender fuego a su despacho—. Sí, claro...

—¿Qué dice la carta?

—Debe de ser un error.

Ella intentó quitarle la carta, pero él la esquivó, guardó el sobre en el cajón y cerró con la llave. Marla hizo un gesto de enfado, pero Maldonado cambió de tema.

—¿Qué sabes de cine, Marla?

—Me gustan las películas. ¿Por qué lo preguntas?

—Paco Guzmán.

—¿El director?

—Sí. ¿Qué sabes de él?

—Es bastante famoso. Sus películas han ganado muchos premios... ¿Quién no conoce «Todo sobre mi padre«» y «Cierra los ojos»? Por desgracia, leí que falleció hace poco.

—¿Eso es todo?

Marla entrecerró los ojos. Su instinto, afinado por trabajar junto a Maldonado, le decía que la pregunta escondía algo más.

Maldonado notó su expresión y, después de un breve intercambio de miradas, se recostó en su silla, enfocando toda su atención en ella.

—El abogado de la familia ha llamado esta mañana, poco antes de que llegaras. Quieren que investiguemos la muerte de Guzmán. No están convencidos con la versión oficial.

—¿Cuál es esa versión?

—Un accidente doméstico durante una fiesta. Se cayó por las escaleras. Fin de la historia. Pero ellos no lo creen. Desaparecieron pertenencias, los testigos se contradicen... En fin, un lío del carajo. Y al parecer, Guzmán estaba metido en proyectos importantes, probablemente relacionados con dinero. La familia sospecha que lo mataron.

—¿Y tú qué opinas? —preguntó ella, seria.

—Si dijera lo que realmente pienso, estaría en la cárcel.

—No seas bruto.

—Detesto el mundo del cine, ya lo sabes. Pero también sé oler el dinero a distancia. A mi parecer, es posible que estuviera hasta arriba de sustancias y no midiera bien. Una cosa lleva a la otra, y caerse por las escaleras no es tan complicado. Yo mismo lo he hecho después de unas copas.

—Hablo en serio, Javier.

—Y yo también, Marla. La cuestión es si quiero meterme en esto, o seguir cubriendo infidelidades.

Marla se cruzó de brazos, pensativa.

—¿Quieres mi opinión?

—Adelante. Aunque no te la pida, sé que me la darás igualmente...

—No me gusta. El hecho de que la familia te haya contactado huele a secretismo. Siento que el abogado no te ha contado todo.

—Probablemente. ¿Quién lo hace?

—Suena a que alguien está encubriendo algo, y si Guzmán estaba involucrado, podría haber gente muy peligrosa detrás de todo esto. —Sus ojos se encontraron con los de Maldonado—. ¿No lo crees?

—El peligro está a la vuelta de la esquina, querida. Pero tienes razón.

Maldonado asintió. Sabía que los casos más difíciles solían traer las mayores recompensas, aunque estas no siempre fueran monetarias.

—Mira, tal vez todo esto sea solo una excusa de la familia para no aceptar la vida que llevaba Guzmán... Pero precisamente por eso debemos aceptarlo. —El tiempo seguía corriendo, y él necesitaba respuestas.

Marla suspiró, enderezándose.

—¿Cómo han contactado contigo?
—Imagino que ha sido Berlanga.
—¡Ay! El inspector... En ese caso, debe de ser de confianza.
—Supongo.
—¿Has hablado de dinero?
—Les saldrá caro.
—¿Eso has dicho?
—Sí.
—Javier... Deberías establecer una tarifa clara. Luego pasan cosas...

Maldonado pensó en la deuda que tenía con el banco. Sabía cuál sería su precio.

—Todavía no he aceptado, pero quiero estar preparado. Antes de hablar con el abogado, quiero reunirme con Berlanga para asegurarme de que no hay trampas.

—Está bien —dijo Marla, bajando de la mesa con un saltito—. Entonces, vamos a estar preparados. Me pondré a buscar información sobre Guzmán y su muerte.

Maldonado sonrió levemente, un gesto raro en su rostro endurecido.

—¿Y esa sonrisa?
—A nada. Así se habla... Les he pedido que manden todo lo que tengan. Aunque mientan, toda información es útil. Haz tu magia, Marla.

Mientras ella se dirigía a su escritorio en la sala contigua, Maldonado se quedó un momento en silencio, mirando el reloj averiado. Después, descolgó el teléfono y marcó el número del inspector Berlanga.

—¿Javier?

—Así me llaman, a veces. ¿Estás ocupado?

El inspector musitó algo ininteligible. Maldonado pensó que quizá aún no había salido de casa.

—Supongo que es importante.

—Siempre lo es, Miguel. ¿Me invitas a un café?

—¿A ti? ¿Tan mal estás?

—Vete al cuerno. Solo te estoy pidiendo un café.

—Está bien... Dame media hora y te veo en el Oskar.

6

El Padrao exudaba el ambiente típico de un bar de policías a primera hora de la mañana, en pleno corazón de la ciudad: empleados públicos de los diferentes ministerios cercanos, transeúntes y algunos agentes de la comisaría de la calle de la Luna. Un ambiente muy distinto al que se respiraba al mediodía o al caer la noche. Maldonado tomó asiento junto a la puerta y la máquina de tabaco, bajo el mural de parches de diferentes cuerpos de policía europeos que decoraba la pared, y esperó a que limpiaran la mesa.

—Un café, por favor —pidió, mientras aguardaba la llegada de Berlanga.

El inspector no se hizo esperar. Al cabo de unos minutos, apareció por la entrada, tan impoluto como siempre: con la raya al lado, el cabello aún húmedo por la ducha y su clásica gabardina beige Burberry. Aunque su apariencia era poco común en el Cuerpo, Berlanga proyectaba una imagen respetable, más cercana a Bogart que al inspector Gadget.

—¿Llevas mucho esperando? —preguntó, comprobando la hora—. Maldito tráfico de la mañana.

Sin preámbulos, Maldonado fue al grano.

—Esta mañana he recibido una llamada del abogado de la familia Guzmán.

—Ah, es eso —respondió Berlanga, tomando asiento—. Una revisión del caso, ¿eh?

Pidió un café cortado y media barrita de pan tostado con aceite y jamón de York.

—Es un buen partido para ti. Es gente seria y pagan bien.

—¿Ya has cobrado tu comisión? —replicó Maldonado, sarcástico.

—No seas imbécil —dijo Berlanga, chasqueando la lengua—. Paco Guzmán hizo dinero, pero ya era rico de cuna. Lo de siempre. ¿De dónde crees que los bohemios sacan el dinero? O tienen un mecenas, o una familia.

—Me importa un cuerno de dónde venga el dinero. Me preocupa lo que quieren investigar. ¿Por qué no os encargáis vosotros?

—No es de nuestra competencia.

—¿Desde cuándo?

—Murió en Francia.

—¿Qué carajo hacía allí?

—El festival de cine.

—¿El de Cannes?

—Sí, y se pronuncia «Cann».

—«*Merci beaucoup*», hay que joderse...

—Por eso se encargan las autoridades francesas y la investigación está cerrada.

—¿Has tenido acceso a los informes?

—No, pero he confirmado la versión oficial con un contacto en la policía francesa. Murió por un accidente.

—Eso ya me lo ha contado el abogado.

—Estaba borracho y drogado. Cayó por las escaleras y se abrió la cabeza como un melón. No hay mucho que investigar.

—¿Qué dice la autopsia?

—¿Me escuchas? —dijo Berlanga, irritado.

El camarero sirvió los cafés y el pan tostado. Maldonado resopló.

—Cannes, ¿eh? —dijo, formando una imagen mental de aquel lugar. Nunca había visitado Francia, y lo poco que sabía de la Costa Azul lo había visto en películas antiguas—. No contaba con eso.

—¿Cómo? ¡Venga ya, Javier! Te has ido más lejos, has cruzado el charco. Viajar a Francia es como ir a Chinchón un domingo.

—No es lo mismo, Miguel. Son franceses.

—¿Y qué? Tú no lo entiendes porque estudiaste en un colegio francés.

—Quizá el que no lo entiendes eres tú. No tengas tantos prejuicios, ni tanto miedo.

—¿Perdona?

—Tómalo como unas vacaciones breves a gastos pagados. Te vendrá bien salir del país y explorar el continente. Además, se come muy bien.

—Es un viaje de trabajo.

—No me fastidies... Sabes que irás para nada. Descubrirás que todo es verdad y volverás con el trabajo hecho. Es dinero fácil, por eso recomendé tus servicios.

—Te lo agradezco, pero el dinero fácil siempre acarrea complicaciones.

Berlanga puso los ojos en blanco, dio un sorbo a su café y se limpió las manos con una servilleta.

—No voy a convencerte de que lo hagas. Ya somos mayorcitos para eso —dijo, observando el reloj de pulsera roto que Maldonado aún llevaba—. ¿Por qué sigues llevando un reloj que no funciona? ¿No pretenderás ir más rápido que las agujas?

—Eso es imposible, Miguel, pero me asombra tu ingenio a estas horas del día. Necesito llevarlo a un relojero. ¿Conoces alguno de confianza?

—Dame, anda —dijo, extendiendo la mano para que se lo quitara—. Conozco uno cerca de la Gran Vía. ¿De dónde sacaste esta reliquia?

—Lo encontré hace poco, en una caja de zapatos. Tiene valor sentimental.

—Con lo sentimental que eres, sería una pena que lo convirtieras en chatarra —insistió Berlanga. Maldonado accedió y le entregó el reloj—. No te preocupes, no te saldrá caro.

—Gracias.

—Tengo que ir a la comisaría —dijo Berlanga, sacando la billetera para pagar, pero Maldonado le hizo un gesto para que la guardara—. Llevamos una semana tranquila, pero quiero que me vean por allí, no vaya a ser que bajen la guardia.

—Saluda a ese cretino de Ledrado de mi parte —dijo Maldonado, dejando un billete para el desayuno de ambos.

A la salida del bar, el aire fresco de la mañana despejaba el cielo de nubes y comenzaba a aclararse, anunciando un día primaveral. Maldonado sacó un *light* del bolsillo interior de su Barbour y le ofreció uno a Berlanga, quien lo rechazó con la mano.

—Lo he dejado.

—Por enésima vez.

—Sí —replicó Berlanga, sonriendo. Maldonado fumó mientras caminaban por el estrecho callejón que conectaba con San Bernardo—. Piénsalo, Javier. Será un viaje corto. Esta gente tiene dinero de sobra y ningún reparo en gastarlo. Es probable que todo sea cosa de los padres, que no quieren ver manchado el nombre de su hijo.

—Lo hacen por ellos, no por el hijo. Toda madre sabe lo que tiene en casa.

—Puede ser. En cualquier caso, solo quieren confirmar lo evidente. Pocas veces es tan fácil.

—Lo pensaré.

—Te llamaré en unos días, cuando tenga el reloj listo.

—Gracias. Probablemente, estaré por la ciudad.

Berlanga levantó el pulgar y se despidió, caminando hacia San Bernardo con su habitual aire de superhéroe, mientras su gabardina se alzaba con el viento.

Maldonado se quedó pensativo unos segundos. No le hacía gracia viajar, pero la cuestión económica era importante.

«Francia, ¿eh?», pensó, imaginando baguettes, quesos, vinos y salchichón.

Terminó el cigarrillo, sacó su móvil y llamó a la oficina, a pesar de estar a escasos metros.

—¿Sí?

—Marla, soy yo.

—¿Llamas para decir que no vienes?

—¿Qué sabes de Francia?

—Tus preguntas me desconciertan. ¿Esta tiene truco?

—¿Has estado alguna vez allí?

—Sí... Hace años, en París.

—¿Son de fiar?

—¡Javier!

—¿Hablas francés?

—Lo estudié tres años en la escuela de idiomas. ¿Qué tramas?

—Nada preocupante. Dame el número del señor Salinas. Necesito hacerle una consulta.

Marla le dictó el número del despacho. Maldonado colgó y, tras varios intentos de pasar el filtro de la secretaria, logró hablar con el abogado.

—Señor Maldonado, disculpe las molestias. Tengo órdenes estrictas para filtrar llamadas.

—¿Puedo pasar por su oficina? Quisiera aclarar algunos aspectos sobre la petición de su cliente.

El abogado guardó silencio unos segundos.

—¿Le parece bien que almorcemos juntos hoy?

—¿Es una invitación?

—Sí, por supuesto —respondió Salinas, desconcertado por la duda—. Lamento no tener otro hueco, pero hoy es un día complicado para recibir visitas en el despacho.

—No se preocupe, me encaja. Prefiero los restaurantes a las oficinas. Dígame dónde es la reserva y allí estaré.

7

En un rincón discreto de la calle Julián Romea, entre patios ajardinados y sombras alargadas, se escondía un secreto bien guardado de la vieja guardia madrileña: el Restaurante Paolo. Maldonado había estado allí años atrás, cuando aún era policía, en una época en la que los éxitos se celebraban con manteles de tela y cristalería fina. El restaurante no aparecía en las guías de moda ni en las recomendaciones de los nuevos ricos, pero para quienes lo conocían, era un santuario del buen vivir, un lugar que había resistido los embates del tiempo como un veterano de guerra.

Al entrar por la puerta de madera, que recordaba a otras reliquias de la ciudad, como Richelieu o Milford, Maldonado no se sorprendió de que el abogado lo citara allí. La clientela, con soltura económica, se sentía como en casa en esos rincones escondidos, lejos de las modas y los flashes. Mientras esperaba que lo atendieran, Maldonado echó un vistazo al comedor, buscando el rostro de Javier Salinas. Los camareros, bien uniformados, guiaban a los comensales a través de una carta que evocaba el lujo de otra época: aguacates con gambas, cócteles de mariscos y pastas que traían recuerdos de cocina casera. Allí, el lujo residía en la autenticidad.

—Buenos días, señor —dijo el encargado—. ¿Tenía reserva?

—Yo no, pero el señor Salinas sí. A las 14 horas, si no me equivoco.

El encargado revisó la agenda y asintió.

—En efecto, el señor Salinas lo espera en el salón. ¿Me permite su abrigo?

—Por supuesto —respondió Maldonado, quitándose el gastado Barbour. Notó una mirada de repugnancia del encargado al recibir la chaqueta, un detalle que al detective le importó poco. Fue guiado hasta la mesa donde un hombrecillo delgado, de traje azul marino y pronunciada calvicie, lo esperaba. Al verlo, el abogado se levantó, ajustándose el botón de la americana. Maldonado notó su aire nervioso y lo comparó mentalmente con Fredo Corleone de El Padrino.

No parecía peligroso, lo que tranquilizó al detective.

—Señor Maldonado, gracias por venir —dijo Salinas, extendiendo la mano.

—Llámame Javier —respondió, mientras aceptaba el saludo y tomaba asiento.

—Estupendo. Bonito sitio, ¿no le parece?

—Sí, tiene buen gusto. Hace años que no venía, pero veo que todo sigue igual.

—Lo clásico no entiende de modas —comentó el abogado.

El metre se acercó para preguntar por las bebidas. Salinas pidió agua, lo que sorprendió a Maldonado.

—Un tercio de Mahou, bien frío, por favor —pidió el detective.

—Sé que puede sonar extraño... —empezó a justificar Salinas.

—Depende de cómo lo diga —respondió Maldonado con una sonrisa.

—Nunca he sido buen bebedor, y menos en las comidas de negocios —explicó Salinas, mientras el camarero servía la cerveza de Maldonado. Este tomó un largo trago y, sin rodeos, fue al grano:

—Yo no he venido a negociar, Salinas. No tengo nada que perder —dijo, clavando la mirada en el abogado—. Pero hay algo que no me contó por teléfono.

Salinas, algo nervioso, bebió un sorbo de agua.

—¿A qué se refiere?

—Me refiero a que Guzmán murió en Cannes. Eso lo cambia todo.

—Ah, sí, claro... —dijo Salinas, jugando con la servilleta—. Pero eso no altera nuestra propuesta.

—Francia no es España, Salinas. No tengo contactos allí, y trabajar en un país extranjero... no es fácil. Necesitaré algunos ajustes y, por supuesto, eso supondrá un gasto extra.

—La familia Guzmán cubrirá lo que necesite. No será un problema.

—Quiero un contrato firmado y un adelanto. No me gustan las sorpresas.

—Por supuesto, lo tendrá hoy mismo.

Maldonado bebió otro sorbo de cerveza y miró con interés a Salinas.

—¿De verdad creen que no fue un accidente?

—Así es. La familia está convencida de que algo más ocurrió. No creen en la versión oficial.

—¿Y usted? ¿Qué piensa de todo esto?

Salinas suspiró, como si estuviera debatiéndose, entre su deber profesional y su opinión sobre ese asunto.

—Don Francisco era... excéntrico. Ya sabe, un artista.

—Descuide, conozco bien el mundillo del cine. Estoy acostumbrado a las excentricidades. Pero, ¿de veras no pudo ser un accidente? Un tropiezo, un exceso de burbujas... La vida es frágil como una hoja seca.

—Lo que yo piense no importa, Maldonado. La familia quiere respuestas y cree que alguien le tendió una trampa. Ya sabe, esos proyectos mueven mucho dinero.

—No me lo está vendiendo muy bien, señor Salinas —comentó Maldonado, frunciendo el ceño—. ¿A qué clase de proyectos se refiere ahora?

—No a dinero sucio, si es lo que está insinuando.

—¿Existe otra clase de dinero? —respondió el detective con sarcasmo.

—Hablo de negocios legítimos, detective. La familia de Guzmán es muy conservadora. No entendían su arte ni aceptaban sus decisiones. Y en los últimos años, sus películas tomaron un cariz más personal... Quizá demasiado personal.

Últimamente, se codeaba con los peces gordos de la industria, o eso decía él.

Maldonado arqueó una ceja.

—Siga, si es tan amable.

—Don Francisco estaba trabajando en algo grande, algo que, según dicen, habría revelado verdades incómodas sobre su familia... y sobre la vida íntima de otros sujetos. La familia cree que eso pudo costarle la vida.

—Ah, ya veo... —Maldonado se dio cuenta de que, si quería más respuestas, tendría que ir a buscarlas a Francia—. Entonces, realmente creen que lo mataron por eso.

—La familia lo cree, y están dispuestos a hacer lo que sea para descubrir la verdad.

Maldonado observó cómo Salinas jugaba nerviosamente con su vaso de agua. No parecía un abogado despiadado, pero sí alguien que protegía bien sus intereses.

—Me queda claro. Dígame una cosa, Salinas, ¿qué tan involucrado está con ellos? Habla de Guzmán con mucha cercanía.

Salinas palideció ante el comentario de Maldonado.

—Era un buen tipo... Extraño, pero con talento. Nunca entendí sus películas, pero se veía que buscaba la aprobación de su madre. No soy psicólogo, sin embargo, está claro que el arte y el trauma van de la mano.

Maldonado, viendo que la conversación no avanzaba como esperaba, decidió cortar por lo sano.

—Mire, me encantaría quedarme y charlar sobre esto toda la tarde, pero tengo que ponerme en marcha. Ya he trabajado en casos similares, y la basura siempre sale a flote cuando destapas la alcantarilla.

—¿Puedo hacerle una pregunta? —interrumpió Salinas.

—Está en su derecho. Inténtelo.

—¿Ha trabajado antes en un caso tan particular como este?

—Ya le he dicho que sí, cuando era policía. Un político influyente que intentaba mantener su vida privada en secreto mientras todo a su alrededor se desmoronaba.

—¿Y cómo terminó?

«Mal», pensó Maldonado.

—La historia la cuentan los vencedores, aunque supongo que eso también lo sabe. No fue el mejor desenlace, pero al menos la familia duerme tranquila... espero.

Salinas asintió, aún procesando las palabras del detective.

—¿Está seguro de esto? —preguntó el abogado, casi con temor.

—Usted me ha llamado para que le ayude. No soy yo quien alberga dudas, pero tampoco prometo imposibles.

—Perfecto. De todos modos, le pondré en contacto con René Lacoste, un reportero independiente y amigo de don Francisco. Él fue quien nos informó de las posibles causas de su muerte.

—¿El de los cocodrilos? —respondió Maldonado, esbozando una sonrisa sarcástica. Fue la primera vez que vio al cliente esbozar una mueca.

—He dicho que René Lacoste es un periodista, no tiene nada que ver con esa marca. Le ayudará en lo que necesite.

—Estupendo. Necesitaré dos billetes de avión.

Salinas levantó una ceja.

—Pensaba que trabajaba solo.

—Mi asistente habla francés y será de gran ayuda en este caso. Necesitaré una intérprete. No será un problema, ¿verdad?

—No, claro que no.

—Y habitaciones separadas, por supuesto. Somos gente seria —bromeó Maldonado, poniéndose en pie. El abogado hizo lo mismo para estrecharle la mano.

—Gracias por su tiempo. Me ha aclarado muchas dudas. ¿Cuándo cree que tendrá algún avance?

—No puedo darle una respuesta aún, pero le seré franco —dijo, mirándolo directamente a los ojos—. Si lo que buscan es limpiar el nombre de don Francisco, no se lo puedo garantizar. Pero si están dispuestos a conocer la verdad, haré mi mejor labor.

—Me encargaré de que lo comprendan. Solo le pido discreción. No quieren más escándalos.

—Descuide, no dejaré que la prensa interfiera en mi trabajo.

—Buena suerte, señor Maldonado.

—Gracias. Tan solo confirme la transferencia de fondos. Eso es lo único que necesito.

8

Cuarenta minutos más tarde, tras un silencioso paseo, Maldonado apuraba su segundo tercio de Mahou, apoyado en la barra lateral del Don Oso de la calle Donoso Cortés. Había terminado una hamburguesa con queso, uno de los pocos lugares en Madrid donde el detective se permitía comer una, aunque solo en emergencias. La comida era correcta, sin más: sencilla, rápida, servida con precisión, casi militar. En una ciudad que respiraba los últimos vestigios de un pasado ya casi extinto, quedaba ese pequeño refugio para los amantes de lo auténtico y lo austero.

Pagó en efectivo, como era costumbre en el Don Oso, que no aceptaba tarjetas, y salió para dirigirse a la oficina. No esperaba encontrar a Marla allí, dada la hora. Encendió un light mientras caminaba hacia El Corte Inglés de Princesa, dándole vueltas a la reunión con el abogado. Al pasar por una boca de metro, se detuvo ante un quiosco y hojeó la prensa. Una noticia en la primera plana del Diario de Madrid captó su atención: «Cannes celebra su nueva edición con la sombra de Paco Guzmán detrás».

—¿Lo va a comprar? —preguntó el quiosquero, mirándolo por encima de las páginas.

Maldonado dio una calada y lo miró de reojo.

—¿Tanto le molesta? Estoy echando un vistazo.

—Es mi negocio —respondió el quiosquero, irritado—. Si quiere leer gratis, busque una biblioteca.

Maldonado bufó con disgusto, buscó un par de monedas y se las lanzó al quiosquero.

—Carajo, cómo está el patio... —murmuró mientras se alejaba, ignorando el comentario del quiosquero sobre el cambio de más.

Atravesó Princesa y se detuvo en una franquicia de café que le gustaba a Marla. Luego, entró en una tienda de ultramarinos de uno de los callejones y compró una botella de Magno. Justo antes de llegar a la oficina, adquirió dos cafés, asegurándose de que el suyo fuera en vaso largo, perfecto para mezclarlo con brandy.

Cuando abrió la puerta de la oficina, encontró a Marla sentada en su escritorio. El tiempo parecía detenerse allí dentro.

—Vaya, has vuelto —dijo ella, notando los cafés en una mano y la bolsa verde de plástico en la otra—. Día largo, ¿eh?

—Bastante —respondió Maldonado, dejando el café sobre un estante y apoyando la bolsa en el suelo antes de colgar su desgastado Barbour en el perchero. Finalmente, tomó la bolsa y su café.

—¿Te ha comido la lengua el gato? —preguntó Marla, con tono inquisidor—. ¿Qué tal la comida?

—No he comido en ninguna parte.

—¡Ah! ¿No?

Maldonado la miró de reojo, sintiendo que había algo más en su tono.

—¿A qué viene tanta pregunta?

—¿Por qué compras el diario a estas horas? Actúas raro...

Maldonado bajó la mirada al periódico que llevaba bajo el brazo.

—Esto es porque te olvidaste de comprarlo esta mañana.

Marla se levantó de la silla y lo siguió hasta su despacho. Maldonado dejó la botella de Magno sobre el escritorio y observó el tráfico en la Gran Vía desde la ventana. Podía sentir la presencia de Marla a sus espaldas, lo que lo incomodaba.

—¡Se acabó! —exclamó, girándose de golpe—. ¿Qué demonios quieres?

Marla sonrió, pero no dijo nada.

—¿Cuándo me lo ibas a contar? —preguntó finalmente.

—¿Contarte qué?

—¿¡Contarme qué!? —replicó ella, evidentemente molesta.

Maldonado, agotado, destapó la botella, vertió un largo chorro de brandy en su café y agitó la mezcla con la cucharilla de madera. Luego, alzó el vaso y la miró a los ojos.

—Salud —dijo, antes de beber un buen trago—. ¿Vas a hablar o qué?

Marla apoyó las manos sobre el escritorio.

—El secretario del señor Salinas llamó a la oficina. Preguntó por la documentación de los billetes de avión.

—¿Secretario?
—Sí, ¿por qué?
—No, nada. ¿Qué más?
—Dijo que eran dos billetes de avión a Cannes. Dos.
—Sí, lo sé.

Marla se acercó a él, con una enorme sonrisa, y lo agarró por los hombros.

—¡¿Nos vamos de viaje a Francia, Javier!?

El entusiasmo de Marla era evidente, pero Maldonado, prefiriendo mantener su fachada seria, se soltó de sus manos y caminó hacia el otro extremo del despacho con su café en la mano.

—Mañana por la mañana, como ya te habrán informado —dijo, sin darle importancia.

—¿Me habrías mentido? —preguntó Marla, con tono bromista.

—¿Sobre qué?

—Sobre lo de que sé francés —respondió ella, riendo—. Conozco algunas palabras, no te prometí fluidez.

—Suficiente. Ya lo sabes: mañana nos vamos a Francia. La familia Guzmán quiere respuestas, y les he dado mi palabra. Así que ve a casa y haz la maleta.

—Gracias, Javier.

Antes de que saliera, él la detuvo con un dedo en alto.

—Marla, es un viaje de trabajo. Quiero que tengas la mente despejada. No te emociones demasiado.

—¿Cómo?

—Ya me has oído. No cargues demasiado el equipaje.

—Es Francia, Javier, y la costa...

—Sé dónde está Cannes.

—Es "Cann" —le corrigió—, y no está en aguas internacionales.

—Todavía estoy a tiempo de dejarte en tierra firme —bromeó Maldonado, haciendo que ella sonriera—. Ahora, fuera, por favor. Ya no hay mucho más que hacer aquí.

—Por supuesto. ¡Ah! Sobre la estancia...

—Habitaciones separadas —la interrumpió él—. No te preocupes. Solo preocúpate por estar a tiempo en el aeropuerto.

—De acuerdo —respondió Marla, reprimiendo una sonrisa de alegría antes de recoger sus cosas y salir—. Hasta mañana.

—Adiós, Marla —dijo, mientras ella cerraba la puerta.

Cuando quedó solo, Maldonado suspiró. Había comprometido muchas cosas ya como para mostrarse débil. Abrió la ventana, dejó que el aire frío llenara la habitación y encendió un light. Sabía que no debía fumar allí, pero le daba igual. Luego, abrió el cajón del escritorio y sacó la carta del banco que había recibido esa mañana. Pensó en el caso del político que no logró cerrar y en la deuda que seguía arrastrando.

«Para bien o para mal, este viaje va a significar el enfrentamiento con ambas cosas», reflexionó, exhalando el humo en el silencio del despacho.

9

Día 2.

Jueves.

El amanecer teñía el cielo de Madrid con un gris plomizo, mientras Maldonado y Marla se abrían paso entre el bullicio del aeropuerto Barajas-Adolfo Suárez. Él, siempre meticuloso, había llegado con tiempo de sobra, con su bolso colgando del hombro y su inseparable Barbour verde cubriendo el resto de su atuendo. Al verla acercarse con una maleta en la mano, esbozó una sonrisa apenas perceptible, algo que solo aquellos que lo conocían bien podían notar.

Marla caminaba con decisión, sin mostrar ni rastro de la ansiedad que impregnaba el ambiente del aeropuerto. Maldonado agradecía su presencia en silencio. Tenerla a su lado le ofrecía un extraño consuelo que jamás admitiría en voz alta. A ojos de los demás, incluso parecían una pareja de verdad.

—Vaya. Me alegra verte aquí tan temprano y puntual —comentó él sin apartar la vista del tablero de salidas.

—¿Te sorprende? Eres tú el que siempre llega tarde a la oficina.

—Pero esto es distinto.

—No iba a dejar que te fueras sin mí, ¿no? —dijo ella, con humor—. No te imagino solo, perdido...

—¿Perdona? En todo caso, soy yo quien haría de niñera, ¿no crees?

Ella sonrió y ambos se encaminaron hacia el control de seguridad.

Pasaron por la revisión y abordaron el avión sin contratiempos, aunque el silencio entre ellos estaba cargado de una tensión anticipatoria. Maldonado sabía que se dirigían hacia algo más grande que cualquier caso anterior, y aunque no lo admitiera, intuía que esta vez sería diferente. Para Marla, en cambio, lo emocionante era el propio viaje, lo más aventurero que había hecho desde que trabajaba con él.

El avión despegó con la precisión de un reloj suizo y Maldonado cerró los ojos, sintiendo la vibración en el asiento. No le gustaba volar, y menos aún los despegues. Durante esos segundos en los que el piloto peleaba contra la gravedad, todo parecía depender de una frágil confianza en la tecnología. Por suerte, sabía que los accidentes eran raros. Marla, a su lado, trató de acomodarse lo mejor que pudo en el estrecho asiento, pero justo cuando comenzaba a relajarse, el respaldo del asiento de delante se reclinó bruscamente, aplastándola casi contra el suyo.

—¿Eh? —murmuró Maldonado, notando la incomodidad.

—No te preocupes, no pasa nada —dijo Marla, anticipando la reacción del detective, que ya fruncía el ceño—. Tengo un poco de espacio...

—¿Me tomas el pelo?

—Déjalo, Javier. Son solo unas horas. Me quedaré dormida.

Maldonado asintió, aunque su mandíbula se tensó. Se inclinó hacia delante y tocó suavemente el hombro del hombre que estaba sentado frente a Marla. El tipo, un ejecutivo trajeado, con cara de haberlo visto todo, giró la cabeza lentamente, su expresión de desdén clara.

—Disculpe, caballero. ¿Sería tan amable de echarse un poco hacia delante? —preguntó Maldonado con una voz suave pero cargada de advertencia—. Mi amiga necesita algo de espacio para no quedar atrapada como en un ataúd.

—¿Y a mí qué me importa? —replicó el hombre con desdén, ignorándolo y reclinándose aún más.

—Se lo estoy pidiendo de buenas maneras.

Marla suspiró, resignada, pero Maldonado no era del tipo que aceptaba un desplante tan fácilmente. El ejecutivo estaba cruzando una línea peligrosa.

Uno.

Dos.

—Javier, de verdad, no montes una escena —susurró Marla, preocupada por lo que vendría.

Respiró hondo.

El hombre comenzó a reírse.

La tensión creció en el pequeño espacio.

—Javier...

—Te doy mi palabra de que no haré nada —respondió, levantándose con calma.

Maldonado se acercó a la primera fila, quedándose frente al asiento del ejecutivo, que tenía los ojos cerrados y los auriculares puestos. El compañero del hombre, al ver al detective, lo miró asustado y trató de advertirle, tocando el brazo de su amigo. El ejecutivo abrió los ojos, sorprendido al ver al detective, y se quitó los auriculares, con cara de fastidio.

—Escúcheme bien, porque parece que no me ha entendido a la primera —dijo Maldonado en un tono bajo pero firme—. Si no endereza el respaldo ahora mismo, le garantizo que este será el peor vuelo de su vida. Y créame, soy muy bueno ajustando nudos de corbata.

El hombre intentó encontrar una pizca de broma en la mirada de Maldonado, pero no halló nada más que frialdad. Sin decir una palabra, el ejecutivo enderezó el asiento, lanzando una disculpa muda.

«Así me gusta», pensó Maldonado y suspiró.

Satisfecho, regresó a su asiento sin decir nada. Marla lo observó de reojo, con una mezcla de admiración y preocupación. Sabía que había ciertos límites que no debían cruzarse con él, y aquel pasajero había estado peligrosamente cerca de hacerlo.

Tras el pequeño incidente, ambos se relajaron en sus asientos. La luz del exterior entraba por las ventanillas, iluminando las nubes a su paso. Maldonado se colocó los auriculares y encendió la pantalla frente a él. Seleccionó «El Padrino I» y se sumergió en la familiar trama de la familia Corleone. Había visto la película incontables veces, pero siempre encontraba algo reconfortante en las palabras de Vito y Michael.

Mientras tanto, Marla miraba por la ventanilla, dejando que la tensión del incidente se desvaneciera. Sabía que, por más incómoda que fuera a veces su relación con Maldonado, había un vínculo entre ambos que iba más allá de las palabras.

El avión seguía su curso hacia Cannes, y aunque ninguno lo mencionara, ambos sabían que lo que les esperaba era mucho más complicado que un breve enfrentamiento con un ejecutivo maleducado.

10

El sol mediterráneo bañaba con su luz el aeropuerto de Niza, haciendo brillar las pistas y las terminales de cristal. Maldonado y Marla descendieron del avión y se encaminaron hacia la salida, mientras el murmullo de conversaciones en francés llenaba el aire. Él, acostumbrado a los tonos grises que Madrid había mostrado últimamente, no pudo evitar entrecerrar los ojos ante el resplandor del entorno. El paisaje era demasiado verde, lo que le llevó a sospechar que, a pesar del sol, debía de llover a menudo. A su lado, Marla caminaba con la misma calma y seguridad de siempre, aunque sabía que su jefe prefería la familiaridad de la capital española.

Una vez en la calle, Maldonado alzó la mano y consiguió detener un taxi, con la rapidez de quien sabe que el tiempo nunca juega a su favor. El conductor, un hombre robusto con bigote, los miró a través del retrovisor y soltó una ráfaga de palabras en un francés rápido y confuso.

—¿Cannes? —intentó Maldonado, su acento español chocando con las sílabas francesas como un coche sin frenos.

El taxista arqueó una ceja y respondió con una retahíla que sonó más a una ametralladora que a un idioma.

El detective lo miró con una mezcla de exasperación y humor, que se reflejaba en su expresión.

—No entiendo ni una palabra de lo que dices, amigo. ¿Puedes decir algo que no suene a que estás masticando un cigarro?

El taxista frunció el ceño y contestó con una frase que, aunque incomprensible, sonaba claramente insultante.

Marla, que observaba la escena con una sonrisa disimulada, intervino, inclinándose hacia el conductor y diciendo en un francés impecable a los oídos del expolicía:

—*Nous voulons aller à Cannes, s'il vous plaît.*

El taxista, sorprendido por la intervención de Marla, sonrió y asintió con la cabeza.

—*Ah, Cannes! D'accord, mademoiselle.*

Maldonado se recostó en el asiento, lanzándole una mirada divertida a Marla.

—¡Caray! ¿No decías que solo chapurreabas algunas palabras?

—Así es.

—Ya... Parece que tienes más talentos de los que dejas ver —comentó, tras la inesperada intervención—. ¿Alguna vez me contarás todas las cosas que sabes hacer?

Marla se encogió de hombros, sin perder la sonrisa.

—Prefiero que sea una sorpresa, jefe.

—Perfecto. A partir de ahora, serás tú quien hable.

El taxi los llevó a través de las calles de Niza y, finalmente, a la carretera que bordeaba la costa. El mar azul se extendía a su derecha, una vista que podría haber sido tranquilizadora si Maldonado fuera del tipo que disfruta de las postales turísticas. En cambio, su mente ya estaba enfocada en el caso, en los giros y recovecos que le esperaban en Cannes, y en descubrir la verdad sobre Guzmán. Para él, el trabajo no terminaba hasta que se cobraba.

Al llegar a la ciudad, las estrechas calles adoquinadas de Cannes se desplegaron ante ellos como un laberinto en el que cada esquina escondía una nueva historia. No le sorprendió que allí se celebrara el famoso festival de cine. Los edificios de colores pastel, los cafés abarrotados y las tiendas de lujo parecían invitar a un estilo de vida que Maldonado encontraba demasiado brillante para su gusto.

El taxi finalmente se detuvo frente a lo que parecía ser un bloque de apartamentos turísticos. Maldonado frunció el ceño, observando la fachada envejecida y los balcones de hierro forjado, que parecían haber visto días mejores.

—¿Esto es el hotel? —murmuró con ironía.

—No lo sé, pero parece que hemos llegado —respondió Marla, divertida ante la evidente decepción en el rostro de su jefe.

El taxista se giró y, con una sonrisa que solo un francés podría hacer parecer simpática, anunció la tarifa. Maldonado se llevó la mano al bolsillo y, al sacar el billete, se quedó mirando la cifra como si el papel mismo lo hubiera ofendido.

—Este viaje cuesta casi tanto como una buena botella de whisky —murmuró, entregando el dinero.

—*Bienvenue à Cannes, monsieur* —dijo el taxista con una inclinación de cabeza, mientras aceptaba el pago y se marchaba con una sonrisa.

El taxi desapareció cuesta abajo hasta el cruce que lo devolvía a la costa. Las gaviotas surcaban el cielo, el olor a salitre les envolvía y una agradable brisa les daba la bienvenida a la famosa ciudad francesa. Maldonado y Marla entraron en la recepción del bloque de apartamentos, un pequeño espacio decorado con muebles de los años setenta que no habían envejecido con elegancia. Confirmaron su reserva, recogieron las llaves y subieron por una estrecha escalera que crujía bajo sus pies.

El pasillo de la segunda planta estaba iluminado por luces de neón que parpadeaban intermitentemente, y las puertas de los apartamentos parecían no haber sido pintadas desde la época de esplendor francés. Sin embargo, al entrar en su apartamento, Maldonado se sorprendió gratamente.

—Vaya. No es una suite, pero he dormido en lugares peores.

—¿Qué dices? Está bien para lo que parecía...

El lugar era más acogedor de lo que había esperado, con dos dormitorios decorados con sencillez, pero también con buen gusto. El balcón daba a las bulliciosas calles de Cannes. A decir verdad, era mucho más acogedor que su apartamento en Madrid, pero, por alguna razón, había imaginado que Salinas les pagaría una estancia en un hotel de lujo.

—Por lo menos, tenemos dos dormitorios. El abogado ha cumplido su palabra.

—¿Sabes, Marla? Muchos son ricos porque no gastan... Pero, bueno, como dice el refrán: a caballo regalado no se le mira el diente —comentó mientras dejaba la maleta en el suelo y observaba alrededor—. Y, francamente, he visto peores agujeros en los que dormir.

Ella sonrió y asintió.

—Y la ubicación es buena. Estamos en el centro, cerca de todo.

Maldonado se asomó al balcón, observando la ciudad de tejados rojizos y estrechas calles que se extendían ante él. Sabía que esa aparente tranquilidad era solo superficial, y que bajo toda esa belleza se escondía la oscuridad que había venido a destapar. La mezcla de lujo y muerte nunca era una buena combinación.

—Disfruta de esto mientras puedas, pero no te pongas muy cómoda —dijo finalmente, girándose hacia Marla—. No hemos venido hasta aquí para disfrutar de las vistas.

—¿Por qué no respiras y te relajas un segundo? La vida es corta, Javier.

—Lo sé. También nuestro tiempo —respondió mientras se dirigía al salón—. Avisaré a Salinas de que hemos llegado. Con un poco de suerte, me dirá cómo proceder. Después, bajaremos al centro, para iniciar una primera investigación sobre Guzmán y encontrar a ese periodista francés.

11

Maldonado entró en lo que sería su dormitorio, una pequeña habitación con una cama de cuerpo y medio, un armario viejo, pintado de blanco y un escritorio. Al fondo, había una ventana que daba a la terraza. Dejó caer la maleta en el suelo, echando un vistazo rápido al lugar. Marla seguía tomando fotos con el móvil desde la terraza, de donde se veía toda la costa. Mientras paseaba por la sala de estar, el detective sacó el móvil y marcó el número de Salinas. Tras un par de tonos, la voz del abogado sonó al otro lado, educada, pero con un toque de impaciencia.

—Señor Maldonado, me alegra saber que ha llegado sin contratiempos.

—Todo ha ido bien, Salinas, todo ha ido bien... —respondió Maldonado, con un deje de ironía—. Aunque debo admitir que esperaba un hotel, no un apartamento que parece más adecuado para unas vacaciones en familia que para una investigación seria.

Hubo una breve pausa antes de que Salinas respondiera, con la paciencia de quien ha lidiado con muchos casos complicados a lo largo de su carrera.

—Entiendo su malestar, señor Maldonado, pero le recuerdo que estamos financiando una investigación, no unas vacaciones en un hotel de cinco estrellas. Sin ánimo de ofender, creo que comprenderá que esto es un trabajo, no un viaje de placer ni una escapada romántica con su secretaria.

—¡Je, je! Ni en sueños...

Maldonado sonrió ligeramente mientras abría la nevera en busca de algo que beber. Encontró una botella de vino tinto, evidentemente barata, pero era lo único que había.

—No se preocupe, era un simple comentario, ya sabe, por poner alguna pega. Lo entiendo perfectamente. Solo pensé que, ya que estamos en un evento tan lujoso y rodeados de estrellas, podríamos hacerlo con un poco más de estilo —dijo, descorchando la botella y antes de beber un trago directamente de ella.

Salinas rio levemente.

—Lo comprendo, pero créame que es lo mejor que podemos ofrecerle en estas circunstancias. Los precios están por las nubes en esta época, así que le pido que no pierda el tiempo. Ahora, centrémonos en lo importante.

—Sí, claro.

Maldonado bebió otro trago y el sonido del vino fluyendo se oyó por el auricular.

—¿Qué es ese ruido?

—¿Qué? Nada, solo me estaba refrescando.

—En fin, como le decía... René Lacoste, nuestro contacto en Cannes, le estará esperando dentro del recinto del festival. Es un reputado periodista, así que no desperdicie esta ocasión. Para encontrarse con él, debe dirigirse a la zona de acreditaciones y recoger los pases que él ha conseguido para usted y la señorita Marla.

—¿Acreditaciones?

—Sí, señor. Necesita un pase para acceder a la zona del evento.

—Pensaba que esto iba de alfombra roja, cócteles y comida...

—Eso es parte del festival. Lo entenderá en su momento.

«Sí, porque ahora mismo no entiendo nada», pensó Maldonado mientras bebía un poco más de vino, frunciendo el ceño al notar su acidez.

—¡Ah! Y un coche, señor Salinas —añadió, cambiando a un tono más serio—. Los taxis aquí son más caros que un buen vino, y si tengo que depender de ellos, me temo que no llegaré a tiempo a ningún sitio.

Hubo una pausa, como si Salinas estuviera valorando las opciones.

—Detective, los alquileres de coches en Cannes son extremadamente caros. Tal vez debería considerar...

—No soy muy partidario de «conformarme», señor Salinas —lo interrumpió, con suavidad, pero firmeza—. Un coche sería de gran utilidad para movernos con rapidez y eficacia. No le estoy pidiendo un Bentley, solo un utilitario. Somos dos, no lo olvide.

Salinas suspiró al otro lado, rindiéndose finalmente.

—Está bien, haré lo posible por conseguirle uno de alquiler, pero le pido que se enfoque en la tarea que tiene por delante. La familia quiere saber qué le sucedió realmente a Paco Guzmán...

—Sí, lo sé. Me ha quedado claro.

—Además, hay algo que debe tener en cuenta. El inspector que llevó el caso de su presunta muerte accidental, un tal Étienne Moreau, está en la comisaría de la avenida de Grasse, no muy lejos de donde se encuentra ahora.

—Vaya. ¿Es usted abogado y sabueso? ¿Como Perry Mason?

—¿Quién? —preguntó, confundido.

—Es igual. ¿Cómo lo ha localizado?

—La dirección de la comisaría aparece en el informe —respondió, agotado por la insolencia de Maldonado—. Le sugiero que hable con él lo antes posible, pero no se exceda con las preguntas. Su caso es extraoficial.

Maldonado hizo una pausa, dejó la botella a un lado y miró a la secretaria, que levantó una mano, evidentemente queriendo añadir algo. Maldonado ignoró su gesto, por un momento.

—¿Y por qué no me mencionó esto antes, Salinas? —preguntó con reproche.

—¿Perdone? —Parecía molesto—. Le envié toda la información por correo electrónico antes de que partiera. Asumí que ya la había revisado.

Marla agitó un sobre pequeño, evidentemente con la información de la que hablaba. Maldonado la miró y, esta vez, suavizó un poco su tono.

—Un momento, Marla —dijo, más por costumbre que por necesidad.

—No hay tiempo que perder, detective. El señor Lacoste les ha conseguido una reunión con algunas de las personas que estuvieron en la fiesta con Guzmán, pero no irá a ninguna parte si sigue en ese maldito apartamento. Así que muévase, por el amor de Dios. Esta es una excelente oportunidad para empezar su trabajo. No me haga pensar que me he equivocado.

Maldonado suspiró, asintiendo mientras dejaba el móvil sobre la mesa.

—No se ha equivocado, señor Salinas. Está más que claro que esto es importante para usted. Veré lo que puedo hacer, pero ya le advertí que la verdad puede ser desagradable. Y, por favor, no se olvide del coche. Lo necesito.

—Cumpla con su palabra y yo cumpliré con la mía. Llámeme cuando tenga algo que contarme —respondió Salinas antes de colgar.

El detective miró a su compañera, que le ofreció el sobre con una ligera sonrisa.

—¿Por qué no me lo has dicho antes? He quedado como un memo.

—No me has preguntado.

Él tomó el sobre y dejó que la tensión de la conversación se disipara un poco.

—Bueno, Marla, parece que el trabajo empieza de verdad. Deberíamos hacerle una visita al inspector Moreau, cuanto antes.

—¿Pero...?

Él pestañeó dos veces.

—Todavía no he dicho nada.

—Conozco ese tono de voz.

—Conoces demasiadas cosas sobre mí, y yo muy pocas de ti... —dijo, y dio un respingo—. Antes de ir a la comisaría y meternos en camisas de once varas, urge que recojamos los pases de acceso al festival. Después, nos reuniremos con ese periodista, René Lacoste. Al parecer, él nos presentará a algunas de las personas que pasaron las últimas horas con Guzmán.

—Ajá. Eso suena a un evento social.

—Más o menos.

—¿Debo cambiarme de ropa?

Él le echó un vistazo de arriba abajo, complacido por lo que veía. Marla tenía buen gusto al elegir su indumentaria.

—No. Eres joven, tienes buen tipo y todo te queda bien.

—Gracias, Javier, pero la pregunta no era esa. Estamos en Cannes. ¡No lo olvides!

—Descuida, como para olvidarlo... pero yo no pienso cambiarme de ropa.

12

Salieron del apartamento de la Rue des Suisses cuando el sol de la tarde bañaba las calles estrechas y serpenteantes del viejo barrio de Le Suquet. El lugar desprendía ese aire encantador que uno esperaría de una postal, con casas de color pastel y balcones llenos de flores. Mientras bajaban por la Rue du Suquet, una calle empedrada que parecía haber desaparecido en el tiempo, los turistas paseaban con cámaras en mano, capturando cada rincón de esa bella ciudad de pescadores. Sin embargo, Maldonado no podía evitar pensar que el encanto del lugar no era más que una fachada, una capa superficial que ocultaba la realidad más turbia de la ciudad.

—¿Qué opinas, Marla? —preguntó, con un tono sarcástico mientras observaba a su alrededor—. Este sitio podría ser una trampa para ratones, pero han hecho un buen trabajo disfrazándola de joya turística.

Marla sonrió, ajustando la correa de su bolso mientras descendían la calle.

—Al menos es hermoso y diferente a Madrid. Podrías intentar disfrutarlo un poco más. No todos los días tenemos una oportunidad así.

—Disfrutar no está en mi lista de tareas —replicó él, deteniéndose un momento para observar una tienda de recuerdos que vendía baratijas a precios absurdos—. Todo esto es una ilusión, Marla. El cine, las luces, la fama... Es como ese truco barato que te hacen en las ferias, te distraen con una mano mientras la otra te roba la cartera.

Ella lo miró de reojo, divertida.

—Hablando de carteras, no pierdas de vista la tuya.

—En caso de robo, me la devolverían, créeme.

—Hay algo que no entiendo.

—Y yo, tantas cosas...

—Si desprecias tanto la farándula, ¿por qué aceptaste este caso?

—No es que lo deteste, pero no me gustan las poses innecesarias. No obstante, alguien debe ensuciarse las manos para encontrar la verdad. Y no hay muchas opciones en mi línea de trabajo. No me malinterpretes —dijo, agitando la mano, como quien aparta una nube de humo—, lo que me revuelve el estómago es cómo todos estos personajes viven solo para el espectáculo. He tratado con algunos de ellos, y tú también. Son insufribles. No les importa más que los destellos de las cámaras y los aplausos vacíos. A veces me pregunto si recuerdan quiénes son cuando se miran al espejo.

Marla soltó una risa suave.

—¿Y qué hay de ti? —preguntó con picardía—. Tal vez deberías haberte puesto algo más formal para mezclarte con todos estos «personajes» de los que hablas. Al menos ellos se molestan en parecer respetables.

Maldonado frunció el ceño con más ímpetu que nunca.

—¿Algo más formal? No tengo tiempo para esas tonterías. Además, tú vas bien.

Marla lo miró de lado.

—No hablaba de mí, Javier, me refería a ti. Esa chaqueta parece que la usas desde que entraste en el Cuerpo.

Maldonado sonrió con un toque de satisfacción.

—No vas mal encaminada... Lo siento, chica, no vine aquí para impresionar a nadie. Que se queden con sus trajes de seda. Yo soy quien soy y no pienso cambiar para agradar a esta panda de ilusos.

Finalmente, llegaron a la Promenade de la Pantiero, un bulevar ancho bordeado de palmeras que se extendía frente al mar. A un lado, el puerto estaba lleno de yates de lujo que brillaban bajo el sol; al otro, el casino se alzaba con su fachada opulenta, rodeado de multitudes que se arremolinaban en las entradas. Las colas, los flashes de las cámaras y la presencia imponente de la seguridad añadían tensión al ambiente.

Maldonado se detuvo observando el espectáculo, con una mezcla de disgusto y fascinación. En las cornisas de los edificios se vislumbraban las siluetas de los francotiradores.

—Míralos, Marla —dijo, señalando hacia la alfombra roja—. Todos compitiendo por ser vistos, por un instante de atención que no les dará nada. El cine se ha convertido en una fábrica de ilusiones, y estos pobres diablos son sus clientes más fieles. Adiós a los tiempos en que el cine era cine, cuando Bogart dominaba la pantalla...

Marla lo miró con una mezcla de empatía y exasperación.

—Cada vez que hablas, envejeces cincuenta años. No todo el mundo es así. Algunos realmente aman lo que hacen.

Él soltó una risa seca.

—Amar lo que hacen... Tal vez. Pero ambos sabemos que el amor es infiel.

Marla volteó los ojos.

—Vale, vamos a por las acreditaciones antes de que te dé un ataque de cinismo —dijo, tirando de su brazo hacia la zona de acreditaciones.

***

Tras conseguir los pases que Salinas les había asegurado, se dirigieron al interior del recinto ferial. La seguridad era estricta y las colas parecían interminables. Pasaron por varios controles donde les revisaron las bolsas y los documentos. Maldonado observó el recinto: un laberinto de tiendas y pabellones que albergaban a productoras, exhibidores y todo tipo de figuras de la industria. A su lado, Marla estudiaba el mapa que les habían dado en la entrada, buscando alguna referencia que les indicara hacia dónde debían ir.

—Esto es más complicado de lo que pensé —comentó Maldonado mientras ojeaba un estante lleno de revistas de cine—. Encontrar a ese tal René Lacoste aquí será como buscar una aguja en un pajar.

Se dirigió a una chica en el puesto de información.

—¿A dónde vas? —preguntó Marla.

Maldonado le hizo un gesto para que esperara.

—Perdone, señorita —dijo en español—. ¿Ha visto por aquí a un tipo llamado René Lacoste?

La chica lo miró con una sonrisa educada, pero vacía de comprensión.

—*Excusez-moi? Je ne parle pas espagnol. Parlez-vous français?*

«Ajá, ya empezamos», pensó, suspirando. Aunque no entendió ni una palabra, intentó improvisar.

—Lacoste. El cocodrilo. Un hombre. ¿Por aquí? —dijo, señalando a su alrededor como si eso ayudara a aclarar algo.

La chica le sonrió con simpatía y negó con la cabeza.

—*Sorry, I don't understand.*

«Bueno, eso sí lo he entendido».

Maldonado torció el semblante, intentando encontrar una palabra útil, pero su francés y su inglés eran tan escasos como su paciencia. Marla, observando la escena con diversión y frustración a la vez, finalmente intervino.

—*Sorry for him, he's not good with languages* —dijo a la chica, sonriendo encantadoramente. Luego continuó en inglés—. Buscamos a un hombre llamado René Lacoste. ¿Sabe dónde podríamos encontrarlo? Se supone que es un periodista conocido.

La chica negó con la cabeza.

—Lo siento, pero no conozco a nadie con ese nombre. ¿Por qué no prueban en el mostrador principal de información? Tal vez puedan ayudarles.

Maldonado suspiró, resignado.

—Gracias, Marla. Al menos alguien se comunica en esta torre de Babel.

—No es nada —sonrió ella de lado—. Ahora, ¿quieres dejar de coquetear con la chica y centrarte en lo que vinimos a hacer?

—¿Yo, ligar? No me hagas reír, por favor. ¿Tú? ¿Celosa?

—Deberías haberte visto en un espejo. Te grabaré la próxima vez.

—Bien. Ahora, busquemos a ese periodista de pacotilla.

Marla rodó los ojos de nuevo.

—Ya he visto cómo intercambiabais sonrisas...

Maldonado iba a soltar alguna réplica mordaz, pero una voz a sus espaldas lo interrumpió, hablando en perfecto español.

—¿Quién es ese «periodista de pacotilla» que andan buscando?

Maldonado se giró rápidamente, encontrándose con un hombre de gafas redondas y pajarita, que les sonreía divertido.

—René Lacoste —dijo él, arqueando una ceja—. ¿Le conoce?

La secretaria carraspeó, dándose cuenta del error.

El hombre sonrió y extendió la mano.

—Sí, lo tienen delante. Y ahora que me han encontrado, es hora de trabajar. Bienvenidos al Festival de Cannes.

13

René Lacoste tenía ese aire de sofisticación que siempre ponía en guardia a Maldonado. Le recordaba a Berlanga, con la diferencia de que el inspector era su amigo y este, un completo desconocido. Para el detective, Lacoste encarnaba al típico francés de la costa: alto, elegante, con el rostro estirado y una sonrisa que parecía diseñada para conquistar a cualquiera. Sin embargo, Maldonado sabía que su juicio estaba influido por estereotipos que había acumulado con el tiempo. Cuando René extendió la mano para saludar, Maldonado sintió una leve chispa de desdén recorriéndole la columna, como si Lacoste ya supiera que llevaba la ventaja en ese encuentro.

—Maldonado, Marla —dijo René en español, con un acento francés casi caricaturesco—, es un placer conocerlos. He oído mucho sobre vuestras hazañas.

Maldonado estrechó su mano, notando la firmeza calculada del apretón. Mientras Lacoste hablaba, gesticulaba con entusiasmo, como si el aire mismo estuviera encantado de recibir sus palabras. Marla, por otro lado, sonreía, visiblemente, cautivada por el magnetismo de René, lo que no pasó desapercibido para el detective.

Mientras caminaban por las calles de Cannes hacia el paseo marítimo, René no dejaba de hablar y Maldonado no estaba seguro de qué le molestaba más: el acento o la incesante verborrea del tipo. Lo que sí tenía claro era que no le gustaba ver a Marla tan fascinada con la conversación. René era periodista, y los periodistas no callan nunca, pero eso no significaba que le cayera mejor.

—Este festival, señores —empezó René mientras se acercaban a la costa—, es más que luces y cámaras. Es una feria para los ricos y poderosos de la industria, donde se hacen y deshacen imperios cinematográficos, se forjan futuros y nacen auténticas obras de arte. La alfombra roja es solo el espectáculo para las masas. Aquí, en los cafés y hoteles, es donde ocurre la verdadera magia.

Llegaron a un café moderno con vistas al mar, patrocinado por una conocida empresa tecnológica. Los yates de lujo se alineaban en el muelle, y no muy lejos de allí, un helipuerto recibía a las estrellas de Hollywood, que descendían como dioses modernos adorados por las cámaras.

—¿Y todo esto? —preguntó Maldonado, señalando con desdén el entorno opulento—. ¿Esto es el cine?

René sonrió, como compartiendo un chiste privado.

—Esto es Cannes, amigo mío. Una ciudad donde los sueños se venden a precio de oro y las ilusiones se compran con contratos multimillonarios. Los negocios se cierran aquí, en los hoteles de lujo, no en la alfombra roja. En el recinto, lo que ves son los desesperados, los que necesitan dinero para seguir soñando. Y, por supuesto, los periodistas. Como yo —añadió con un toque de orgullo.

—¿Y dónde escribes? —preguntó Marla, genuinamente interesada.

—En Celebrity —respondió René, inflando un poco el pecho—. Seguro has oído hablar de nosotros.

Marla frunció el ceño un momento antes de asentir.

—Me suena, pero pensaba en Variety.

René rio suavemente, con una carcajada contagiosa.

—Ah, no. Celebrity no es Variety. Nosotros escribimos sobre las estrellas: sus vidas, chismes, con quién se acuestan y cómo terminan sus carreras. Variety es para quienes quieren saber de negocios. Nosotros contamos lo que realmente importa a las masas.

—Una revista para cotillas, vaya —soltó Maldonado.

—¿Cotillas? —preguntó René, confuso—. No entiendo...

Maldonado aprovechó la pausa para retomar el control de la conversación. No estaban allí para hablar de revistas.

—Hablemos de Guzmán, Lacoste —dijo Maldonado, mirándolo directamente—. Su familia quiere la verdad, no lo que ha dicho la policía. Como comprenderás, yo solo cumplo con las exigencias de mi cliente.

—Que es el señor Salinas, ¿verdad?

—Veo que se conocen... Pero eso es lo de menos. Me interesa comprender los detalles, y tú estabas allí la noche en que murió, ¿no es así?

René perdió por un momento su sonrisa. Maldonado notó el cambio inmediato.

—Sí, estuve allí —admitió, con un tono más serio—. Pero no vi lo que sucedió. Fue un accidente, eso es lo que sé. Oí los gritos y cuando salí, el pobre Paco estaba en el suelo, con el cuello roto... Había caído por las escaleras.

Maldonado entrecerró los ojos, analizando cada palabra.

—Vaya...

—Sí... Un desastre. *Quelle horreur.*

—¿Dónde estabas tú cuando ocurrió?

René lo miró con una chispa de indignación.

—No soy un asesino, si es lo que insinúas.

—Para ser periodista, tienes el instinto un poco atrofiado.

—Estaba en la cubierta superior, hablando con otros invitados.

—¿Cubierta? Tenía entendido que fue en su mansión...

—Así es. Paco alquiló una mansión en la avenida de Maréchal Juin, al norte de la costa, a las afueras de la ciudad.

—Ajá... ¿Y qué tiene que ver eso con un barco?

—La mansión está frente al mar. Yo estaba en el barco que Paco había alquilado, ya te lo dije.

Maldonado no se dejó intimidar. No era la primera vez que alguien intentaba cortar una conversación incómoda.

—No estoy cuestionando tu versión, René. Solo quiero conocer los detalles. ¿Tenía Guzmán enemigos? ¿Estaba metido en algo turbio? ¿Deudas, tal vez? ¿Comprometió la privacidad de alguien?

René suspiró, resignado.

—Para eso estamos aquí, ¿no? —respondió, recuperando algo de su chispa anterior—. En unas horas hay una fiesta en un yate. Tengo invitaciones para los tres. Estarán algunas de las personas más cercanas a Guzmán.

—¿Cercanas? ¿Quiénes? Sería útil saberlo antes. No me gusta acudir a sitios sin saber a qué voy.

—*D'accord*, como quieras... —René sacó su móvil y mostró una foto de la alfombra roja en la que aparecía Guzmán con otras personas—. Estos son algunos de los que estarán.

—¿Nombres? —insistió Maldonado.

René señaló a un hombre con americana y camiseta, de cabello gris y piel bronceada.

—Este es Jacques Dupont, un productor de cine francés, con quien Paco tenía una relación... llamémosla tensa. Es uno de los mandamases de la industria.

—¿Cómo de tensa?

—Problemas de dinero.

—¿Solo dinero?

—También personales. A Paco no le gustaba que mandaran sobre él.

Maldonado asintió, haciendo una nota mental.

—Marla, toma nota. Continúa, por favor.

René señaló a un segundo hombre, calvo y fornido.

—Luis Rodríguez, su mano derecha, el hombre que lo protegía. Se encarga de la seguridad de los famosos.

—¿Y qué tiene que ver con esto? En todo caso, sería Guzmán quien querría vengarse. Este tipo hizo muy mal su trabajo.

—En el fondo, Rodríguez los envidia a todos, por eso los protege. Es el único modo de conocer sus secretos.

—Visto así...

René siguió describiendo a otras personas, como Philippe D'Angelo, un empresario americano de la industria cinematográfica y competidor de Guzmán, quien había perdido varios contratos importantes frente a él. También mencionó a Sophie Lambert, una directora de marketing a la que Guzmán había arruinado la carrera en redes sociales, e Isabelle Duvall, una actriz francesa, examante de Guzmán, conocida por su carácter explosivo.

—¿Todas estas personas estarán en la fiesta? —quiso saber el detective, fijándose en el rostro de la actriz.

—Sí, y otras más. Si quieres respuestas, es el mejor lugar para empezar.

Maldonado frunció el ceño, incómodo.

—¿Quién organiza el encuentro?

René cambió de expresión.

—Jacques Dupont, por supuesto.

—¿El bronceado? No sé... No vine aquí para ir a fiestas, y menos para hablar con aficionados al «solarium».

Marla sonrió, entusiasmada.

—Solo bromea. Puede ser una buena oportunidad. Podríamos descubrir algo, sobre todo si había rencillas entre ellos.

René asintió.

—Confía en mí, Maldonado. Esto es solo una toma de contacto. Yo también era amigo de Guzmán. Si quieres resolver el caso, este es el camino. Estas personas no hablarán si no te ven como uno de los suyos. Si no entras en su círculo, será una pérdida de tiempo.

Maldonado suspiró, sabiendo que René tenía razón.

—Está bien, iremos a esa fiesta. Pero no prometo nada.

René sonrió ampliamente.

—*Parfait!* Me gusta tu estilo, detective. Eres directo, aunque bravo, como los toros españoles.

Maldonado se tensó, pero la compañera soltó una carcajada.

—Preocúpate de no llevarte una cornada...

—No te preocupes —añadió René, tocándole el hombro, lo que Maldonado detestaba—. Todo saldrá bien. Pero, por favor, seamos discretos. Aquí, una palabra fuera de lugar puede costarte más que el caso... y a mí, mis futuras invitaciones.

Maldonado asintió, consciente de que estaba adentrándose en aguas peligrosas.

No obstante, eso era parte del juego, y él estaba dispuesto a jugar.

14

Se despidieron de Lacoste hasta más tarde y abandonaron el recinto ferial del festival. El periodista tenía que asistir a algunas conferencias y trabajar un poco, pero prometió enviarles la dirección del puerto, donde embarcarían juntos más tarde. Con unas horas por delante antes del encuentro, Maldonado y Marla decidieron descansar y cambiarse de ropa, al menos en lo que respectaba a Marla, ya que Maldonado se resistía a vestirse más formal.

Al atravesar el bulevar y encarar la cuesta adoquinada de la Rue du Suquet, notaron que la calle ya no era la misma. Lo que antes había sido un rincón desierto y tranquilo, ahora estaba lleno de vida: risas, aromas de comida fresca y el bullicio de turistas que buscaban una «experiencia auténtica». Los restaurantes se desbordaban con comensales, y Maldonado, seducido por el olor que salía de las cocinas, no pudo evitar pensar que el hambre, que, a veces, era la mejor brújula para tomar decisiones.

—¿Tienes hambre, Marla? Porque yo, sí —le dijo frotándose el estómago, sin rodeos.

—Puedo aguantar —respondió ella con una sonrisa ligera, aunque su estómago también comenzaba a manifestarse. No obstante, estaba siendo educada.

—No es necesario. Es ahora o nunca —replicó él, con un tono que dejaba claro que no había margen para discutir.

—¿Por qué eres tan extremista? —Marla lo miró con una mezcla de incredulidad y diversión.

—Me pongo de mal humor cuando tengo hambre. ¡Venga! Probemos la famosa cocina francesa.

—Lo dices con tanto entusiasmo... —ironizó Marla.

—La misma cara pondrá el abogado cuando le llegue la factura de los gastos —dijo Maldonado, soltando una risita.

Subieron por la calle adoquinada hasta llegar a la cima, donde Le Marais, un pequeño bistró que parecía atrapado en el tiempo, los recibió como un refugio acogedor. El local tenía su encanto, con mesas cubiertas de manteles blancos, velas decorativas y fotos enmarcadas y descoloridas de estrellas de cine. Todo parecía cuidadosamente preparado para los turistas.

—Una mesa para dos, por favor —pidió Marla en su mejor francés. El encargado, probablemente el dueño, asintió con una sonrisa y les indicó una mesa en la terraza.

—*Merci* —añadió Marla, mientras Maldonado echaba un vistazo alrededor.

—¿No te parece bien? —preguntó ella.

—Sí, claro... Aunque era obvio que la mesa era para dos —murmuró Maldonado, observando el lugar con su habitual ojo crítico. Mientras tanto, el dueño paseaba entre los comensales, alabando la frescura de los ingredientes y el mercado Forville, como si todo en el menú fuera una obra maestra culinaria.

—Suena bien lo que está diciendo... —comentó Marla, escuchando las maravillas del risotto de mariscos y el cordero asado.

El maitre, un hombre mayor que claramente había trabajado años en el negocio, se acercó, con una sonrisa calculada y una carta de vinos que parecía más pesada que un saco de patatas.

—*Bonjour, monsieur, madame.* ¿Qué desean tomar? —preguntó en perfecto francés, mirando a Maldonado primero.

Maldonado, decidido a no parecer un turista más, aclaró su garganta antes de intentar su mejor francés, lo justo y necesario para pedir vino en un país donde lo prefería a la cerveza.

—Eh... Bonsoir... Nous ne voulons pas... cerveza. Queremos... un vino, s'il vous plait —dijo Maldonado, tropezando con las palabras, como si caminara por una cuerda floja.

El maitre ladeó la cabeza con una sonrisa contenida.

—*Pardon, monsieur? Vous voulez une bière?* —preguntó, haciéndose el despistado.

—No, no... pas de bière, no beer —gesticuló Maldonado—. Vino... *Vin rouge...* ¡Rojo!

El maitre rio suavemente y le lanzó una mirada cómplice a Marla, que ya se estaba divirtiendo con la situación.

—*Ah, monsieur, je comprends... Vous voulez un vin rouge, pas une bière. Très bien.*

—¿Tres? No, no... una maldita botella de vino, *vin rouge* —insistió.

El maitre asintió solemnemente.

—Ah, *maintenant je comprends*. Quieren vino tinto. Entendido.

Para sorpresa de Maldonado, el maitre cambió al español con naturalidad.

—No se preocupe, señor. Tenemos un excelente vino de Burdeos. Ahora vuelvo con la botella.

Maldonado, atónito, observó cómo el hombre se alejaba, con una sonrisa satisfecha.

—¿Sabías que hablaba español? —le preguntó a Marla.

—Por supuesto —respondió ella, aguantando la risa—. Pero ha sido más divertido verte hacer el esfuerzo.

—Me lo imaginaba —murmuró, resignado—. No tiene gracia.

—Venga, no seas gruñón... ¿Por qué no me dijiste que hablas francés?

—Se supone que eres mi intérprete.

—Te vi tan lanzado... Tendrías que haber visto tu cara.

Maldonado soltó una risa hacia sus adentros.

«Tendrás que ver la suya cuando no le deje propina».

Cuando llegó el momento de pedir, Marla optó por el risotto de mariscos, mientras Maldonado pidió el cordero asado. Ambos disfrutaban de la comida, que, al menos, a él le hizo olvidar el apuro anterior. Mientras comían, la conversación derivó hacia René Lacoste.

—¿Sabes, Marla? Algo no me cuadra con ese tipo —dijo Maldonado, cortando un pedazo de cordero—. Me refiero a Lacoste.

—¿Ya le has hecho la cruz?

—Todavía no, pero no parece del todo transparente.

—Javier, aún no nos ha contado todos los detalles.

—¿Lo defiendes?

—En absoluto.

—Que te guste no cambia el hecho de que estaba en la cubierta de un barco mientras Guzmán caía por las escaleras...

—¡Javier!

—Es obvio que algo no quiere contarnos, y tú te encargarás de saber por qué.

—¿Yo? Eres increíble.

—No pienso hacer todo el trabajo. Está claro que esa noche pasó algo raro... La historia sobre la muerte de Guzmán tiene más agujeros que un queso suizo. Si tan amigo era, ¿por qué no estaba allí con él?

—Eso es cierto —admitió Marla—. Pero Guzmán era adulto y René no era su niñera. Lo que no entiendo es cómo la policía cerró el caso tan rápido. Deberían haber investigado más.

—Yo no estaba allí —respondió Maldonado, sarcástico.

—Sabes a lo que me refiero. Tú has sido policía, sabes cómo funcionan las cosas.

—Todo depende de quién esté al mando. Aquí puede haber intereses en evitar un escándalo. —Maldonado sirvió más vino—. ¿Estás segura de que no quieres probar el cordero? No habrá una tercera oferta.

—No, gracias. Estoy llena.

—En cuanto a tu pregunta, todavía es pronto para saberlo, pero esa fiesta nos dará respuestas. No me sorprendería que Guzmán tuviera algún pleito con alguno de esos peces gordos de la industria, o que los hubiese amenazado con algo... Sin embargo, no quiero pasarme de la raya antes de hora. Si bien es cierto que no me gusta entrar a ciegas en un caso, aquí no tenemos otra opción. —Maldonado tomó un sorbo de vino—. ¡Ah! Y no perdamos de vista a Lacoste. Sobre todo, tú. No me fío de él.

—¿Alguna vez lo harás? —preguntó Marla, sonriendo.

—Lo haré cuando tenga certezas, no motivos. Alguien vio lo que ocurrió en realidad esa noche. No me creo que todos estuvieran mirando las estrellas. Tiraremos del hilo hasta llegar al fondo.

—¿Y si nos decepcionamos? Cabe esa posibilidad.

—No lo creo. El chasco me lo llevaré si nadie habla español en esa fiesta —dijo Maldonado, esbozando una sonrisa—. Odio hablar, y más si es en un idioma que no manejo.

Marla, en ocasiones, admiraba la actitud resuelta del detective.

—Apuestas fuerte. Me veo toda la noche a tu lado.

—No sería la primera vez que alguien nos sorprende, querida —dijo él, sonriendo con ironía—. Y, sinceramente, ¿conoces un acompañante mejor?

15

El almuerzo no salió tan caro como Maldonado había anticipado, a pesar de que esperaba una estocada considerable en la cartera por parte del encargado francés. A sus ojos, Cannes era un parque de atracciones de lujo, y debía tener cuidado, si no quería quedarse sin fondos antes de tiempo. Salieron del restaurante con el peso de la digestión sobre los cuerpos y la tentación de una siesta rondando sus cabezas. Subieron por la calle hasta salir del casco antiguo y llegar al apartamento. El paseo era agradable, con una temperatura perfecta, ni frío ni calor, un cielo despejado y una brisa fresca que hacía los rayos del sol más soportables.

Antes de entrar en el bloque de viviendas, Maldonado le entregó las llaves a la secretaria.

—Sube tú. Quiero aprovechar para hacer algo...

Ella lo miró con una mezcla de sorpresa y curiosidad.

—¿Algo mejor que una siesta? —preguntó mientras tomaba las llaves—. Ya tiene que ser importante para ti.

—No tardaré... —dijo él, consultando su muñeca, solo para recordar que Berlanga ahora era el guardián de su reloj. Al notar que Marla esperaba una explicación, finalmente cedió—. Necesitamos un medio de transporte, no quiero depender de los taxis todo el tiempo.

—¿Estás seguro? Ni siquiera sabemos cuánto tiempo estaremos aquí. Además, te va a costar un ojo de la cara, Javier. No es conveniente que...

—Espera, espera —la interrumpió antes de que empezara a sermonearlo—. Salinas está de acuerdo y esto corre por su cuenta, ¿entendido? Solo he pedido un maldito coche para movernos de aquí para allá. No me apetece caminar entre tanta gente, ni pelearme con taxistas franceses.

Marla levantó las manos en señal de rendición.

—Tú eres el jefe, tú mandas.

—Eso es.

—Voy a tomar una siesta corta. Después me vestiré para la fiesta —dijo, mirando su reloj—. No tardes mucho.

—Llegaré a tiempo —respondió él. Marla sonrió antes de abrir la puerta del edificio.

—¿Qué demonios te hace tanta gracia, chica?

—¿No es emocionante? —le preguntó ella, con una chispa de entusiasmo en los ojos—. Estamos en Cannes y nos han invitado a una fiesta con estrellas y productores de cine. No me lo puedo creer, es como un sueño.

Maldonado bufó. No compartía su ilusión.

—Sueña mientras duermes la siesta. Después, baja de las nubes y céntrate. Estamos aquí para trabajar, no para soñar con alfombras rojas.

—Visto así, pierde todo el encanto —respondió, algo desilusionada.

—Me alegra que lo veas. Lamentablemente, todo esto no es más que una ilusión.

Pero Marla no se dio por vencida. Se acercó a él, lo tomó del brazo y miró al cielo, juguetona.

—Leí que algunas estrellas de Hollywood están en la ciudad. ¿Te imaginas que nos cruzamos con Bret Fitz?

—¿Bret Fitz? ¿El actor?

—Sí... ¡Oh! —dramatizó—. Creo que me desmayaría.

Él se soltó del brazo, la tomó de la cintura y la giró hacia la puerta del apartamento.

—Ese vino francés se te ha subido a la cabeza... Échate un rato a dormir. Volveré más tarde.

Maldonado se despidió y se alejó unos metros de la entrada. Luego bajó hacia la avenida principal y sacó un cigarrillo del paquete de lights. Mientras lo encendía, luchaba contra la brisa que le dificultaba fumar con tranquilidad. Necesitaba relajarse. Se preguntaba si llevar a Marla en este viaje acabaría siendo un estorbo, temiendo que se dejara arrastrar por los destellos de la farándula.

Sacó el móvil y marcó el número de Salinas.

—¿Sí?

—Soy yo, Maldonado. ¿Puede hablar?

—Oh, sí, claro, detective. ¿Ya ha conocido al señor Lacoste?

—Sí, lo conocí. Un tipo peculiar.

—¿Y qué ha averiguado?

—Poco, la verdad. Le recuerdo que solo han pasado unas horas desde la última llamada. Mi vida no es un episodio de «Colombo».

—Entiendo. Entonces, ¿por qué llama?

—Me alegra que lo pregunte, porque parece haber olvidado mi petición sobre el transporte.

—Ah, eso...

—Voy a necesitar moverme, sobre todo si quiero entender qué pasó la noche en que falleció don Francisco. Los taxis intentan timarme cada vez que subo en uno, y, haciendo cálculos, será un derroche innecesario.

—Comprendo, pero ¿a dónde pretende ir? Cannes no es Madrid.

«Nada es comparable con Madrid».

—Para empezar, quiero visitar la mansión que alquiló Guzmán, donde lo encontraron sin vida. Está a las afueras, cerca de la costa.

—¿Una mansión...?

—Sí, y un barco también, pero supongo que tampoco estaba al tanto de eso.

—Está bien, está bien... Alquile un coche, pero nada extravagante. Le recuerdo que tengo que justificar cada gasto ante mi cliente.

—Para ser ricos, les cuesta soltar la moneda.

—A usted no le gusta que los taxistas lo estafen; a ellos tampoco.

—Bien jugado.

—Alquile un coche modesto, un utilitario práctico. Nada de excentricidades, o tendrá que pagar usted la diferencia.

Maldonado resopló. Su sueño de alquilar un deportivo se esfumaba. No era fetichista, pero no se veía llegando a una fiesta en un coche cualquiera.

—Está bien, no se preocupe. Buscaré algo prudente y lo usaré solo cuando sea necesario.

—Agradezco su sensatez. Es fácil dejarse llevar por la opulencia cuando el dinero es de otros.

«Sobre todo, cuando es el tuyo, abogado».

—René Lacoste nos ha conseguido invitaciones para una fiesta. Allí estarán algunas personas con las que Guzmán compartió su última noche. Podría ser fructífero. ¿Le suena el nombre de Jacques Dupont?

—No, ¿quién es?

—Un productor de cine francés. Según Lacoste, tuvo algún que otro roce con Guzmán.

—Ahora que lo dice, el nombre me suena. ¿Roce? Creía que eran buenos amigos.

—Lacoste insinúa lo contrario.

—Trabajaron juntos en varias películas. Dupont financiaba a Guzmán. Supongo que algo se torció...

—Interesante. ¿Y qué sabe de Isabelle Duvall? También estará en la fiesta.

—Ah, esa mujer... Espero no volver a verla nunca más, al menos, en persona. La familia Guzmán nunca la aceptó.

—¿Eran pareja?

—No, solo amantes. Ella salía con un empresario americano, al que Guzmán le robó varios proyectos... y a su novia.

—¿Recuerda el nombre del empresario?

—Tenía apellido italiano... Di Stéfano o algo así.

—Perro vikingo... —murmuró por lo bajo.

—¿Cómo ha dicho? No le he entendido bien.

—¿Se refiere a Philippe D'Angelo, tal vez?

—Eso, D'Angelo. Sabía que me sonaba familiar.

—Esta información ha sido útil. Desconocía el vínculo de Duvall con D'Angelo. Será interesante ver cómo se desarrolla esa reunión de viejos «amigos».

—Tenga cuidado, detective.

—Siempre lo hago.

—He oído que la señora Miraflores está en Cannes. Créame, no querrá estar cerca de ella y de Duvall al mismo tiempo. Cuando esas dos mujeres coinciden, el ambiente se vuelve explosivo.

—¿Quién es la señora Miraflores?

Salinas hizo una pausa.

—¿Habla en serio?

—¿Cree que hablo en broma?

—¿En qué mundo vive, detective?

—En el mismo que usted, uno lleno de gente difícil.

El abogado se quedó en silencio unos segundos, antes de cambiar a un tono más serio.

—Si no sabe quién es Lola Miraflores, empiezo a cuestionar por qué lo he contratado.

16

El sol vespertino de Cannes golpeaba fuerte, reflejándose en los cromados brillantes de los coches alineados en el concesionario. Maldonado entrecerró los ojos mientras caminaba entre las filas de vehículos. Se detuvo frente a un modelo compacto, leyó el precio pegado en el parabrisas y soltó un gruñido. Salinas tenía razón: aquello era un atraco.

Un vendedor francés, con una camisa de rayas ajustada y una sonrisa más falsa que una moneda de tres euros, se acercó con pasos medidos.

—*Bonjour, monsieur.* ¿Está interesado en alquilar un coche? —le dijo, con un acento tan grueso como el queso brie.

Maldonado asintió, pero su francés era limitado y el tipo no parecía dispuesto a facilitarle las cosas. Pensó que echaría en falta a Marla, aunque debía arreglárselas solo. Hizo un esfuerzo y trató de hablar en el idioma del vendedor, pero sus palabras se estrellaron contra el aire como un coche en un muro de ladrillos.

—Quiero... alquilar un coche. Pero... todo es caro. ¿No tiene nada... más barato? —farfulló, su acento español aplastando el francés.

El vendedor ladeó la cabeza, fingiendo no entender, y luego soltó una carcajada teatral.

—Ah, *monsieur... Les prix sont les prix.* No hay mucho que hacer —replicó en un español torpe, pero con suficiencia, lanzando un guiño que Maldonado interpretó como una burla mal disimulada.

—No me fastidie, *mon ami...* Estoy seguro de que tiene algo... ¿Cómo se dice? —chasqueó los dedos, buscando la palabra—. Asequible.

El vendedor, entusiasta, caminó hacia la primera fila de coches, señalando un Porsche plateado que brillaba como un trofeo.

—Monsieur, mire este Porsche. Una belleza, ¿no? —dijo, acariciando el capó con devoción—. Motor potente, perfecto para la Riviera.

Maldonado echó un vistazo rápido al coche. Hermoso, sí, pero demasiado llamativo y lejos del presupuesto. Asintió con la cabeza, pero sin verdadero interés.

—Sí, bonito, pero no quiero algo que grite «mírame» —respondió, moviéndose hacia otro coche—. Me entiende, ¿verdad?

—*Oui, oui...*

El vendedor no se desanimó. Señaló un Mercedes-Benz negro, elegante y sofisticado.

—Bien, entonces, ¿qué le parece este Mercedes? Clase y discreción. Le haría parecer... un diplomático.

Maldonado rio entre dientes. La diplomacia no era su estilo. Miró el interior de cuero perfectamente cuidado, pero sacudió la cabeza.

—Demasiado elegante para mí. Parecería Berlanga con ochenta años.

—¿Cómo dice?

—Nada. Necesito algo con más carácter.

El comerciante, manteniendo la compostura, lo guio hacia un Fiat 500 amarillo.

—Monsieur, tal vez esto sea más económico. Un Fiat 500, perfecto para la ciudad. Pequeño y ágil.

Maldonado miró el coche y resopló.

—No quiero parecer un turista perdido. Necesito algo que tenga presencia, pero no... eso.

El vendedor arqueó las cejas y respiró hondo, comenzando a perder la paciencia.

—*Monsieur*, los coches en Cannes son caros. Pero... —sus ojos brillaron con una idea—. Quizá... tengo algo... diferente.

—¿Diferente, eh? —dudó Maldonado.

—*Oui*. ¡Sígame!

El vendedor lo condujo hacia el fondo del concesionario, donde, en un rincón más oscuro, descansaba un Mazda MX-5 Miata descapotable, de un verde oliva apagado. El coche, aunque mostraba signos de uso, conservaba un aire desafiante.

Maldonado lo recorrió con la mirada, notando sus líneas elegantes.

—*Et voilà!* —anunció el vendedor, sonriendo—. Un coche... retro. ¿Qué dice, *monsieur*? Es... ¿Cómo se dice? Un chollo.

Maldonado sonrió, sintiendo una conexión inmediata con el automóvil. No era práctico, pero había algo en él que lo llamaba.

—¿Cuánto?

El vendedor mencionó una cifra que rozaba el límite de lo que Maldonado estaba dispuesto a gastar. Era caro, pero no imposible.

—Lo tomo —dijo, sin darle tiempo a seguir con más ventas.

El vendedor sonrió, satisfecho, y mientras Maldonado pagaba, le soltó los detalles técnicos.

—Monsieur tiene buen gusto. Motor de 1.6 litros, cuatro cilindros, 115 caballos de fuerza. Lo suficiente para disfrutar la brisa del mar.

—¿Y la velocidad máxima? —preguntó Maldonado, sin dejar de inspeccionar el coche.

—Unos 180 kilómetros por hora, *monsieur*. ¡El límite aquí es 120! Sentirá cada kilómetro como una aventura.

Maldonado asintió, intrigado. Sabía que el coche era una buena opción, pero el precio seguía siendo alto.

—El precio diario es un poco abusivo —dijo, cruzándose de brazos.

—*Monsieur*, esto es Cannes. No encontrará nada más barato.

—Ochenta euros por día. Eso es lo justo.

—No puedo hacerlo por ochenta. Cien euros, y le hago el favor de su vida.

Maldonado lo pensó un momento y luego respondió:

—Noventa, y es mi última oferta.

El vendedor, atrapado entre cerrar el trato o perderlo, suspiró.

—Está bien, *monsieur*. Noventa euros por día.

Maldonado estrechó su mano con firmeza.

—Por supuesto, amigo. Deme las llaves.

El vendedor, satisfecho, le entregó las llaves y añadió:

—*Bonne route, monsieur*. Disfrute del coche.

Maldonado se subió al Mazda, sintiendo la emoción de estar al mando de un coche que parecía hecho para él. Encendió el motor, que respondió con un rugido bajo y potente.

—Tú y yo nos vamos a llevar bien —murmuró antes de poner la primera marcha y salir del concesionario.

17

Después de todo, el viaje al concesionario no fue en vano.

Al salir con el Mazda verde, Maldonado avistó un centro comercial cercano y decidió hacer una parada rápida. Mientras aparcaba, comprendió que no estaba en Madrid, y el coche alquilado ya atraería suficientes miradas. No tenía por qué llamar más la atención con su aspecto descuidado. Así que, tras pasear por el centro comercial y con la cartera más ligera, regresó al apartamento con una americana azul marino y una camisa blanca de Zara. Aunque no eran su estilo habitual, le daban un aire más presentable para la noche que tenía por delante.

De vuelta en el apartamento, esperó en el coche mientras encendía un light, dejando que el humo se dispersara por el aire. El vendedor no le había dicho nada sobre fumar en el coche, pero, al ser descapotable, pensó que no sería un problema. Entonces vio a Marla bajar por las escaleras, y por un instante, casi se atraganta con su propio aliento. Marla lucía un vestido negro ajustado que realzaba cada curva, y una chaqueta corta por si refrescaba. Sus piernas parecían infinitas, y el sabueso, sorprendido, se quedó sin palabras.

—¿Qué pasa, Javier? —preguntó ella, con una sonrisa divertida—. ¿Has visto un fantasma?

«Un ángel, mejor dicho».

—Nunca te había visto con un vestido así —balbuceó, recuperando la compostura.

Ella rio, divertida por su reacción.

—Vaya, veo que no soy la única que llamará la atención hoy —dijo, señalando su nueva americana—. No sabía que tenías buen gusto.

—Ni yo —replicó, con una sonrisa—. Pero, por mucho que me esfuerce, a tu lado me quedo en segundo plano.

La pelirroja sonrió y se sonrojó levemente.

—Gracias. ¿Y este coche?

—¿No te gusta?

—La verdad es que sí. Te pega.

—Pues sube, que no muerde.

—¿Está de acuerdo el señor Salinas con esto?

Maldonado arqueó una ceja.

—¿Desde cuándo eso importa? Le hice un favor, los había mucho más caros.

—Supongo que estoy acostumbrada al viejo Golf que tienes.

—Me gusta lo clásico.

—Ya me lo imagino...

—Soy un tipo con suerte, Marla. Y algo me dice que esta noche la vamos a necesitar. Además, parece que a ti también te gusta todo esto, así que no te hagas de rogar —añadió, abriendo la puerta del copiloto desde su asiento—. ¿Sabemos algo de nuestro amigo?

—¿René Lacoste? Sí, me envió la dirección.

Acto seguido, le mostró la pantalla del móvil con la dirección. Maldonado echó un vistazo y arqueó una ceja.

—¿Qué pasa ahora?

—¿Desde cuándo coqueteas con los contactos?

—¿René Lacoste? Por favor, Javier, no es un contacto.

—Tienes razón... —Maldonado sonrió mientras ponía el coche en marcha—. Ah, cúbrete el pelo.

—¿Para qué?

—Vamos a ver si este cacharro es tan rápido como parece.

***

El motor del Mazda rugía suavemente mientras el sabueso conducía hacia el puerto, siguiendo las indicaciones de René Lacoste. Cannes, iluminada por las luces del atardecer, parecía un lienzo de colores vivos. La brisa marina acariciaba sus rostros mientras pasaban por el casco histórico, lleno de turistas y locales disfrutando de la noche. Maldonado no pudo evitar hacer una mueca ante tanto lujo y ostentación.

—Si te despistas, hasta parece real y todo, ¿verdad? —comentó mientras giraban hacia el puerto—. Es como si la gente aquí estuviera obsesionada con aparentar riqueza. Rasca un poco y todo es tan superficial como una mala película.

—Es la ilusión del cine, Javier. Sabemos que es falso, pero nos gusta creer en la fantasía.

El puerto de Cannes, envuelto en una atmósfera de lujo y decadencia, brillaba bajo las luces de los yates. Los motores ronroneaban como bestias domadas, y las luces doradas que los decoraban se reflejaban en el agua negra, creando una estampa de ensueño.

—¡Caray! Me siento como el patito feo entre todos estos coches —expresó, mientras aparcaba el descapotable nipón entre dos sedanes de lujo.

—No te preocupes, Javier. A veces, el patito feo se convierte en cisne —bromeó Marla.

«Lo dirás por ti, querida».

A lo lejos, divisaron a René Lacoste, que los esperaba al pie de un yate imponente. La alfombra roja en las escaleras y los guardias de seguridad con gafas de sol y trajes oscuros flanqueaban la entrada. Los invitados, vestidos con trajes de alta costura y vestidos deslumbrantes, se movían con la elegancia estudiada de quienes están acostumbrados a ser el centro de atención.

—No está mal, ¿eh? —comentó Marla, notando la tensión en su compañero.

Al acercarse al yate, Lacoste los saludó con entusiasmo.

—¡Mis amigos españoles! Bienvenidos —dijo con una sonrisa, dándole una palmada en la espalda a Maldonado.

—Pensaba que era una fiesta privada —espetó, mirando la multitud.

—Es Cannes, mi amigo. Aquí, hasta las fiestas privadas son públicas. Confía en mí, dentro encontrarás a las personas que necesitas conocer.

—Más nos vale.

René, ignorando el escepticismo del detective, se volvió hacia la acompañante, sonriendo.

—*Mademoiselle* Marla, estás absolutamente radiante esta noche. ¿Realmente eres su compañera?

—Sí, sí, ella ilumina todo lo que toca —interrumpió el jefe, antes de que Marla pudiera responder—. Pero corta el rollo, Lacoste. Dijiste que los que estuvieron en la fiesta de Guzmán estarían aquí. ¿No me vas a presentar?

—Están todos dentro. Seguidme.

Lacoste los guio con facilidad a través de los controles de seguridad, irritando un poco a Maldonado. No estaba acostumbrado a este tipo de ambientes, pero sabía que no tenía opción. Mientras cruzaban la entrada, los guardias los observaban con mirada crítica. Maldonado frunció el ceño, anticipando problemas, pero Lacoste se adelantó.

—*Monsieurs*, estos son mis invitados. Son gente de confianza.

Los guardias, aunque todavía dudosos, se hicieron a un lado, permitiéndoles el paso. Maldonado, aunque aliviado, notó que lo seguían con la mirada.

—Este lugar es todo un espectáculo.

—Sí, un espectáculo, y nosotros no estamos en primera fila.

—No sé, tú, pero nosotros estamos aquí para hacer preguntas, no para hacer amigos.

Mientras caminaban, los ojos del detective se posaron en una mujer morena, rodeada de hombres que la admiraban. Había algo en su mirada que le llamó la atención.

—¿Quién es ella?

René soltó una risa irónica.

—¿En serio? Esa es Lola Miraflores —aclaró Marla.

—¿La conoces?

—Todo el mundo la conoce, Javier.

—¿Española?

—Es famosa, Maldonado. Y si los rumores son ciertos, fue amante de Guzmán... y de Dupont.

—¿Rumores?

—Nadie se atreve a confirmarlos, y menos ahora que está muerto...

—Ajá. ¿De ambos?

—Así es.

—¿A la vez?

—¿Quién sabe? En este mundo, la gente se usa como si fuera desechable.

—Pues espero que no se reutilicen...

Lacoste lo miró con seriedad, como si no tomara en serio la situación.

—Ten cuidado, detective. Aquí nada es lo que parece.

18

El ambiente dentro del yate era un cóctel embriagador de luces, risas y secretos. Las luces doradas iluminaban la cubierta principal con una suavidad casi mágica, mientras que la música de jazz creaba una atmósfera de elegancia despreocupada, mezclada con una tensión apenas perceptible. Un camarero les sirvió bebidas, y Maldonado, Marla y René brindaron para comenzar la velada. Los invitados, una mezcla de cineastas, productores, socialités y periodistas, se movían entre sí, como si ejecutaran una danza en la que cada uno interpretaba su papel en ese mundo de apariencias.

René, siempre con una sonrisa y una palabra amable, los guiaba entre la multitud con la destreza de un maestro de ceremonias. Su actitud relajada lo hacía popular entre los invitados, quienes lo saludaban con familiaridad. En cuanto a Maldonado y Marla, ellos destacaban como forasteros en ese ambiente. Sus miradas se movían atentas, buscando algo más allá de las risas y el brillo superficial.

—Míralo, Javier. Parece que le gusta a todo el mundo —comentó Marla, observando cómo René se movía con soltura.

—Es un periodista de sociedad. Estoy seguro de que todos lo odian en secreto —murmuró Maldonado, claramente incómodo en medio de aquel lujo vacío.

El detective se sentía como un pez fuera del agua. A su alrededor, los invitados se pavoneaban, exhibiendo sus logros y conexiones en la industria del cine. Directores narraban historias de éxitos en festivales, productores presumían de acuerdos multimillonarios, y actores describían las escenas más arriesgadas que habían filmado. Maldonado escuchaba con un gesto de desaprobación apenas disimulado.

—Ah, queridos amigos —interrumpió René en un pulido inglés con acento francés, dirigiéndose a un grupo de cineastas—, quiero presentarles a dos nuevos conocidos. Este es Javier Maldonado, un hombre con ojo para los detalles, y su encantadora compañera, Marla.

Los cineastas, una colección de tipos con gafas de montura gruesa y trajes casuales, miraron a la pareja con curiosidad y escepticismo. Uno de ellos, un hombre con barba rala y una pipa colgando del labio, frunció el ceño.

—Oh, *welcome*! ¿Nuevos en la industria? —preguntó con un acento parisino exagerado.

—Así es, así es —replicó René con su sonrisa de siempre—. Están explorando oportunidades, como todos aquí.

Maldonado sonrió con los labios apretados. No entendía mucho de lo que decían, y menos aún le interesaba, pero intentó no romper el disfraz de cortesía.

—Yes, yes... —respondió con un tono neutral, evitando el contacto visual demasiado tiempo.

Marla, a su lado, observaba al grupo con una mirada más aguda. Sentía las miradas escrutadoras, los juicios silenciosos de los cineastas. A su alrededor, las conversaciones en francés se volvían cada vez más intrincadas, y aunque no entendían todo, era obvio que los cineastas se habían percatado de que Maldonado y Marla no pertenecían a su mundo.

—Me temo que esto será así toda la noche —le susurró Maldonado a Marla—. Lo mejor sería buscar a los que estuvieron con Guzmán y luego largarnos.

Antes de que pudieran moverse, un hombre calvo con traje de lino blanco se les acercó. Maldonado dedujo rápidamente que el hombre iba dirigido a Marla. Tenía una sonrisa falsa pegada al rostro, y su acento exagerado no hacía más que reforzar su teatralidad.

—¿Es que somos invisibles? —susurró, mientras el hombre, tras algunos segundos de confusión, finalmente les habló en español.

—Ah, ¿españoles? Soy Pierre Lafayette, director y guionista.

—Un placer, señor Lafayette —respondió Maldonado con poco entusiasmo, levantando su copa.

—Tal vez hayan oído hablar de mi última película, «La Nuit Éternelle». Fue un gran éxito en Cannes el año pasado.

Maldonado arqueó una ceja y sonrió, irónico.

—Oh, sí, claro. «La Nuit Éternelle»… Nos la perdimos, ¿verdad, Marla? —dijo, lanzando una mirada cómplice—. ¿De qué trataba? ¿De una noche que nunca acaba o de una audiencia que nunca despierta?

Pierre parpadeó, confuso, antes de forzar una risa incómoda.

—Es una alegoría sobre la desesperación humana y el deseo de redención —respondió, intentando recuperar su postura.

—Suena fascinante. Casi tanto como entender la factura de la luz en Madrid —replicó Maldonado, con sarcasmo.

Marla le lanzó una mirada de advertencia, pero no pudo evitar sonreír. Sabía que el detective tenía la lengua afilada, sobre todo cuando se cansaba de la farsa, pero no era el mejor momento para sus comentarios.

A unos metros, una mujer alta y elegante, con un vestido plateado, se acercó. Tenía el porte de alguien que sabía que dominaba la sala.

—Soy Claudine Moreau, productora ejecutiva —anunció, con la seguridad de quien siempre es escuchada—. Este año, tengo tres películas compitiendo en Cannes.

—Veo que ahora todos hablan mi idioma… —comentó Maldonado.

—¿Y ustedes? ¿Están aquí para aprender cómo se hacen las cosas en la industria real?

—No, en realidad —contestó él con rapidez—. Veníamos a conocer a Paco Guzmán, pero parece que se ha ausentado este año.

Claudine lo miró con desdén, pero antes de que pudiera replicar, un hombre más joven, con un bigote perfectamente cuidado y gafas de sol que no se quitaba ni en la penumbra del yate, se unió al grupo.

—Ah, Claudine, veo que estás molestando a nuestros nuevos amigos. Soy Jean-Luc, actor —se presentó, sonriendo—. El próximo año seré protagonista en una película que arrasará en los festivales.

—Genial, un actor —respondió Maldonado con fingido entusiasmo—. Creo que necesito otra copa.

René llegó justo a tiempo para salvar la situación.

—Amigos, amigos, no se lo tomen a mal. Javier tiene un sentido del humor muy particular —dijo René, intentando suavizar la tensión—. No están acostumbrados a Cannes, deben conocerlo para entenderlo.

—Lo siento, en realidad no estoy acostumbrado al champán —añadió Maldonado—. Las burbujas se me suben al cerebro.

Mientras el grupo se dispersaba, Marla lo miró con una mezcla de diversión y exasperación.

—¿Intentas que nos echen de la fiesta? —le susurró.

—Solo estoy midiendo cuántos egos caben en este barco antes de que se hunda —respondió Maldonado con una sonrisa.

En ese momento, alguien tropezó ligeramente con Maldonado desde atrás. Marla lo miró y le hizo una señal para que no reaccionara mal.

—Oh! *Sorry*... —dijo una mujer de unos cuarenta años, evidentemente perjudicada por el alcohol—. ¿Se están divirtiendo?

El enfado de Maldonado desapareció al verla tambalearse. La sostuvo para evitar que cayera.

—Mejor que lo aguante yo, no vaya a caerse por la borda —dijo, quitándole la copa de las manos y dejándola en una bandeja que pasaba.

La mujer sonrió con una tristeza que asomaba detrás de sus ojos.

—Y usted, ¿quién es? —preguntó en un español casi perfecto, dirigiéndose tanto a él como a Marla—. No son de aquí... Ni siquiera son pareja, diría yo. Y definitivamente, no pertenecen a este mundo.

—¿Dónde estudió la carrera de psicoanalista? —bromeó Maldonado.

—Juliette Leroux —se presentó, ofreciéndole la mano.

Maldonado la besó, con un gesto jocoso.

—Maldonado. Ella es Marla.

René apareció junto a ellos con una sonrisa.

—Juliette, ellos están aquí por Paco Guzmán. Quizás podrías contarles cuánto lo conocías... —sugirió René, mientras le ofrecía una nueva copa.

—No seas tan descarado y prueba con una botella de agua, Lacoste —interrumpió el sabueso, preocupado por la embriaguez de la señora—. ¿Es eso cierto, señora Leroux?

—¿El qué?

—Que conocía al director.

—Más o menos.

—¿Estuvo en su casa la noche que murió?

Juliette negó con la cabeza y se llevó la mano a la frente.

—No, exactamente... Pero lo prefiero así.

—¿Podría saber por qué?

Ella lo miró como quien observa a un villano.

—Porque sé que su muerte no fue accidental, como nos quisieron vender...

Maldonado intercambió una mirada con Marla, claramente intrigado.

—¿Por qué dice eso?

Los ojos de Juliette se clavaron en los del detective, su semblante se volvió serio, casi feroz.

—Porque él mismo me lo dijo. Sabía que planeaban hacerle daño.

19

Juliette Leroux tenía una expresión de tristeza en su rostro. Bajó la mirada al recordar los últimos días de Paco Guzmán. La brisa nocturna del puerto jugaba con su cabello, mientras sostenía su copa de champán con una mano temblorosa. Maldonado, al notar su reacción, decidió esperar unos instantes, dándole tiempo para recoger sus pensamientos antes de continuar.

—*Oui*, es verdad, *monsieur* —dijo Juliette, finalmente—. Paco estaba muy paranoico. Días antes de morir, me confesó que sabía que algo malo iba a sucederle. Tenía una mirada... una mirada que jamás había visto en él. Como si viera fantasmas en cada sombra.

Marla, observando atentamente a Juliette, se inclinó un poco hacia delante, mostrando un interés genuino en sus palabras.

—¿Era solo una sensación? ¿O había algo concreto que lo preocupaba? —preguntó en francés fluido, sin apartar los ojos de los de Juliette.

La actriz caída en desgracia negó con la cabeza, tomando otro sorbo de champán, como si el líquido dorado pudiera calmar el nerviosismo que emanaba de cada poro de su piel.

—No lo sé. Paco y yo éramos buenos amigos —continuó, ahora con un leve temblor en la voz—. Solíamos hablar mucho, sobre todo de la vida, el trabajo, el cine... Pero en sus últimos días, algo cambió. Decía que lo seguían, que lo vigilaban. Incluso mencionó que le habían intervenido el teléfono. Me decía que escuchaba ruidos extraños, que veía sombras en cada esquina. Intenté calmarlo, pero nada funcionaba. Se estaba desmoronando.

—Seguro que tenía una razón.

—Un proyecto secreto, del que no quería hablar con nadie.

—¿Una película?

—No, nada de eso. Vamos, creo yo... ¡Me lo habría contado!

Maldonado intercambió una mirada rápida con Marla antes de volver su atención a Juliette.

—¿Mencionó algún nombre? ¿Alguien en particular que pudiera querer hacerle daño? —preguntó Maldonado.

—Desconfiaba de todos. Me dijo que iba a destruir la reputación de toda la industria... ¡Pero no me dijo cómo! Se había planteado despedir a su gente de cercanía, a su equipo de seguridad...

—¿Y usted le creyó? —preguntó la secretaria con ironía—. Porque suena como si Paco hubiera perdido la cabeza, ¿no le parece?

Juliette frunció el ceño, visiblemente incómoda con el comentario de Marla.

—No, no estaba loco. Estaba asustado. Hay una diferencia.

—Sí, claro —replicó Maldonado con una sonrisa sarcástica—. Y yo soy la reina de Inglaterra.

Marla le dio un pequeño codazo, reprendiéndolo por su falta de tacto.

—Lo que mi compañero quiere decir es que, a veces, el miedo puede hacernos ver cosas que no están ahí —intervino la secretaria, intentando suavizar la tensión—. ¿Mencionó Paco a alguien en concreto? Un nombre. Eso nos ayudaría.

Juliette negó con la cabeza, aún molesta.

—Intento hacer memoria, pero no recuerdo que mencionara a nadie en particular. Solo decía que alguien lo vigilaba. Tal vez fuera Dupont o, ¿quién sabe? Podría ser yo. ¡Ya no lo sé! Pero estaba seguro de que lo seguían.

—Ah, el clásico «me persiguen, pero no sé quién» —comentó Maldonado, alzando una ceja—. Eso siempre pone los pelos de punta.

—Javier...

—Está bien, está bien —respondió, levantando las manos en señal de rendición—. Juliette, ¿alguna pista que nos ayude?

Juliette se mordió el labio inferior, claramente luchando con la respuesta. Finalmente, levantó la mirada, fijando sus ojos oscuros en los de Maldonado, con una mezcla de determinación y temor.

—Sí. Jacques Dupont —soltó, como si las palabras le quemaran los labios—. Si hay alguien que lo sabe todo, es él. Paco me contó que había tenido una fuerte discusión con Jacques, respecto a un asunto que tenían entre manos. Algo sobre un proyecto que se había venido abajo y un guion que había escrito. Jacques estaba furioso, y Paco... bueno, Paco estaba convencido de que Jacques le haría pagar de alguna forma.

Marla frunció el ceño, asimilando la información, mientras Maldonado no apartaba la vista de Juliette. Había algo en su expresión que le hacía sospechar que sabía más de lo que decía.

—Vaya, Dupont. El hombre del saco de los cineastas... Su nombre suena a menudo en todas las conversaciones.

—Como para no hacerlo. Nuestras carreras dependen de él.

—A ver, Juliette, necesito conocer su opinión —comenzó Maldonado, eligiendo cuidadosamente sus palabras—. ¿Cree de verdad que Jacques Dupont podría haber hecho algo tan extremo como sacarlo de la ecuación?

Juliette guardó silencio unos momentos, mirando fijamente su copa de espumoso, como si en ella pudiera hallar la respuesta o como si estuviera a punto de caer al agua. Marla, de pie junto a ella, observaba la escena con atención. Había algo en esa mujer que la intrigaba. Quizás era la manera en que jugueteaba con su bebida o cómo sus ojos se deslizaban nerviosamente por la cubierta, como si buscara a alguien o, peor aún, intentara evitar a alguien.

Antes de que pudiera responder, Marla intervino.

—Lo que Javier quiere decir es que apreciamos su ayuda, Juliette. Esto es importante para nosotros y para la familia de Paco.

Juliette levantó la vista y los miró.

—No lo sé... Dupont es... un hombre complicado. Muy poderoso, muy influyente. Cuando alguien se le cruza, no lo olvida. Paco le debía dinero y... había cosas que Jacques no podía permitir que salieran a la luz. Supongo que se juntó todo.

—Entonces, nos da la razón.

—No he dicho tal cosa. Simplemente, hay cosas que todos sabemos y que nadie quiere decir en voz alta.

—¿Cosas? ¿Como cuáles?

—No seré yo quien hable mal de otras mujeres. No, en esta fiesta.

La paranoia de Guzmán, la mención de Dupont y la tensión en el rostro de Juliette indicaban que había más por descubrir. Sobre todo, porque las palabras junto con el alcohol, rara vez eran buenos consejeros, por muy honestas que parecieran.

Maldonado se inclinó hacia Juliette, con una chispa de interés en los ojos.

—A estas alturas, no tiene que hacerse de rogar. Si se refiere al triángulo amoroso entre Miraflores, Guzmán y Dupont, que sepa que estamos al corriente. Sabemos que los españoles eran amantes, mientras Dupont miraba...

Juliette arqueó una ceja, extrañada. Luego se mordió el labio inferior, dubitativa. Miró a su alrededor antes de responder, como si temiera que alguien estuviera escuchando.

—Alguien no le ha informado del todo bien... —murmuró, acercándose más a Maldonado—. Fue Guzmán quien sufrió la traición en sus carnes, y no al revés.

—Ajá.

—De ahí que se involucrara tanto en ese proyecto que pretendía patear el trasero de Dupont. Pobre iluso. Jamás percibió lo peligroso que era morder la mano que te da de comer. Se suponía que desenterraría muchos secretos sucios... y, desgraciadamente, solo lo han enterrado a él.

Maldonado asintió, su interés aumentando.

—Poético, ¿verdad? Me pregunto cómo terminó aquello...

Juliette negó con la cabeza.

—Paco escribió un guion y lo puso en circulación. Sin embargo, nadie se interesó por él, hasta que descubrió que Jacques había recibido sobornos para cortar ciertas partes del guion y proteger a algunas personas muy poderosas. Jacques lo negó todo, pero Paco no le creyó. Se enfrentaron y la situación se puso fea. Paco me dijo que tenía pruebas de todo y que, si algo le ocurría, esas pruebas saldrían a la luz.

Maldonado se inclinó hacia delante, entrecerrando los ojos.

—¿Pruebas? ¿Dónde están esas pruebas?

Juliette vaciló.

—No estoy segura... Nunca me lo dijo. Pero sospecho que lo guardaría aquí, en Cannes, en la casa que tenía alquilada... —hizo una pausa, su voz disminuyendo en volumen—. Fue ahí donde lo escribió.

Antes de que Maldonado pudiera hacer otra pregunta, la expresión de Juliette cambió bruscamente. Sus ojos se abrieron de par en par y su boca se cerró en una línea apretada.

El detective giró la cabeza para ver qué había llamado su atención. Allí, avanzando hacia ellos con una mirada que podría perforar el acero, estaba Jacques Dupont. Su figura corpulenta y su rostro severo oscurecían el ambiente festivo del yate.

—Juliette, querida —saludó Dupont en francés, con una sonrisa que no alcanzaba sus ojos—. No sabía que te gustaba charlar con desconocidos.

Juliette tragó saliva y sonrió débilmente, claramente incómoda.

—Oh, Jacques... solo estaba... hablando con unos amigos de Lacoste.

El expolicía se levantó lentamente, enderezándose, y le extendió la mano a Dupont, con una sonrisa de lobo.

—Un placer conocerle. Bonita fiesta, por cierto.

El magnate francés miró la mano de Maldonado como si fuera venenosa antes de estrecharla con una presión calculada.

—Jacques Dupont. ¿Y usted es...?

—Simplemente, alguien interesado en las historias de otros —respondió, sin perder la sonrisa. Marla, a su lado, observaba con cautela la interacción—. Esto es el cine, ¿verdad? Todos tienen una que contar. ¿Cuál es la suya, *monsieur*?

Dupont soltó la mano de Maldonado y se volvió hacia su secretaria.

—¿Qué hacen en mi fiesta? —preguntó con una voz cortante que apenas disimulaba su desprecio—. No recuerdo haberlos invitado.

El detective levantó una ceja, sin dejarse intimidar.

—¿Su fiesta? —repitió, como si no pudiera creerlo—. Debería preguntar a su secretaria. Y, en cuanto a lo que hacemos aquí... ya lo ve, divertirnos, como todos los demás.

—Esta es una de las fiestas más exclusivas del festival, y no me gusta ver caras nuevas, sin saber quién las ha invitado —respondió Dupont, con una frialdad que haría temblar a cualquiera—. ¿Ha sido ese papanatas de Lacoste? ¡Oh! No...

—Vaya, no sabía que había que pasar un examen para socializar por aquí —replicó, acercándose un poco más, con la mirada fija en Dupont y una media sonrisa insolente—. Pero ya que lo menciona, soy Javier Maldonado, detective privado, y ella es Marla, mi ayudante.

—Un detective, ya veo —respondió, con una sonrisa pícara—. Ahora entiendo su interés en esta fiesta... Es la mejor de Cannes. Amigos del director, ¿eh?

—Me alegra que nos entendamos.

—No se pase de listo. Si vienen a husmear sobre el asunto de Guzmán, todo está dicho. Vayan a la policía. Ellos le dirán la verdad.

—¿Y esa verdad es...?

—Que ese cretino murió en un accidente. Y que ustedes deben abandonar este barco.

—Ya veo.

—¿No me cree?

—No es eso, señor Dupont... Es que la familia y algunas otras personas piensan lo contrario. Eso me despierta curiosidad.

Dupont dio un paso hacia él, invadiendo su espacio personal. Maldonado no retrocedió ni un centímetro, manteniendo los ojos fijos en los del productor.

—Debería tener cuidado con la curiosidad, señor Maldonado. A veces mata al gato.

—O al director.

—Disfruten... antes de que mis hombres de seguridad los echen a patadas de aquí —replicó—. Vamos, Juliette. Tenemos cosas de las que hablar.

Ella asintió rápidamente, lanzando una mirada de disculpa a Maldonado y Marla.

—Lo siento, debo irme —dijo, antes de alejarse agarrada al brazo de Dupont—. Ha sido un placer.

Maldonado los siguió con la mirada.

—Bueno, parece que hemos tocado una fibra sensible —comentó en voz baja, mirando a Marla—. Esto se pone interesante, ¿no te parece?

—Sí, pero presiento que no podremos quedarnos mucho más —le advirtió la secretaria—. Dupont no parece ser el tipo de hombre al que le guste que husmeen en sus asuntos.

Maldonado se encogió de hombros.

—Entonces, es una suerte que no me importe lo que le guste o no.

Ella sacudió la cabeza, pero no pudo evitar sonreír. Estaba claro que Maldonado no cambiaría nunca. Y, quizás, esta vez, eso era justo lo que necesitaban.

20

Maldonado y Marla se apartaron de la ruidosa fiesta en la cubierta y, con discreción, se escabulleron hacia el interior del yate. Las luces doradas del salón principal creaban un ambiente cálido y opulento, mientras los invitados, ajenos a su retirada, continuaban riendo y charlando en pequeños grupos. René estaba absorto conversando con un grupo de directores, lo que les daba la oportunidad perfecta para perderlo de vista un buen rato.

—¿A dónde vamos? —preguntó ella, siguiendo al detective mientras este navegaba por los pasillos alfombrados del barco.

—Necesito encontrar el maldito baño —murmuró Maldonado, con evidente urgencia—. No he tenido tiempo en toda la tarde.

Marla levantó una ceja. Le resultaba curioso que este detective, que no pestañeaba ante el peligro, estuviera ahora tan preocupado por algo tan trivial. Se encogió de hombros y decidió acompañarlo. Cualquier excusa para explorar el yate le merecía la pena.

A medida que avanzaban, el ruido de la fiesta se desvanecía, reemplazado por el suave balanceo del barco y el sonido lejano del agua golpeando contra el casco. Las puertas de madera oscura y los detalles dorados dejaban claro que aquel no era un barco cualquiera: era un palacio flotante. Las paredes estaban adornadas con arte contemporáneo y el suelo de madera pulida lucía alfombras persas.

—Este lugar es impresionante —comentó, pasando la mano por una moldura tallada—. Me pregunto cuánto habrá costado todo esto.

—Demasiado, probablemente —replicó él, mientras seguía abriendo puertas al azar—. Y sospecho que le voy a echar a perder la alfombra con la suciedad de mis zapatos... aunque dudo que le importe.

De repente, se detuvo frente a una puerta más robusta que las demás, con un candado metálico y una placa que rezaba «NO PASAR».

—Interesante... —murmuró, intentando girar el pomo.

Antes de que pudiera abrir la puerta, Marla lo tomó del brazo.

—¿Qué haces?

—Ya lo ves. Intento abrirla.

—Javier, no deberíamos estar aquí.

—Me cuesta resistirme a estos carteles...

—Dupont ya nos tiene en el punto de mira. Si nos pilla, no saldremos bien parados de aquí...

—Relájate. Solo estoy curioseando —replicó, aunque su tono no era tan convincente.

Justo en ese momento, oyeron pasos que bajaban por las escaleras del pasillo. Se miraron rápidamente y, sin pensarlo dos veces, él empujó la puerta de la oficina, que cedió milagrosamente. Ambos se colaron dentro y la cerraron con cuidado tras ellos.

La oficina era un espacio pequeño, pero lujosamente decorado, con una gran mesa de caoba, una silla de cuero negro y un mueble-bar lleno de botellas de licor caro. Papeles y archivos estaban esparcidos sobre la mesa, y una gran ventana panorámica ofrecía una vista espectacular del puerto y la costa iluminada de Cannes.

—¡Maldita sea! Estamos metidos en un buen lío —murmuró Marla, acercándose a la ventana y observando a los guardias que se movían afuera.

—Tranquila, no pasará nada. Ya hemos salido de situaciones peores —dijo él, aunque intentaba sonar más seguro de lo que realmente se sentía. Porque la verdad era que estaban en un callejón sin salida.

Los pasos se acercaban, y ambos se tensaron al escuchar la conversación de los guardias justo afuera de la puerta.

—No los veo por aquí —dijo uno de los guardias en francés.

—Deberíamos revisar dentro de la oficina del jefe —sugirió el otro.

El corazón de Marla latía con fuerza. Maldonado, con el oído pegado a la puerta, le hizo un gesto de silencio, llevando un dedo a sus labios. La tensión entre ellos era palpable, y por un momento, él notó la cercanía de Marla, el brillo en sus ojos bajo la luz tenue. Pero no era el momento para distracciones; debían salir de allí antes de que los atraparan.

Los pasos se detuvieron justo frente a la puerta.

Maldonado, mirando a su alrededor, se fijó en la lámpara de escritorio. Pensó que podría servirle de arma. Desenchufó la lámpara y tomó el pie de hierro con ambas manos. Luego, se colocó detrás de la puerta, listo para cualquier eventualidad. Marla, nerviosa, se situó detrás de él.

Uno.

Dos.

Los pasos se acercaban.

Tres.

Maldonado respiró hondo cuando sintió la mano de uno de los guardias en el pomo de la puerta. Alzó la lámpara, preparado para el asalto.

De repente, un ruido estático sonó en el walkie-talkie de uno de los guardias y el hombre se detuvo.

—Hay un tipo borracho causando problemas en la otra parte del barco. Id a ver qué pasa.

—¿Un tipo con cara de español, acompañado de una chica pelirroja?

—Negativo.

Maldonado permanecía inmóvil, tenso como una gárgola.

—¿Entonces?

—¿Qué importa? Lleva una pipa de fumar. Haceos cargo de él.

Los guardias dudaron un instante, pero luego se dirigieron hacia las escaleras, alejándose del camarote. Maldonado y Marla soltaron un suspiro al unísono.

—Por poco... —susurró Marla, acercándose al detective—. Casi me da un infarto.

Maldonado se tomó un momento para recuperar el aliento y luego sonrió.

—Demonios... Ha estado cerca, ¿eh?

—Demasiado. ¿Qué hacemos ahora?

—¿De verdad tengo tanta cara de español? Yo que pensaba que tenía un aire a Paul Newman...

—Pues no, no lo tienes. Por eso no podemos quedarnos aquí.

—Pero, ya lo has oído... Estamos en la oficina del jefe.

—¿Te refieres a Dupont?

—¿A quién, si no? Es su fiesta y su yate. Seguro que este es el lugar donde cierra sus negocios. Así que, vamos, echemos un vistazo antes de que vuelvan...

Ella negó con la cabeza.

—Pero, Javier...

—¿Qué, Marla? Para esto estamos aquí. Esta es nuestra función. Sin riesgo, no hay recompensa.

Ella puso los ojos en blanco y suspiró.

—¡Te odio!

—No seas infantil. Alguien tiene que hacer el trabajo sucio.

—Pero, ¿no decías que querías ir al baño?

—Ya... Pero hay cosas que pueden esperar, como todo en esta vida, Marla.

21

Una lámpara de escritorio arrojaba un resplandor cálido sobre una gran mesa llena de papeles y documentos desparramados. Maldonado se acercó a la mesa, escrutándolo todo con sus ojos de halcón.

—¿Qué demonios tenemos aquí? —dijo, señalando una carpeta de cuero oscuro, un tanto desgastada por el uso. En la portada, en letras doradas, se veían las iniciales «J.D.».

—Jacques Dupont —musitó Marla, comprendiendo de inmediato.

Maldonado abrió la carpeta con cuidado, revelando un montón de papeles de alta calidad con membretes pertenecientes a una empresa de producción cinematográfica francesa. Guzmán y Dupont parecían tener intereses compartidos, pero el contenido de esos documentos iba mucho más allá de una simple colaboración.

—Esto no parece un contrato más —dijo él, pasando las páginas rápidamente. Los términos eran explícitos: grandes sumas de dinero serían transferidas a cuentas en paraísos fiscales, y había una clara intención de lavado de dinero—.

Nuestro amigo estaba metido en algo más gordo de lo que pensábamos. Sin embargo, esto no debe de ser muy ilegal, si lo guarda a la vista de cualquiera...

—Hombre, tanto como a la vista...

—Ya sabes a lo que me refiero.

—¿No te mencionó Salinas nada al respecto?

El detective se rio y miró a la secretaria de soslayo.

—Ese tipo no suelta prenda con tal de cobrar lo suyo.

—¿Un negocio sucio de financiación de películas? —Marla se inclinó sobre su hombro, leyendo con él—. Esto podría ser el motivo por el cual terminó muerto.

—Bueno, sigo sin descartar una muerte por excesos o por venganza, o por hablar más de la cuenta, o todas juntas, claro... pero, atenta a esto —dijo y señaló las enmiendas y notas al margen, todas escritas de puño y letra de Guzmán. El detective no entendía el francés, pero escrito era más fácil de descifrar. Algunas anotaciones advertían sobre la «calidad del producto» que exigía un tal Philippe D'Angelo, los agujeros en el presupuesto para distribución y marketing, que apuntaban a una mujer llamada Sophie Lambert. Finalmente, algunos comentarios mencionaban «preocupaciones sobre seguridad» relacionadas con el equipo de un tal Luis Rodríguez y sus hombres. El detective reconoció varios nombres que aparecían en ese documento. Sus labios se tensaron en una mueca sarcástica—. Vaya, ¿no eran estos sus amigos de confianza? Parece que Guzmán estaba arriesgando en un juego de adultos y traidores.

Entre las hojas encontraron una lista de nombres, algunos conocidos en la industria del cine y otros que eran un enigma. Junto a cada nombre había cifras impresionantes y referencias a otros negocios. Maldonado se quedó mirando la lista.

—No estamos hablando de calderilla aquí —dijo en voz baja—. Hay millones en juego. Esto es un pelotazo bien gordo. Mucho más de lo que había supuesto en un principio.

Marla asintió y sus ojos se detuvieron en una serie de referencias al «Proyecto X».

—¿Qué demonios es el Proyecto X? —preguntó—. ¿Es lo que me parece?

—No sé qué tienes en esa mente sucia, querida.

—No seas vulgar, Javier. Estoy hablando en serio.

—Y yo, Marla, y yo. Sea lo que sea, parece que es el núcleo de todo esto. —Maldonado pasó la página y encontró un conjunto de instrucciones y plazos—. Guzmán estaba en una posición difícil. Lo que no entiendo es por qué se arrimó a este gañán, con la mala fama que tiene.

—¿Quizá porque es uno de los peces gordos del país?

—Puede ser. —Señaló con el dedo—. Hay varias fechas aquí que ya han pasado. Si intentaba salirse del acuerdo, eso podría haber sido su sentencia de muerte.

En el fondo de la carpeta había una carta manuscrita. Maldonado la tomó y la desdobló con cuidado. La letra era inconfundible; pertenecía a Guzmán, ya que había una frase en español al comienzo. Era una confesión, llena de miedo y desesperación. Pero, ¿a quién?, se preguntó.

—«Ellos no me dejarán hablar» —leyó Maldonado en voz alta—. «Debo encontrar una forma de salir antes de que sea demasiado tarde». El pobre estaba cagadito de miedo.

—Está claro que el director era consciente del peligro —dijo ella, sintiendo un escalofrío que le recorrió la espalda—. Lo cual, de ser así, me resulta extraño que lo celebrara del modo en que terminó. Pero, ¿quiénes son «ellos»? ¿Por qué la guarda Dupont?

—Ni idea. Atención a esto. —El sabueso señaló un pasaje al final de la carta—. Menciona a Lola. ¿No es ella la mujer que ese hombre nombró antes?

—¿Lola Miraflores? —La secretaria levantó una ceja—. ¿La actriz? ¿Crees que ella estaba involucrada? Perdona, pero sería un disparate.

—Demonios, la pregunta es si hay alguien que no lo esté. —Maldonado sacó el teléfono móvil y fotografió la carta y la documentación. En una de las fotos había una dirección que parecía de una oficina. Al menos, pensó, tenían otro hilo del que tirar. Luego guardó la carta en la carpeta y la cerró con un clic—. Esto se queda aquí, si no queremos otro lío.

El sonido de pasos acercándose por el pasillo les hizo erguirse de golpe. Maldonado apagó la lámpara de escritorio y ambos se agacharon detrás de un gran sillón de cuero.

—La gente no para de subir y bajar.

De repente, los pasos se alejaron, dejando la oficina sumida en un silencio tenso. Maldonado y Marla intercambiaron una mirada de alivio antes de levantarse con cuidado.

—Lo sé. Debemos largarnos.

—Regresemos a la cubierta, antes de que se den cuenta de que nos hemos ido.

—Sí. Además, necesito un buen trago... o dos.

Salieron del camarote en silencio, volviendo al bullicio de la fiesta, conscientes de que habían encontrado algo que podía cambiarlo todo, pero también de que habían atraído la atención de alguien dispuesto a hacer cualquier cosa para mantener esos secretos ocultos.

22

Al regresar a la cubierta, la fiesta seguía prácticamente igual que cuando la habían dejado, aunque la efusividad de los invitados comenzaba a decaer. Para Maldonado, era una hora perfecta: ni demasiado pronto para irse, ni demasiado tarde para cenar, aunque pensó que los franceses tendrían otras costumbres. Degustaron algunos canapés que los camareros ofrecían en bandejas y bebieron una copa de vino de Borgoña mientras observaban al resto desde un rincón. Habían localizado a Dupont y también conocido a esa extravagante y ebria actriz que los había advertido de los recelos del director. Ahora, con disimulo, intentaban poner rostro a algunos de los nombres que figuraban en el documento que habían encontrado. Marla se mostraba más nerviosa, como si el secreto estuviera a punto de escaparse de su boca, pero Maldonado prefirió no reprocharle eso, pues solo la pondría más inquieta.

—Come y bebe, te sentará bien —le dijo, ofreciéndole un canapé—. Sobre todo, lo segundo.

—Me cuesta mirar a los ojos de la gente cuando sé algo sobre ellos.

—Si me ocurriera a mí, me pasaría la vida mirando al suelo —respondió, llevándose un canapé a la boca. Luego se aclaró la garganta con un trago de vino—. He pensado lo siguiente, Marla. Ahora que tenemos una dirección, mañana visitaremos esa oficina a primera hora. Luego iré a ver al inspector. Estoy seguro de que rascaremos algo de información. Por otro lado, debemos repartirnos el trabajo.

—¿Ya te has cansado de mi compañía?

—No, no precisamente. Pero es evidente que llamamos la atención estando todo el tiempo juntos.

—¿Qué propones?

El detective avistó a René, charlando con un grupo de invitados.

—Mañana te encargarás de Lacoste. —Marla arqueaba una ceja mientras él hablaba—. No me mires así. Será mucho más fácil si lo haces tú.

—¿Y cuál es la razón, Javier?

—Es evidente —le dijo, sonriendo—. Hablas francés y yo no.

Ella puso los ojos en blanco.

—Está bien.

—No me preguntes cómo, pero tienes que hacerte amiga de esa actriz española. Si fueron amantes, seguro que está al tanto de los problemas que tenía el director.

—Entiendo. ¿Qué harás tú?

—Buena pregunta... Visitaré la dirección de la oficina que hemos encontrado en los documentos. Con todo el mundo en el evento, es probable que sea más fácil acceder. Eso me dará nombres y despejará algunas dudas. Después, aprovecharé para hablar con ese inspector de policía, el tal Moreau... y así enterarme de su versión de los hechos. Cuando acabe, me reuniré contigo.

Antes de que ella respondiera, se oyó un grito que provenía del otro extremo de la cubierta. Rápidamente, se formó un círculo de personas alrededor del incidente. En el centro, dos mujeres: Lola Miraflores y, frente a ella, una mujer alta, de ojos verdes, cabello castaño largo y un vestido que dejaba al descubierto su interminable pierna. Maldonado recordó la descripción que Salinas le había dado de la examante del director.

Tenía que ser ella: Isabelle Duvall.

—¡Eres una zorra y una aprovechada! —le gritó la otra mujer, en español—. ¡Todo esto es por tu culpa!

El sabueso, entretenido, dio un sorbo a su copa y sonrió para sus adentros. Estaba claro que Duvall estaba achispada, como la mayoría de los invitados. El alcohol suele convertir a las personas en seres de una honestidad brutal. Solo había que esperar a que esa mujer soltara lo que llevaba dentro, para entender qué relación había entre ellas. El detective respiró complacido. El círculo se cerraba.

—¡Oh! Parece que llegamos justo a tiempo para la función —comentó con sarcasmo.

***

La atmósfera en la cubierta del yate se cargaba de tensión. Maldonado y Marla observaban cómo la discusión entre Lola Miraflores e Isabelle Duvall se intensificaba. Ambos sabían que, entre los insultos y los reproches, podrían emerger verdades disfrazas que arrojasen luz sobre la muerte de Paco Guzmán.

—No te atrevas a echarme la culpa —replicó Lola con una voz suave, pero llena de veneno—. Todos sabemos quién andaba prometiendo cosas que no podía cumplir. Si alguien tiene alguna culpa aquí, no soy yo.

—¡Siempre has sido una trepa! —vociferó Duvall, tambaleándose ligeramente mientras apuntaba un dedo acusador hacia Lola—. Todo el mundo sabe que estabas con él solo para acercarte a alguien más... Como estás haciendo ahora.

La española mantuvo el semblante entero, aunque sus ojos brillaban con una intensidad peligrosa.

—Muy fácil decirlo ahora. ¿Y lo que andabas haciendo tú antes? Todo Hollywood lo sabe.

—¡Sabías lo que iba a pasar y no hiciste nada!

Lola se encogió de hombros con desdén.

—¿A qué te refieres, querida? —dijo, fingiendo inocencia—. Si insinúas que yo estaba haciendo algo indebido, quizá necesites más de esa bebida para aclarar tus pensamientos, pero no me tomes por una drogadicta... Y no, no soy como tú, que nunca pudiste dejar atrás ciertas adicciones. Siempre incapaz de cortar lazos. Ese es tu verdadero problema.

Isabelle apretó los puños.

—¡Eres una hipócrita! —gritó, rota—. ¡Me das asco! ¡Fingiendo ser tan perfecta! ¡Nunca estuviste a su altura! Pero todos sabemos que no eres más que una buscona...

Lola dejó escapar una risa fría, sin humor.

—Al menos yo sé con quién estar y cuándo alejarme de quien no me conviene. No puedo decir lo mismo de ti, querida. Siempre tan ansiosa por encontrar el próximo «apoyo». ¡Débil!

La actriz francesa dio un paso adelante. Sus ojos verdes ahora brillaban con furia.

—¡Tú no sabes nada de mí! —bramó—. Nunca podrías entenderlo. ¡Nadie quiere estar cerca de alguien como tú, gitana española!

Todos se asombraron ante tal declaración. Podían esperar un espectáculo, pero no que perdiera los estribos.

—Auguro un final prometedor...

—No seas malo, Javier. Me da pena esta situación.

Él le hizo un gesto para que atendiera.

—Oh, Isabelle, por favor... La verdad es que tú misma te has encargado de eso. —Lara miró a su alrededor, señalando a los invitados que las observaban—. Nadie quiere trabajar con alguien que no puede controlarse. Mírate... no hay más que verte. Puedes insultarme todo lo que quieras, pero estás haciendo el ridículo con tu comportamiento errático... ¿De veras esperas que alguien te tome en serio?

Isabelle lanzó un grito de furia y levantó la mano como para golpearla, pero se detuvo en el último segundo, temblando de rabia, consciente de las consecuencias. Lola no se inmutó, manteniendo una mueca de desprecio.

—Hazlo, si te atreves. No cortes por mí —la retó, a escasos centímetros de ella, en voz baja y peligrosa—. Sé que en el fondo lo deseas con todas tus ganas. Vamos, hazlo delante de todo el mundo y dales una razón para entender que estás acabada. ¡Ah! Perdona, que ya lo estabas antes...

Al borde del colapso, la francesa bajó la mano, respirando con dificultad. Lola, casi con desdén, tomó su copa de champán y, con un movimiento deliberado, se la volcó encima del vestido.

—¡Oh! —se escuchó, procedente del asombro colectivo.

Isabelle jadeó y retrocedió con el vestido empapado, mientras la multitud murmuraba. Maldonado pensó que la vergüenza que debía de sentir era incalculable. Los guardias de seguridad finalmente intervinieron, acercándose para separar a las dos mujeres. El sabueso esperó, mientras observaba la escena con atención, notando cómo Jacques Dupont permanecía al margen, sin hacer el más mínimo gesto para ayudar a Duvall.

—¿Ves a ese cretino? Parece que está más interesado en mantener sus manos limpias que en salvar a sus escarceos —le comentó en voz baja a Marla.

Ella asintió, con los ojos puestos en el magnate francés.

—Vaya cretino. No es el tipo de hombre que se ensucia fácilmente.

Antes de que pudieran decir más, René Lacoste apareció a su lado, con una sonrisa tensa.

—La guinda del pastel de la noche. Alguien debió advertir a los de seguridad que esas dos mujeres no pueden estar juntas.

El detective se giró hacia él.

—Es evidente, pero se ve que han tenido una noche intensa... Por cierto, ¿lo sabías?

—¡Oh! *Mon Dieu*. No hay evento en el que no se avise al personal. Duvall no está pasando por su mejor momento.

—¿Hace cuántos años de eso?

El francés rio por cortesía, pero el comentario no le hizo gracia.

—Es una buena mujer.

—No lo pongo en duda. Me gustaría hablar con ella.

—No creo que sea el momento más adecuado, detective. Ya hemos tenido suficiente espectáculo por esta velada —dijo, haciendo un gesto hacia la salida—. Es hora de que todos nos vayamos. La fiesta ha terminado, por lo que se ve.

—Vaya, y yo que pensaba que esto era solo el primer acto —bromeó, con su característico tono burlón—. Supongo que los franceses no sois tan adictos al drama.

René le lanzó una mirada severa.

—No nos va tanto el morbo como a los españoles... Ya habrá tiempo para más preguntas, mañana, cuando se calmen las aguas —dijo, con un toque de impaciencia—. Hay varios eventos importantes en el centro de congresos.

Maldonado asintió y, con Marla a su lado, se dirigió hacia la salida. Mientras se alejaban, el detective echó una última mirada a Dupont y a Lola, quienes ahora se dirigían en direcciones opuestas. Pensó que había más secretos y cuernos en ese yate que conejos en la chistera de un mago.

23

El aire fresco del puerto los envolvió mientras Maldonado, Marla y René caminaban hacia el aparcamiento, dejando atrás las luces y la opulencia del yate. René, con su inagotable entusiasmo, se ajustó la chaqueta y les lanzó una sonrisa mientras se despedía.

—Entonces, Marla —dijo el francés, inclinándose ligeramente hacia ella—, nos vemos mañana en el evento. Será un placer contar con tu compañía.

Marla le devolvió una sonrisa educada, mientras el detective mostraba un rostro que delataba su impaciencia.

—René, antes de que te vayas... —le dijo, adoptando un tono más serio—. Tengo una dirección que me gustaría confirmar contigo. —Le mostró un trozo de papel con la dirección que habían encontrado entre los documentos.

El reportero echó un vistazo rápido al papel y luego miró a Maldonado con curiosidad.

—Esa es la oficina de la distribuidora de Sophie Lambert. ¿Cómo has conseguido esa dirección?

Maldonado se encogió de hombros, su rostro imperturbable.

—Digamos que nos topamos con ella. No viene al caso ahora —dijo y guardó el papel en su bolsillo—. ¿Sabes algo más que nos puedas contar sobre Sophie? No la he visto en la fiesta.

René sonrió de manera enigmática.

—No, no estaba en el yate. Sophie y Paco... Bueno, es una historia larga. Ella fue una de las últimas personas en verlo con vida, o al menos eso dicen. —Se encogió de hombros, restándole importancia al rumor—. Pero cuidado con ella, es una mujer de negocios implacable.

Maldonado guardó la información. No podía confiar en nadie, ni siquiera en René. Cambió de tema y mencionó el enfrentamiento entre las actrices.

—Parece que Duvall siente algo más que celos por Lola Miraflores.

—¡Celos! Eso es quedarse corto —dijo el otro, suspirando, avergonzado—. Lo de esta noche no es nuevo... Isabelle siempre ha tenido envidia de Lola. Algunos dicen que es por su belleza mediterránea, pero en realidad es por algo más. Duvall nunca superó que Lola fuera más cercana a Paco. Lo cierto es que la noche en que murió, Lola ni siquiera estaba en la fiesta.

Maldonado escuchó en silencio, procesando cada palabra. Aquello sonaba a una maraña de resentimientos y secretos, ideal para ocultar una verdad incómoda.

—O sea que Lola no estaba allí... —comentó Marla, algo confusa.

—No, no estaba, que yo sepa —repitió René, con énfasis—. Aunque, conociendo a Isabelle, eso nunca ha importado. Para ella, Lola siempre será la culpable de todo. Lo más irónico es que Isabelle nunca fue capaz de captar la atención completa de Paco, ni de dejar a D'Angelo.

Maldonado intercambió una mirada con su compañera y René les dedicó una última sonrisa, antes de subir a su coche y despedirse con una ligera reverencia.

—Hasta mañana, amigos. Que descanséis con el rumor del mar.

Los faros del coche de René desaparecieron en la lejanía.

—Será gilipollas... —murmuró Maldonado.

Él y Marla subieron al Mazda MX5 verde. Mientras ajustaba el retrovisor, algo captó la atención del detective, haciéndolo tensarse.

—¿Qué sucede, Javier? —preguntó ella, notando el cambio de actitud en él.

—Nada —respondió, arrancando el motor con suavidad.

Al salir del aparcamiento, Maldonado tomó una dirección diferente, alejándose de la ruta que habían usado para llegar.

—Creo que te has equivocado. Vamos en dirección opuesta al apartamento.

—¿Yo? No.

—En serio, Javier. ¿Por qué vamos por aquí? —insistió Marla, con curiosidad.

—Paciencia, mujer. —Sonrió como un niño travieso—. Creo que tenemos un nuevo objetivo.

Ella lo miró, desconcertada, pero decidió no interrumpir. Mientras el Mazda se deslizaba por las calles de Cannes, el sabueso mantenía la mirada fija en un lujoso Porsche 911 que había visto en el aparcamiento. El coche pertenecía a Jacques Dupont.

—¿Estamos... siguiendo a ese deportivo? —preguntó ella, entre emocionada y nerviosa.

—Exactamente, estamos siguiendo a Dupont. He visto cómo salía del aparcamiento, y tengo curiosidad por saber a dónde va esta noche.

El Porsche 911 giró por una calle lateral y Maldonado, manteniendo una distancia prudente, lo siguió. Ninguno de los dos podía ir a gran velocidad en las estrechas calles del casco urbano, lo que facilitó la persecución. Las luces de la ciudad reflejaban el brillo metálico del coche alemán mientras recorrían las calles.

Finalmente, el Porsche se detuvo frente al imponente Hotel Marriott de Cannes. Dupont bajó del coche con la misma seguridad de siempre, como si fuera un habitual en todos los rincones lujosos de Francia, como si fuera el rey de aquello. El detective frenó unos metros atrás, observando la escena.

Desafortunadamente, no pasó mucho tiempo antes de que el personal de seguridad del hotel apareciera. Un hombre alto, de piel oscura y con manos del tamaño de la cabeza del expolicía, se acercó al deportivo japonés.

—*Monsieur, vous ne pouvez pas stationner ici* —le dijo con seriedad.

—¿Qué dice? No hablo francés. ¿Podría repetirlo en español? —respondió con una sonrisa forzada, fingiendo ser un turista confundido para ganar tiempo.

—Que no puede aparcar aquí, señor —le contestó el guardia en su idioma.

«Carajo. Me tocó el que sabía idiomas», pensó, suspirando.

—*Oui, oui. Merci beaucoup*. Ya nos marchamos —respondió con desdén y comenzó a mover el coche hacia atrás. Justo antes de irse, echó una última mirada por el espejo retrovisor y sus ojos se entrecerraron. Una figura femenina descendía de un taxi. Era Lola Miraflores, y se dirigía directamente al hotel.

En ese instante, el detective reprimió una sonrisa. Aunque para ellos la noche parecía haber terminado, las sospechas parecían enredarse más de lo que había esperado.

—Las cosas se están poniendo interesantes —murmuró mientras conducía lejos del hotel.

24

El apartamento estaba oscuro y en silencio cuando Maldonado y Marla regresaron. La noche había caído sobre Cannes, cubriendo la ciudad con tonos profundos de azul y negro. Desde la terraza se veían las luces de la ciudad y los destellos lejanos de los barcos que se balanceaban en el puerto. Maldonado se quitó la chaqueta y la colgó con descuido en el respaldo de una silla. Tenía hambre y, por la expresión, Marla también.

—Voy a bajar a comprar algo para picar. No sé qué habrá abierto a estas horas, pero no tardaré.

Marla asintió, esbozando una leve sonrisa.

—Mientras tanto, me cambiaré de ropa.

El sabueso bajó las escaleras y cruzó la calle hacia una pequeña tienda de ultramarinos. Para su suerte, el lugar estaba abierto. Era regentado por un inmigrante búlgaro y la mayoría de los productos eran importados de su tierra, pero logró encontrar una botella de vino francés, un poco de pan y dos quesos cremosos que parecían prometedores. «Con esto basta», pensó antes de pagar y pedir una cajetilla de cigarrillos lights. El tendero negó con la cabeza, y esa fue su mayor decepción de la noche.

Al regresar al apartamento, nada más abrir la puerta, sus ojos se posaron en Marla, que estaba de pie en el salón, con un camisón de satén bajo un albornoz abierto. La tela suave se ceñía a su figura, destacando sus curvas con una elegancia casual que lo hizo detenerse un segundo. No pudo evitar notar lo atractiva que se veía; el satén parecía acariciar su piel, mientras su cabello rojizo caía sobre sus hombros en una cascada.

Ella alzó la mirada, cruzándola con la suya. Hubo un instante de silencio, cargado de algo que ambos entendieron, pero que ninguno mencionó.

—He traído algo de vino, pan y queso —dijo, rompiendo el momento mientras mostraba la botella y los productos—. ¿Te parece bien, *mademoiselle*?

—Perfecto —respondió ella, con una sonrisa—. Espero que no te importe que me haya puesto cómoda. No podía seguir con ese vestido.

—Oh, no te preocupes. Sigues estando... presentable —comentó él, lanzándole una última mirada antes de desviar los ojos. Se dirigió hacia la terraza, sirvió dos copas de vino y encendió un cigarrillo, dejando que la brisa nocturna lo envolviera mientras su mirada se perdía en el horizonte.

Marla apareció minutos después. Se sentó junto a él, tomó una copa y probó uno de los quesos. Sus miradas volvieron a encontrarse, como en un juego de gato y ratón. La brisa marina y la intimidad de la noche creaban una atmósfera cargada de electricidad. Por un momento, fue como si no estuvieran allí por razones profesionales.

—Así que Dupont y Miraflores... —comentó él, tomando un sorbo de vino—. Me lo imaginaba. Esta gente del cine es así. Pero no esperaba que le derramara la copa encima a Duvall... Menudo espectáculo.

—Sí, hay que ser mala o tener motivos de sobra para hacerlo. Seguro que estaba esperando la oportunidad para humillarla. Duvall se lo ha puesto fácil, y a Miraflores no le ha temblado el pulso —respondió Marla, mirando hacia el puerto—. ¿Crees que Lola está involucrada en la muerte de Guzmán?

Maldonado se encogió de hombros, su mirada fija en las luces del mar. Luego dio un trago de vino para aclararse la garganta.

—No lo sé. Pero tanto rencor... no me gusta. Las dos parecen dispuestas a sacarse los ojos, y eso siempre es mala señal. Una por celos, la otra por interés. Lo provechoso será descubrir qué celos y qué intereses las empujan a actuar así. Dudo que tengan que ver con Guzmán... ¿Te has dado cuenta de que nadie lo ha echado de menos?

—¿Y qué piensas de D'Angelo y Lambert?

—Aún no tengo nada claro. Solo los hemos visto en fotos, pero D'Angelo no parece alguien fácil, por la cantidad de dinero que maneja. Lambert... hay algo en ella que no me cuadra. Si trabaja con Dupont, ¿por qué no estaba en la fiesta? Mañana quiero que averigües todo lo que puedas de René Lacoste sobre esos dos, especialmente sobre Lambert. No me fío del periodista. Podría estar encubriendo a alguno de ellos... o a las dos mujeres.

Marla arqueó una ceja.

—¿Y por qué no podría estar protegiendo algo propio?

—¿Algo como qué?

—Dudo que alguien como Lacoste arriesgue su carrera por una mujer.

Maldonado la miró y clavó los ojos en los de ella, como si intentara descifrar algo más allá de sus palabras.

—¿Lo estás defendiendo otra vez?

—Qué obtuso eres, Javier. Me refiero a que, tal vez, solo quiera aclarar qué le pasó a su amigo.

—No sé si me tomas el pelo o realmente eres así de inocente, querida.

—¿Perdona?

—No lo pierdas de vista. Es un engatusador profesional.

«No hace falta ser vidente para saber que ese francés intentará colarse en tu falda, en cuanto tenga ocasión», pensó.

—¿Y acaso no lo eres tú también? —preguntó ella, sonriendo de nuevo mientras alzaba su copa. Sus ojos lo observaban tras el cristal.

El silencio bajó entre los dos y la tensión que había flotado en el aire se volvió más palpable, como una corriente eléctrica. Maldonado sabía que no debía, pero no podía evitar ver a Marla no solo como su secretaria, sino como una mujer tremendamente atractiva.

Los segundos pasaron. Él encendió otro cigarrillo y, finalmente, Marla rompió el silencio, bajando la mirada.

—Creo que me voy a dormir. El vino me está dando sueño... Además, ha sido un día largo y estoy agotada. Si mis pies no descansan, mañana tendré problemas con los tacones.

Él asintió y la siguió con la mirada mientras se levantaba y caminaba hacia el interior del apartamento.

—*Bonne nuit*, Javier.

El detective se quedó un rato más en la terraza, contemplando el reflejo de las luces en el agua, fumando lentamente y pensando en el caso. Guzmán había descubierto algo que no debía saber, algo que le había costado la carrera, las amistades y, finalmente, la vida. Se preguntaba por qué algunas personas insistían en comprometerse con quienes sabían que les costaría cara la relación, en lugar de esperar el momento adecuado o a la persona adecuada.

«Quizá porque ese momento nunca llega», concluyó para sí.

Eso mismo podía pensar de él... y de su tira y afloja sin demasiado recorrido con la secretaria.

«Bah».

Tomó otro sorbo de vino, sintiendo el calor del alcohol recorrerle el pecho. Los pensamientos volvían una y otra vez al documento que habían encontrado, las menciones entre líneas y los nombres implicados. Pero, más allá del caso, su mente también vagaba hacia Marla, recordando cómo el satén se había deslizado sobre su piel, cómo lo había mirado...

—Mañana será otro día —murmuró, apagando el light en el cenicero de cristal. Se levantó de la silla y observó una vez más la hermosa postal nocturna. No podía creer que estuviera allí. Con la vista en el horizonte, dejó que sus pensamientos vagaran un poco más antes de retirarse al interior del apartamento.

25

Día 3.

Viernes.

Maldonado se despertó al amanecer, con los primeros rayos de sol filtrándose entre las cortinas entreabiertas del apartamento. Se frotó los ojos, despejando los últimos vestigios de sueño de su mente, y se levantó con pesadez de la cama. Aún quedaban restos de vino en su memoria, que le martilleaban la cabeza como finas agujas en el cráneo. Algunos lo llamaban resaca o jaqueca; él prefería llamarlo rutina. Tras una ducha rápida, que lo despejó, se vistió con ropa limpia y salió al pasillo. Al pasar frente a la puerta entreabierta del dormitorio de Marla, se detuvo un instante.

A través del hueco que dejaba la puerta, la vio dormida, con la melena desparramada sobre la almohada y el rostro relajado, como si estuviera soñando con algo apacible. La observó por un momento, sin poder evitar esbozar una leve sonrisa. Si la noche anterior parecía una femme fatale, ahora se había reencarnado en Campanilla de Peter Pan. A pesar de su actitud dura y profesional, había algo en Marla que siempre lo sorprendía.

En su aparente inocencia, había una fortaleza que a menudo pasaba desapercibida para los demás. Era joven, sí, pero no era ninguna ingenua, aunque aún tropezara con ciertas obviedades. Eso pensaba él, que era capaz de ver ese brillo en sus ojos, una chispa de inteligencia que no se apreciaba todos los días. Y, sin embargo, allí estaba, durmiendo como un ángel.

—Duerme mientras puedas, querida —murmuró en voz baja, casi para sí mismo—. El día va a ser largo para los dos.

Sin hacer ruido, entornó la puerta del dormitorio y se dirigió a la salida. Cerró con suavidad la puerta del apartamento y bajó las escaleras. Afuera, el Mazda MX-5 verde oliva lo esperaba bajo la luz suave de la mañana. Lo contempló con gusto. No echaba de menos su viejo Golf, aunque tampoco quería encariñarse con él. Se acomodó en el asiento y arrancó el motor. Conducir por Cannes a esa hora era una experiencia distinta; la ciudad aún se desperezaba, pero la presencia del festival ya se sentía en el ambiente, como una agitación que recorría las calles.

A medida que avanzaba, se dio cuenta de que el tráfico comenzaba a crecer. Cannes era una ciudad ficticia, una pequeña burbuja de lujo y glamour creada para impresionar al mundo durante una temporada del año. Así la habían imaginado cuando decidieron apostar por ese festival. Y, cuando este llegaba, la realidad se transformaba en un escenario desorganizado, donde los ricos y famosos se mezclaban con los cazadores de sueños y los oportunistas. Eso le hizo pensar en Paco Guzmán y en la entelequia de personajes que rodeaba su misteriosa muerte. Todos querían un pedazo del espectáculo, un mordisco del encanto, aunque fuera efímero. Y aquí estaba él, un expolicía curtido, aunque sin futuro, atrapado en medio de toda esa pantomima, en busca de su pedazo de pastel. Solo que él detestaba los dulces.

«En el fondo, todos lo hacemos por algo», se dijo mientras giraba por una calle estrecha y llena de tráfico.

Finalmente, encontró un lugar para aparcar cerca de la oficina de la distribuidora de Sophie Lambert. Comprobó la hora en el reloj del coche. Aún era temprano y el edificio seguía cerrado. Cannes no era Madrid ni los horarios de un sabueso se alineaban con los de la ciudad francesa. Así que decidió que era el momento perfecto para un café y algo de desayuno. Cruzó la calle y entró en una pequeña cafetería que comenzaba a llenarse. El aroma del café recién hecho y los pasteles recién horneados lo envolvió, llenando sus sentidos y provocando un rugido en su estómago.

Se acercó al mostrador y observó la vitrina llena de delicias: pasteles relucientes, emparedados de jamón y queso, bollos cubiertos de azúcar. Se sintió como un niño en una tienda de dulces, incapaz de decidir qué elegir.

—¿Qué le puedo servir, *monsieur*? —le preguntó la camarera en un francés educado, con una sonrisa en el rostro.

Maldonado, aún fascinado por la variedad de opciones, se quedó mirando la vitrina con los ojos muy abiertos.

—Eh... ¿Cuál es el mejor? —preguntó en tono medio serio, medio divertido.

La camarera rio con ternura. Era morena, hermosa, y él supuso que por sus venas corría el mestizaje de varias culturas. No hablaba más que unas pocas palabras en español, pero hizo el esfuerzo de comunicarse con él, y este lo agradeció.

—Todo es delicioso aquí, *monsieur*, pero nuestros croissants son los mejores de Cannes.

—¿Croissants, eh? —repitió Maldonado, como si estuviera considerando una decisión de vida o muerte—. Muy bien, dame uno de esos cruasanes, entonces. Y un «espresso» doble, bien cargado y sin azúcar.

Se acomodó a una mesa junto a la ventana, desde donde podía ver la entrada de la oficina de Lambert. Mientras mordía el cruasán caliente y tomaba sorbos de su café, observaba a la gente que pasaba, sin echar mucho de menos las tostadas y los churros de los bares de Madrid. El francés fluía por el aire como una melodía constante, una sinfonía de voces y risas que llenaba la pequeña cafetería. No entendía ni una palabra. Hablaban demasiado rápido para él, pero, en el fondo, era una sensación que disfrutaba. Por un día, no tenía que oír las estupideces de la Taberna del Príncipe o del bar Padrao.

Sus ojos se detuvieron en la puerta de la oficina, justo a tiempo para ver a Sophie Lambert entrar, acompañada de una joven bien vestida. La reconoció al instante por las fotografías que Lacoste les había mostrado.

«Un buen policía no olvida una cara».

Supuso que alternarían la oficina con el festival, de ahí el atuendo formal que llevaban. Maldonado se tensó ligeramente, dejando el cruasán a medio comer. Terminó el café de un trago, dejó unos billetes sobre la mesa y salió de la cafetería. «Ahora o nunca», se dijo, consciente de que ese encuentro podría ser clave para averiguar más sobre la noche de la muerte de Guzmán.

Al cruzar la calle, se dirigió directamente hacia el edificio. La oficina de Lambert era discreta, con una pequeña placa de metal en la puerta que indicaba el nombre de la distribuidora cinematográfica. Maldonado empujó la puerta y entró. Fue en ese instante cuando se dio cuenta de que nadie contaba con su visita.

26

El recibidor era un espacio pequeño, pero elegante, con suelos de mármol y paredes adornadas con pósteres de películas clásicas del cine francés y estadounidense. A su derecha, un enorme cartel de «À bout de souffle», con Jean-Paul Belmondo fumando un cigarrillo y esa eterna mirada insolente en su rostro. Más allá, un póster de «Casablanca», con Bogart y Bergman a punto de despedirse para siempre en ese aeropuerto nebuloso. Maldonado siempre había tenido debilidad por las películas antiguas; eran, como él, llenas de cicatrices y tipos con problemas.

—*Bonjour, monsieur...*

El sonido de voces elevadas lo sacó de sus pensamientos. Al otro lado de una puerta entreabierta, una mujer discutía en francés con una empleada, agitando las manos con furia. La intensidad de la conversación dejaba claro que no se trataba de una charla amistosa. Maldonado se detuvo un momento, fingiendo admirar otro póster, mientras escuchaba con atención.

—¿La señora Lambert? —preguntó a la recepcionista, mirando a ambos lados del departamento—. Y no, no hablo francés.

—La señora Lambert está ocupada —dijo la mujer en francés, pero él logró entenderla.

—*Oui*. Yo hacer preguntas... a la señora Lambert —dijo, mientras la otra seguía hablando en su idioma como un disco rayado—. Yo, amistad... ¿Paco Guzmán? ¿Dupont?

El disparo indiscriminado de apellidos surtió efecto cuando pronunció el nombre del temido empresario. La recepcionista le hizo una seña para que esperara, y él refunfuñó hasta que entendió que no le quedaba otra opción. Acto seguido, la chica descolgó el teléfono y marcó un número. Maldonado miró hacia el fondo, donde parecía estar el despacho de Lambert. Del interior salían gritos de la francesa, lo que le hizo intuir que el ambiente estaba caldeado en la oficina.

—*Non, non! Je t'ai déjà dit, c'est inacceptable!* —gritaba Sophie Lambert, llena de frustración. Él no necesitaba hablar francés para entender.

—*Attendez, s'il vous plaît, monsieur...*

—Sí, sí, claro... Si no hay que evitar una desgracia, antes...

Con las manos en los bolsillos, esperó pacientemente hasta que la puerta se abrió de golpe y la empleada salió apresurada, con el rostro enrojecido y los ojos llenos de lágrimas. Maldonado se fijó en su expresión, ponderando la bronca que la jefa le habría soltado. En ese momento, la asistente descolgó el teléfono y marcó el número directo de Sophie Lambert.

Tras una acalorada reunión, el detective sospechó que no sacaría mucho de su encuentro. La recepcionista intercambió unas palabras en francés que sonaron como susurros y luego colgó. Él apenas alcanzó a oír el apellido «Dupont». La joven empleada, conteniendo las lágrimas, se escabulló rápidamente de la oficina, cerrando la puerta tras ella. Sophie Lambert abandonó el despacho, aún enfadada, y se dirigió a él:

—*Vous êtes?* —preguntó, levantando una ceja.

—Javier Maldonado, *madame*. —Le entregó una mueca confiada y le ofreció la mano, gesto que ella rechazó—. Estoy aquí por el asunto de Paco Guzmán. ¿Podríamos hablar en privado?

Lambert lo miró de arriba abajo.

—Ah, claro. El detective español. Sígame, *monsieur* Maldonado.

Maldonado no pudo evitar sentirse impresionado por su español. Los franceses no eran conocidos por su inclinación a aprender otros idiomas, igual que los españoles o los italianos. De hecho, era un milagro que Maldonado pudiera comunicarse en algo distinto a lo que se hablaba en Madrid.

Entró en el despacho, siguiendo las caderas de la jefa, y cerró la puerta. Lambert se dirigió a su escritorio y sacó una botella de coñac y dos vasos.

—¿Un trago? —ofreció con una sonrisa forzada.

—Son las diez de la mañana —respondió Maldonado, rechazando la oferta con un gesto de la mano—. En otra situación, le diría que sí, pero no conozco a la policía de aquí.

Lambert se encogió de hombros y se sirvió una generosa cantidad de coñac. Maldonado no pudo evitar notar el leve temblor en sus manos mientras llenaba el vaso. Tomó asiento frente a ella y fue directo al grano.

—Estoy investigando la muerte de Paco Guzmán —comenzó—. Supongo que le sonará la historia. Lo que me sorprende es que supiera de mi visita.

—Anoche recibí un mensaje sobre usted. El que no corre, vuela.

—En ese caso, no le importará que le haga unas preguntas.

—Dispone del tiempo que tarde en vaciar este vaso.

—Entiendo... —comentó, suspirando.

—¿Se va a quedar ahí de pie? —preguntó Lambert, haciéndole un gesto para que se sentara. Él aceptó la orden disfrazada de invitación—. ¿Es usted detective de verdad?

—Sí.

—¿De verdad?

—También fui expolicía.

—Ahora debería pedirle que me mostrara su permiso.

—Pero parece resultarle indiferente.

—Es usted bueno. ¿Quién le envía?

Por un momento, se sintió incómodo, algo que no solía ocurrirle. Sin embargo, Lambert no le daba tregua para que disparara sus preguntas. Era una mujer elegante, carismática, de unos cincuenta años, con una figura atractiva, aunque opacada por las modelos y actrices que captaban toda la atención masculina. En un entorno tan hostil, era difícil ver la auténtica cara de las personas. Maldonado entendió que su posición de jefa había construido una coraza a su alrededor.

—La familia.

—Ajá —dijo ella, dando un trago—. ¿Le pagan bien?

—Niegan la versión oficial de que Guzmán falleció en un accidente.

—Cada uno cree lo que quiere creer. Guzmán sufrió una caída mortal.

—¿Y usted?

—Yo no. Aquí me tiene.

—¿Qué piensa al respecto?

—Solo sé que murió. ¿No es suficiente?

—Si no le importa, me gustaría saber más sobre su relación con él y algunos proyectos en los que estaban involucrados.

—¿Es relevante para su caso?

—Todo lo es, hasta lo más insignificante.

Lambert levantó la vista del vaso. Sus ojos lucían un leve resplandor desdeñoso hacia él. No sabía si la soberbia se debía a su condición de detective, de español o ambas cosas.

—Guzmán y yo fuimos amigos... en cierto modo —dijo, llevando el coñac a sus labios—. Pero no sé en qué puedo ayudarle. No tuve nada que ver con su muerte y no estoy dispuesta a perder el tiempo hablando con un desconocido que me puede causar un problema.

—Es mi última intención... por ahora.

—¿Es acosador?

—No, sin motivos.

—En ese caso, si está buscando un asesino, está en el lugar equivocado.

—Tampoco he dicho que esté buscando un asesino, *madame* —respondió Maldonado con una sonrisa cómica—. Solo busco aclarar lo que sucedió. Pero gracias por mencionarlo.

Lambert rodó los ojos, claramente irritada por el comentario.

—Es una forma de hablar, detective. Guzmán era un hombre complicado, con muchos amigos y enemigos. Como todo el mundo en este oficio. Yo no era ni una cosa ni la otra. Solo hacíamos negocios.

Maldonado asintió lentamente, analizando cada palabra. Decidió cambiar de táctica.

—Hábleme del «Proyecto X».

Lambert soltó una risa seca y vacía. Él descubrió que no era nuevo para sus oídos.

—No existe tal cosa —respondió, casi divertida—. El «Proyecto X» es un mito, una broma interna que usamos para referirnos a cualquier proyecto sin pies ni cabeza. Nada más.

—Que usan, ¿quiénes? —quiso saber él, inclinándose hacia delante—. Hasta donde sé, su empresa solo se dedica a poner las cintas en los cines.

—¿Le parece poco? ¿Por qué iba a prometer una inversión a un proyecto absurdo?

—Los documentos que encontré sugieren que no es una leyenda, sino que es un proyecto que ha estado sobre la mesa.

—Quizá el mito sea que esos documentos existan. ¿Por qué me intenta engañar? Trabajo en la industria del cine, no puede manipularme.

—Maldita sea. No soy un embustero ni tengo interés en generar molestias. Solo quiero que la familia descanse tranquila.

Los dedos de Lambert tamborileaban sobre el vaso de coñac y sus ojos evitaban el contacto directo. Maldonado notó que su confianza era más fachada que realidad.

La mujer se acomodó en su silla de cuero, enderezó la espalda, con aire de autoridad y se inclinó ligeramente, con una pose seductora.

—¿Acaso tiene una mínima idea de lo que hacemos aquí?

Él miró los pósteres.

—Cine.

—No va mal encaminado. Pero no es suficiente.

Respiró hondo.

—Son intermediarios entre las productoras y las salas. Consiguen que sus películas lleguen a las pantallas.

—Eso está mejor. También adquirimos derechos de distribución, nos encargamos del márquetin, la publicidad y, por supuesto, planificamos las estrategias de lanzamiento.

—Negocios que saben a dinero.

—Efectivamente. Pero le diré una cosa, detective... —comenzó, con una calma que parecía ensayada—, en este negocio todo gira en torno al dinero. Quién lo tiene, quién lo mueve, quién lo controla y quién duerme con él.

—¿Y con quién duerme usted?

La pregunta quedó suspenda en el aire. Por un momento, la tensión se convertía en otra cosa y el tema principal cambiaba de dirección. Ella dio un sorbo al coñac y se humedeció los labios, sin quitarle el ojo de encima al detective, con un modo sugerente.

—Créame, si Guzmán entendía algo, era eso... —De pronto, rompió la complicidad y se echó hacia atrás—. Pero su problema no era el dinero. Su problema era Jacques Dupont.

Maldonado arqueó una ceja, curioso por el giro de la conversación.

—¿Dupont? ¿Qué tiene que ver en esto ese ricachón?

Lambert lo observó con serenidad, pero él notó el ligero endurecimiento de su mandíbula. Era buena ocultando emociones, pero no lo suficientemente buena para él.

—No me haga reír —dijo con desprecio.

—Me encantaría, pero creo que no le harían gracia mis bromas. Son muy españolas.

—Si necesita saber algo, Maldonado —expresó ella con calma—, es que no tengo nada que temer. Guzmán era un manipulador, un mal amigo.

—¿También un mal amante?

Ella esquivó la pregunta con elegancia.

—Era difícil trabajar con él porque quería controlarlo todo. Amenazaba con irse a otra distribuidora si no conseguía lo que quería. Y eso me llevaba de cabeza, aun así, no me quitaba el sueño, no demasiado. No es el primer director de poca monta con el que trato.

—¿Y qué le quita el sueño a usted, señora Lambert? Muero de curiosidad por saberlo...

Lambert sonrió, pero sus ojos permanecieron fríos.

—Eso, detective, es algo que tendrá que descubrir usted mismo.

—Sugerente proposición. Lástima que tenga que rechazarla, pero tomo nota —respondió y regresó al tema central—. Por lo que me sugiere, intuyo que Dupont es quien da, reparte y quita. Es un hombre de negocios. Todos sabemos que para tipos como él el negocio se reduce a números, incluso las relaciones personales.

—No se equivoque, detective. Yo no insinúo nada —rectificó—. Solo le digo cómo funcionan las cosas en este mundo. Si Guzmán dejó de jugar con las reglas de Dupont, es posible que el juego acabara para él.

Maldonado observó a Lambert con atención, buscando alguna chispa de verdad tras ese barniz de despreocupación. Era tan atractiva como perversa. Pero todo lo que vio fue un alma cansada, probablemente involucrada en más de lo que había esperado.

—Es usted una mujer astuta, madame Lambert —dijo con tono suave, casi seductor—. Está claro que a usted tampoco le gusta cómo se manejan las cosas en su mundo, pero ¿estaría dispuesta a arriesgarse para salir del juego?

Se levantó, dando a entender que la conversación había terminado. Sabía que Lambert le había dado pistas valiosas, incluso si no lo había hecho directamente. Algo en su actitud le decía que sabía mucho más de lo que estaba dispuesta a admitir.

—Usted no me conoce de nada, Maldonado. Y es mejor que siga siendo así.

—Agradezco su tiempo —respondió, inclinando ligeramente la cabeza—. No me arrepiento de haberle robado unos minutos.

—No lo haga, porque no se repetirá una ocasión como esta —dijo ella, abriendo la puerta de su despacho—. Buena suerte en su investigación. La va a necesitar. Ahora, si me permite, tengo mucho trabajo.

La mujer salió delante de él y cruzó unas palabras con la recepcionista, antes de abandonar la oficina. Todas las miradas de los allí presentes se centraban en el detective, que se vio obligado a marcharse sin más.

—¿Nadie me va a hacer una visita guiada? —preguntó, sin obtener respuesta—. Parece que no escogí el mejor día.

27

Cuando salió de la oficina de Lambert, Maldonado se puso un light entre los labios y se inclinó para encenderlo con su encendedor plateado. Dio una calada y se quedó observando a los transeúntes que pasaban por la calle, mientras cavilaba sobre lo que Lambert le había dicho, tratando de encajar las piezas del acertijo que tenía ante sí. De pronto, escuchó unos pasos apresurados detrás de él.

—¡Señor... espere!

El detective se giró y vio a la joven empleada con la que Lambert había estado discutiendo antes. Tenía el rostro enrojecido y los ojos hinchados, como si hubiera estado llorando. La observó, dio una última calada a su cigarrillo y lo apagó en la pared. La forma en que ella lo miraba, con una mezcla de miedo y necesidad, despertó su curiosidad.

—¿Sí, señorita?

—Tengo que hablar con usted... sobre Paco Guzmán —dijo ella, mirando nerviosamente a su alrededor, como si temiera que Sophie Lambert o alguien más los estuviera observando.

La intriga lo envolvió rápidamente. Algo en el tono de la chica le sugería que no buscaba simplemente desahogarse; tenía algo importante que contar. Él asintió lentamente, metiendo las manos en los bolsillos de su gabardina.

—Está bien, hablemos. Pero no aquí, señorita. —Maldonado sacó un pañuelo de tela de uno de sus bolsillos y se lo ofreció. Ella lo tomó con manos temblorosas y comenzó a secarse las lágrimas—. Conozco un lugar más acogedor. Una pastelería, aquí cerca.

Todavía lloriqueando un poco, la joven lo siguió mientras caminaban juntos hacia la confitería donde él había desayunado antes. Al llegar, la tendera lo reconoció y se sorprendió de verlo de nuevo tan pronto.

—¡Oh, usted de nuevo! —bromeó con una sonrisa, limpiándose las manos en un delantal manchado de harina—. ¿Le gustó tanto el cruasán que ha vuelto por más?

Maldonado le devolvió la sonrisa con un toque de ironía en los ojos.

—Sí, *madame*, estaba tan bueno que he traído compañía. Dos cafés, por favor. Y póngale un poco de su encanto francés al mío. Ah, y... ya que insiste, dos cruasanes.

La tendera rio, moviendo la cabeza mientras preparaba las tazas. Maldonado se volvió hacia la joven, señalando una mesa en la esquina, junto a una ventana que daba a la calle.

—Siéntate, por favor. Aquí podremos hablar con calma.

La calle estaba llena de vida, con gaviotas sobrevolando los antiguos edificios, y el aroma de la Riviera francesa impregnaba el aire, mezclándose con el bullicio de la gente que iba y venía.

La joven obedeció, sentándose a la mesa pequeña, aún aferrada al pañuelo de Maldonado, como si fuera el único modo de frenar el llanto que la ahogaba. Él la observó mientras se acomodaba en la silla, todavía nerviosa, y pensó que el pañuelo terminaría en un contenedor, después de la reunión. La observó atentamente. Era atractiva, de cabello castaño claro y ojos verdes, pero su rostro estaba marcado por la angustia. No era difícil adivinar que acababa de pasar por un mal momento.

—¿Cómo te llamas? —le preguntó, suavizando el tono de su voz.

—Laura... Laura Márquez. Soy medio española, por parte de madre.

—Ajá. ¿De dónde? Si no es indiscreción.

—De Burgos.

Maldonado arqueó una ceja. Decidió no preguntar más sobre su apellido, que seguramente era el de su padre. No era asunto suyo, ni tenía tiempo para perderlo en banalidades. Agradeció el detalle de que, por lo menos, hablaban el mismo idioma. Aunque, paradójicamente, eso comenzaba a irritarle. Las coincidencias, en Cannes, parecían más que simples accidentes del destino.

—Perfecto —dijo, haciendo una pausa mientras tomaba un sorbo del café recién servido. Los cruasanes también estaban sobre la mesa—. Come uno, te vendrá bien.

—¿La policía española le ha enviado?
—¿Qué? No, ni hablar. Trabajo para la familia de Guzmán.
—¡Ah! ¿Qué buscan?
—Averiguar lo que pasó.
—Entiendo.
—No, no es tan fácil de entender, porque ni yo mismo lo consigo —comentó, y ella rio débilmente—. Solo quieren saber la verdad. Es decir, no es que desconfíen de la resolución policial, pero la versión oficial no les cuadra. Mi trabajo es ofrecerles una segunda opinión.
—Fue una muerte extraña, la verdad. Inesperada, diría yo.
—Nadie espera la muerte.
—Ya me entiende. Paco era joven y lleno de vitalidad.
—Ahora dime, Laura, ¿qué es lo que sabes sobre él?
Ella vaciló.
—Me voy a meter en un problema.
—Primero, ya te has metido sola en uno, al venir a hablar conmigo —replicó con calma—. Nadie te ha obligado a buscarme...
—Sí, pero...
—Y segundo, ya estabas en problemas con Lambert... Lo he visto todo desde la barrera —sonrió ligeramente, pero al ver que no lograba calmarla, decidió suavizar el tono—. Te va a despedir y eso no tiene vuelta atrás. Así y todo, tranquila, mujer. No te voy a complicar más la vida. Aprecio que te arriesgues a hablar.
—Gracias... pero mi trabajo tiene los días contados.

—Lo siento.

—No pasa nada.

—Dime, ¿conocías a Guzmán? Seguro que habías tratado con él alguna vez. No me creo que nadie tuviera una relación cercana con él, ahora que ya no está.

Por su expresión, supo que la respuesta era afirmativa.

—Paco... Paco era un buen tipo, ¿sabe? —dijo, jugando nerviosa con los anillos de sus dedos—. Un poco excéntrico, como todos los directores de cine, pero tenía un buen corazón. Solo que... había algo más. Algo que la gente no veía.

—¿Y qué era eso? —preguntó Maldonado, arrancando un pedazo de cruasán y llevándoselo a la boca.

Laura bajó la vista a su café, como si estuviera reuniendo valor para continuar.

—Sophie Lambert... —comenzó con voz temblorosa— es fría, calculadora y muy despechada. Todo el mundo lo sabe. Pero lo que pocos saben es que Sophie y Paco tenían... una relación complicada.

Maldonado levantó la vista, sus ojos oscuros fijos en ella.

—No me sorprende. El dinero genera muchas discrepancias.

—Había tensión entre ellos —continuó Laura y luego dio un sorbo a su café—. Me refiero a una tensión que iba más allá de lo profesional, ya sabe...

—No, la verdad es que ya no sé nada. Y mucho menos sobre el amor. Pero no cuestiono que estuvieran liados. Puedo oler el resquemor a kilómetros.

Ella suspiró con alivio.

—Se rumoreaba que Lambert sentía algo por Guzmán. Pero él nunca correspondió a esos sentimientos. Eso la hirió... Creo que lo quería, a su manera, pero también lo odiaba por no sentir lo mismo.

—Entonces, ¿durmieron juntos o no?

—No lo sé. Yo no estaba ahí.

Maldonado aguardó en silencio un segundo.

—¿Por qué me lo cuentas?

—Porque ella lo oculta.

«Y porque quieres desquitarte», pensó Maldonado.

—¿Por qué crees que lo hace?

—Porque hay «otro» en medio. Otro hombre con más poder y más intereses.

—¿Otro?

—Otro hombre.

—Siempre hay otro hombre. ¿Dupont?

—No, en absoluto. Pero no quiero buscarme un problema serio.

—¿Qué más sabes de Sophie Lambert? Dicen que es distante.

Laura se retorció nerviosa en la silla y bajó aún más la voz.

—Trabajaba bajo mucha presión.

—No has respondido a mi pregunta, querida.

La chica cambió su expresión, visiblemente más incómoda.

—Todo lo hace por su carrera y su imagen. Yo... la entiendo, pero a veces es demasiado. Paco era exigente, y ella... Ella tomaba muy en serio las críticas que él hacía. Supongo que la presión y... ciertas cosas no ayudaban.

—¿Qué cosas? —La mirada de Maldonado se volvió más penetrante; sabía que la clave estaba por salir a la luz.

—Sustancias... drogas —admitió Laura, mientras jugueteaba nerviosa con la servilleta—. Nada fuera de lo común en esta industria, pero... ya sabe, esas cosas que permiten seguir trabajando sin dormir ni descansar.

—¿Cocaína?

—No, nada ilegal. Anfetaminas y antidepresivos. Al menos, hasta donde yo sé.

—Buen cóctel, si lo mezclas con whisky.

—Paco dependía mucho de ellas. Sophie se las conseguía.

—¿Ya no lo hace?

Ella lo miró con sorpresa, como si la pregunta fuera irrelevante.

—Solo hay que ir a una de esas fiestas... y darse una vuelta por los baños. No creo que quién las conseguía fuera el problema.

—Entiendo... Parece que el negocio de distribuir películas no era el único en el que Sophie tenía interés —dijo él, exhalando el aire de los pulmones. Sus pensamientos se agolpaban, tratando de conectar los puntos—. Lo que no comprendo es lo siguiente: si Lambert le conseguía las pastillas, ¿de dónde las sacaba?

Laura lo miró fijamente, incomodada. Sabía que estaba a punto de cruzar una línea peligrosa.

—No lo sé —dijo, aunque su tono sugería lo contrario—. Sophie siempre tenía contactos. Gente que sabía cómo conseguir lo que necesitaban. No solo drogas, sino fármacos específicos. Algo para cada problema.

Maldonado tomó nota mental de cada palabra. Laura no iba a dar nombres ni a mojarse demasiado, pero el asunto se volvía más oscuro y Sophie Lambert estaba más implicada de lo que parecía.

—No me vas a contar con quién duerme Lambert, ¿verdad?

—Lo siento.

—No pasa nada. Podrías haberme mentido, así que gracias por tu sinceridad, Laura —dijo finalmente, sacando su billetera para dejar algo de dinero sobre la mesa.

—Sophie... haría cualquier cosa por mantener su estatus y su estilo de vida. Y ahora que prácticamente me ha despedido, no tengo nada que perder. Sin embargo, no quiero meterme en problemas con quien puede hacerme daño.

—En ese caso, no entiendo por qué te acercas a mí, aunque lo respeto.

—Siento que Paco no se merecía lo que le pasó.

Maldonado sabía que cuando alguien se justificaba así, era porque ya estaba convencido de haberse metido en problemas.

—¿Está rico el cruasán?

—Sí, gracias.

—Puedes comer también el mío. Disfruta del desayuno y lleva cuidado, ¿entendido?

—Suerte, detective.

Maldonado le hizo un gesto de despedida y salió de la pastelería. El sabor del cruasán y del café aún permanecía en su boca, pero la amargura de lo que acababa de descubrir lo superaba todo. Ahora tenía las preguntas adecuadas para enfrentarse al inspector francés.

28

El sabueso se acomodó en el Mazda MX-5 y ajustó el retrovisor con un gesto calculado, asegurándose de que nadie lo observaba. Cubrirse las espaldas era una vieja manía de policía. Le gustaba el coche. Era antiguo y aún conservaba ese toque clásico que tanto apreciaba. Para él, conducir, siempre iba acompañado de una motivación. Encendió el motor y puso rumbo a la comisaría de policía, donde esperaba tener una charla reveladora con el inspector Étienne Moreau. Hasta entonces había tenido suerte con los idiomas, pero no estaba tan seguro con ese policía. A pesar de la barrera idiomática, confiaba en que llegarían a un acuerdo, aunque no las tenía todas consigo. En su época como inspector, nunca le había gustado que los de fuera vinieran a buscarle las cosquillas.

Mientras giraba el volante, sacó el móvil del bolsillo de su chaqueta y marcó el número de Marla. Ella respondió al segundo tono.

—¿Sí, jefe? —dijo con un tono ligero, como si ya estuviera inmersa en el ajetreo de Cannes.

—Marla, ¿qué tal va todo por ahí? —preguntó, sin apartar la vista de la carretera mientras maniobraba entre el tráfico de la Riviera francesa—. Esta mañana no te he dicho nada porque...

—¡Es increíble lo que estoy viendo, Javier! No te lo vas a creer, ¡acabo de cruzarme con Fred Pich! —lo interrumpió, sin dejarlo terminar. La voz de Marla sonaba emocionada y él pudo imaginarse su expresión—. Y te aseguro que es aún más guapo en persona. ¡Casi me da algo!

Maldonado frunció el ceño, aunque una sonrisa pícara se dibujó en sus labios.

—Respira y no te emociones demasiado, no sea que te ahogues... Escucha, recuerda que estás aquí para trabajar, no para hacer turismo de famosos —replicó en tono seco, aunque con un matiz divertido—. Por cierto, necesito que le saques información al patán de Lacoste sobre los estupefacientes que Lambert conseguía para los famosos.

—¿Cómo dices? ¿Estupefacientes?

—Cae del nido, mujer. Estás en la industria de las vanidades... Sospecho que esa mujer sabe más de lo que aparenta.

Marla soltó una risita, pero su voz se volvió seria rápidamente.

—¿Estás diciendo que crees que Lambert podría estar involucrada en la muerte de Guzmán?

—¿Has bebido, Marla?

—Solo una copita de champán francés.

—Maldita sea.

—¿Qué? ¿No querrás que rechace todo lo que se me ofrece?

—¡Claro que sí! ¡Todavía es pronto!

—¿Para beber o para divertirte? —preguntó, con un tono juguetón—. Javier, solo estoy tomándote el pelo. No seas tan carcamal.

—El alcohol lo carga el diablo.

—Tú bien sabes de eso...

—Haz lo que consideres, pero procura no terminar con la cabeza dentro de un inodoro, porque no seré yo quien te saque de él —le advirtió, girando en una intersección estrecha mientras el coche rugía suavemente bajo su control—. Mira, acerca de Lambert, aún es pronto para sacar conjeturas... No digo que sea la culpable, pero podría haber actuado contra Guzmán por un ataque de celos, tal vez dándole una dosis más alta de lo debido...

—Son conjeturas tuyas.

—Sí... o no. No lo sé. Es todo muy confuso, aunque un buen colocón explicaría lo de la caída y su estado de intoxicación.

—¿Cómo has averiguado todo eso?

—Supongo que estaba en el momento adecuado con las preguntas oportunas... Una extrabajadora de Lambert me ha abordado hace un rato. El despecho es lo que tiene... Me ha contado que Lambert y Guzmán tenían una relación tensa, casi sentimental, pero él pasaba de ella, lo cual no me sorprende.

—¿Por qué?

—Es un poco estirada.

—A ti te dan morbo esas cosas.

—No, exactamente, Marla, aunque no puedo negar su atractivo —le dijo, tensando la voz, incómodo por hablar de temas personales con ella—. Parece una mujer calculadora, de armas tomar. No está acostumbrada a que le lleven la contraria.

—Todas te lo parecen.

—Yo te digo lo que percibo, y suelo tener buen olfato para eso. Mira, es probable que Lambert esté merodeando por allí, así que mantén los ojos abiertos y vigila tus movimientos delante de ella. Puede que sea tarde y ya te haya fichado.

—Descuida, sacaré mi mejor versión para que no desconfíe de mí. Tienes mi palabra.

—A estas alturas, no puedo exigir nada más.

—¿Qué vas a hacer tú?

—Voy a visitar al inspector Moreau en la comisaría. Después, daré una vuelta por la casa que alquiló Guzmán.

—Es la escena del crimen.

—De un caso cerrado por la policía. Solo iré a echar un vistazo, ¿vale?

—No te metas en líos. Eres especialista en ello.

—Nos reuniremos esta tarde y veremos qué hemos sacado cada uno.

—De acuerdo. Ten cuidado, Javier. No quiero ser quien te saque de un calabozo... ni del fondo del mar.

—Entonces no me busques un problema, querida. Te veré más tarde.

Colgó el teléfono y lo guardó en el bolsillo, concentrándose en la conducción. La comisaría no estaba lejos, pero el tráfico de Cannes durante el festival era un caos. Los coches de lujo y las motocicletas rugían a su alrededor como bestias mecánicas enjauladas, impacientes por salir a la carretera.

De repente, su teléfono sonó. Maldonado lo sacó del bolsillo y vio el nombre de Salinas en la pantalla. Suspiró antes de contestar, preparándose para lo que venía.

—Maldonado, ¿qué demonios está pasando? —gruñó Salinas al otro lado de la línea—. ¿Qué es este cargo en la tarjeta por un descapotable?

—¿Eh? Le dije que necesitaba un coche, Salinas. Y no me olvidé de usted.

—¡Ya lo creo! Yo le dije que alquilara un utilitario económico... ¿Un descapotable «vintage»?

Maldonado esbozó una sonrisa astuta y se llevó el móvil al oído.

—¿Cómo dice? Vaya, maldita interferencia... Ho-ho-ho-la... ¿Me-o-ye?

—¿Detective?

—Le oigo muy mal, Salinas... Creo que estoy perdiendo la conexión —dijo con un tono inocente, pero con una clara nota de mofa—. Voy a pasar por un túnel... Hablamos más tarde.

Salinas seguía hablando, pero Maldonado hizo un ruido de interferencias con la boca y colgó antes de que pudiera decir algo más. Ni siquiera sabía si había túneles en Cannes. Soltó una carcajada para sus adentros, guardó el móvil en el bolsillo y sonrió, disfrutando del momento. Sabía que Salinas se enfurecería, pero aquel pequeño acto de desafío le daba una satisfacción retorcida. El abogado podía quejarse todo lo que quisiera, no obstante, en ese momento, el sabueso tenía cosas más importantes en las que pensar.

Se concentró en la carretera y en el caso que tenía entre manos. Había algo extraño en la muerte de Guzmán, algo que no cuadraba. Sophie Lambert, René Lacoste, Jacques Dupont... Todos estaban conectados y, de alguna manera, tenían razones para envenenarlo, aunque las piezas aún no encajaban como debían. ¿Realmente había sido un envenenamiento o una caída fortuita? Eso estaba por esclarecer, pero Maldonado sospechaba que saldría de dudas muy pronto. No era la primera vez que se enfrentaba a una investigación así.

***

El tráfico avanzaba lentamente, pero él no se impacientaba. El Mazda MX-5 se deslizaba por las estrechas calles de Cannes con la gracia de un felino, mientras el detective ajustaba el dial de la radio, buscando una emisora placentera que lo acompañara en el trayecto.

Finalmente, llegó a la comisaría de policía, un edificio imponente que contrastaba con el lujo y el glamour de la ciudad. Aparcó el coche y salió, ajustando el Barbour antes de dirigirse a la entrada. Sabía que el inspector Moreau no sería fácil de manejar, pero estaba preparado para lo que viniera.

Sus intenciones eran claras, hasta que vio la silueta de una persona conocida. No lo podía creer. Era Jacques Dupont, conversando con un oficial uniformado que, sin duda, era el hombre al que había venido a ver. Maldonado se echó a un lado y se ocultó tras una vieja cabina telefónica para que no lo viera. ¿Qué hacía ese pez gordo de Dupont allí?, se preguntó.

«Me juego lo que sea a que no ha venido a renovar el pasaporte», se dijo con ironía.

Los dos hombres se alejaron unos pasos de la entrada. El inspector le ofreció un cigarrillo al empresario francés y dialogaron brevemente. Desde la distancia, el sabueso intentaba captar la conversación sin llamar la atención, algo que, hasta el momento, había logrado. Por desgracia, no entendía una palabra de lo que hablaban en francés, pero su oído aguzado captó «*madame* Miraflores», «*téléphone*» e «*inspecteur*». Del resto no cazó nada. Fumaron y hablaron, haciendo pausas entre las palabras. El francés se comunicaba de forma muy distinta al español: sin gesticular ni elevar la voz cuando quería enfatizar algo. A ojos del expolicía, aquel encuentro parecía más un debate filosófico que una conversación privada. Cuando concluyó el encuentro, una berlina alemana con los cristales tintados se detuvo frente a ellos. Dupont apagó el cigarrillo en el suelo con la punta de su zapato y subió a la parte trasera del vehículo. El inspector miró hacia ambos lados de la avenida, apagó la colilla en un cenicero público y regresó a su puesto de trabajo.

Lo que había visto cambiaba el rumbo del día de Maldonado. No era un novato y podía deducir lo que aquellos dos tenían entre manos. «Es probable que Dupont tenga comprado a ese inspector», sospechó, mientras encendía un light y esperaba a que algo sucediera frente a la comisaría. Lo había visto él mismo. Aunque no había logrado entender la conversación, el empresario estaba investigando a la actriz española, su presunta amante, y lo hacía con la ayuda de la ley. Las sospechas sobre la fiabilidad del informe policial saltaron por los aires. ¿Cómo iba a confiar en ese inspector si estaba amordazado por el hombre que odiaba a Paco Guzmán?

«Carajo, este asunto se pone más feo de lo que ya estaba», lamentó.

Minutos después, el inspector Moreau salió de la comisaría, ahora sin uniforme, y subió a la parte delantera de un Peugeot de la policía secreta. Por un momento, Maldonado vaciló en seguirlo, consciente del nido de problemas en el que podría meterse. Pero las oportunidades como esa las pintaban calvas, y algo le decía que no tendría otra ocasión para descubrir qué había llevado a Dupont hasta allí. Con disimulo, subió al descapotable y esperó a que Moreau arrancara el coche. Acto seguido, hizo lo mismo y se incorporó al tráfico para seguirlo.

29

El detective pisó el acelerador suavemente, manteniendo el descapotable lo bastante cerca del Peugeot del policía para no perderlo de vista, pero a una distancia prudente para evitar levantar sospechas. Ya lo había hecho antes; sabía cómo seguir a alguien y, sobre todo, conocía los trucos que los propios policías utilizaban. Por alguna razón, el cazador nunca se imagina que puede ser la presa en un día cualquiera. Así que conducía como un gato acechando a un ratón, deslizándose por las calles de Cannes con la precisión de un conductor de autobús. La ciudad, sumida en el bullicio del festival, era un laberinto de coches, peatones y turistas despistados que deambulaban de un lado a otro, siempre con la vista fija en alguna estrella de cine o en los relucientes escaparates de las tiendas de lujo.

En cuanto a Moreau, este conducía con la calma de alguien que conoce bien el camino, girando por las avenidas principales antes de perderse en las callejuelas más estrechas del casco antiguo. El tráfico no ayudaba, pero el detective se mantenía sereno. Sabía que la paciencia era su mejor aliada en ese juego de gato y ratón. Eso le permitía pensar en las razones que habrían llevado al inspector a encontrarse con Dupont. ¿Tráfico de influencias? ¿Soborno? ¿Un encuentro formal entre un ciudadano y un policía?, se preguntó, pero terminó riendo con descaro. Dupont era cualquier cosa, menos un ciudadano de a pie.

De repente, el sedán francés se desvió hacia la avenida más amplia y, para sorpresa del detective, se detuvo frente al hotel Marriott. Era el mismo lugar donde había visto a Dupont la noche anterior, y donde había visto entrar a Lola Miraflores para un encuentro furtivo con el empresario francés.

—Caramba... —murmuró—. Estos franceses no dejan de sorprenderme.

Moreau salió del coche con la seguridad de un hombre que había estado allí muchas veces antes y se dirigió a la entrada principal del hotel. Al detective no le quedó más remedio que seguirlo, si quería enterarse de lo que estaba pasando. Era una apuesta arriesgada, pero no estaba allí para jugar sobre seguro. El reloj seguía avanzando y la cuenta de Salinas disminuía con cada segundo que pasaba en aquella ciudad. Apagó el motor y observó a Moreau desaparecer tras las puertas giratorias del Marriott. El hotel era un monumento al lujo, con su imponente fachada de vidrio y acero reflejando el sol del Mediterráneo, y una serie de alfombras rojas extendiéndose hacia el interior como lenguas de fuego que invitaban al glamour y la riqueza a pasar. El detective respiró hondo y se ajustó el Barbour antes de seguir los pasos del inspector.

Cruzó la calle con paso firme y se acercó a las puertas del imponente hotel. La seguridad del Marriott no era ninguna broma, al igual que los dos guardias morenos, de metro noventa, vestidos de traje y con auriculares en los oídos, que observaban atentamente a quienes entraban y salían. Parecían sacados de una película de ciencia ficción. Maldonado levantó la barbilla, proyectando una confianza que no sentía del todo y se adentró en el vestíbulo.

El interior del Marriott estaba a la altura de sus expectativas. Había estado en otros hoteles de lujo, como el Ritz, el Palace o el Four Seasons, y había aprendido que el lujo no tenía nacionalidad.

—A todos nos gusta lo bueno —murmuró para sí.

Los pisos de mármol pulido reflejaban las luces doradas que colgaban de los techos altos, mientras los sofás de terciopelo y las mesas de cristal relucían bajo la suave iluminación de lámparas de diseño. Los huéspedes, vestidos con trajes y vestidos elegantes, se movían por el espacio con la seguridad de quienes están acostumbrados a lo mejor de la vida. Maldonado apenas les prestó atención. Estaba allí por otro motivo. Después de cruzar el vestíbulo, su mirada se posó en la espalda de Moreau, quien no sospechaba nada y se dirigía al bar del hotel, con la misma determinación que un hombre sediento en busca de agua.

El bar del Marriott era una obra de arte en sí mismo, con su larga barra de madera oscura, sus taburetes de cuero y una pared de espejos que reflejaba la vasta selección de licores y vinos expuestos en estantes de vidrio. Maldonado se acercó con cautela y tomó asiento en un extremo de la barra, mientras mantenía a Moreau en su línea de visión. El inspector se detuvo junto a otro hombre, alguien que el detective no reconoció de inmediato, pero que parecía moverse con familiaridad en ese entorno.

«Periodista o alguien de la industria, tal vez», anotó mentalmente.

Los dos hombres intercambiaron algunas palabras en tono serio y comedido, antes de que el policía pidiera algo al camarero. Maldonado observó con interés mientras el camarero servía un café para Moreau y una botella de agua con gas para su acompañante. El detective sabía que no podía quedarse quieto, no cuando la oportunidad de aprender más sobre los movimientos de Dupont y su conexión con Moreau estaba tan cerca. Levantó la mano para llamar la atención del camarero y, cuando este se acercó, pidió una cerveza.

—*Une bière, s'il vous plait* —dijo, utilizando todos los recursos que conocía del idioma local.

—*Stella Artois?*

—*Oui.* ¿Por qué no?

El camarero asintió y se alejó para preparar su bebida. Maldonado echó un vistazo alrededor del bar, notando la clientela diversa que llenaba el espacio. Había hombres de negocios con rostros serios y trajes caros, mujeres con vestidos ajustados y joyas brillantes, y un grupo de jóvenes que se movían con la gracia de quien está acostumbrado a ser observado. Tanta elegancia, a una hora tan temprana, comenzó a generarle suspicacia. Él conocía todos los estratos de la sociedad, sobre todo los bajos, y podía ver la vida que había más allá de una inocente mirada pícara. No era una novedad para él, y reconoció a las escorts de inmediato, por la forma en que se acercaban a los hombres solitarios, con sus sonrisas encantadoras y gestos calculados. Era algo habitual en hoteles de esa categoría, y más durante eventos como el festival. El dinero no solo atraía opulencia, sino también compañía.

Una de ellas, una joven rubia de piernas largas y ojos azules, mucho más joven que él, vestida con un conjunto de americana y falda que disimulaba bien sus intenciones, se acercó a la barra y se colocó junto a él. Maldonado la miró de reojo mientras daba un trago al botellín de cerveza.

—*Bonjour, monsieur* —dijo ella con una mirada coqueta.

Maldonado asintió y le devolvió la sonrisa, aunque su mente estaba en otra parte.

—*Bonjour, mademoiselle.*

La joven inclinó la cabeza, observándolo con curiosidad.

—*Vous êtes nouveau ici?*

Maldonado mantuvo la sonrisa, relajado, aunque sus oídos estaban más atentos a lo que Moreau decía al otro hombre. Sabía que cualquier información podría ser crucial, pero no iba a entender nada de lo que dijeran. Se le ocurrió algo mejor.

—*Parles espagnol?*

—*Un petit peu.*

—En otra vida, en otra época, me habría enamorado perdidamente de ti —le dijo. La joven rio y se acercó un poco más—. ¿Quieres tomar algo?

Ella lo miró detenidamente. Ambos conocían la mirada del otro. Ni ella se acostaría con él, ni él lograría engañarla sobre su oficio. Sin embargo, sabían que podían divertirse juntos.

La chica pidió un Martini seco.

—*Oh, la la!* —expresó Maldonado—. Vas fuerte, chica... ¿Cómo te llamas?

Ella movió los labios en silencio, de manera sugerente, sin decir más. En realidad, no importaba su nombre, pues le iba a mentir de todos modos.

—¿Has venido al festival?

—Sí, podría decirse que sí, pero no para disfrutar de la fiesta.

Ella inclinó la cabeza, curiosa.

—Ah, ¿no? ¿Y qué te trae a Cannes, entonces?

—Negocios —respondió y tomó otro trago de su cerveza.

—Negocios, claro —replicó ella—. ¿Qué tipo de negocios?

Maldonado se inclinó más cerca de ella, para susurrarle al oído.

—Del tipo que no se hablan en voz alta. Pero tal vez tú puedas ayudarme.

Ella arqueó una ceja y jugueteó con un mechón de su cabello.

—¿Cómo puedo ayudarte, guapo?

Maldonado hizo un gesto sutil hacia Moreau y el hombre con el que conversaba en la barra.

—Esos dos hombres... Necesito saber de qué están hablando.

Ella miró discretamente a los varones y luego volvió a centrar su atención en el sabueso, quien sabía que aquello le iba a costar caro, así que se anticipó y puso un billete de cincuenta euros sobre la mesa. Ella hizo un gesto de decepción al verlo.

—No seas así, bonita. Ni siquiera te estoy pidiendo que te acerques...

La chica miró de reojo otra vez y se concentró en el susurro de la conversación.

—Puedo escucharlos. Hablan de una mujer...

—¿Algún nombre?

—Creo que mencionaron a una tal Miraflores.

Maldonado fingió desinterés, pero sus sentidos se agudizaron.

—¿Qué dicen exactamente?

Ella les echó una mirada rápida, asegurándose de que no la vieran.

—Están hablando de ella... El inspector le está diciendo al otro que necesita más información sobre esa mujer. Parecen preocupados.

—¿Preocupados, por qué?

—¡Un momento! No escucho bien... Uno de ellos menciona dinero a cambio de un «*reportage journalistique*»...

Maldonado asintió, procesando la información. Estaba claro que Moreau investigaba a Lola Miraflores, pero no parecía una investigación oficial, sino un intento de ensuciarla pagando a ese reportero. El detective se preguntó hasta qué punto estaba implicado Moreau en los asuntos de Dupont, y si podía utilizar aquella información en su favor.

—¿Algo más?

—Hablan de una «*maison*» cerca de la costa. Quieren fotografías de algo en la «*maison*» y eliminar algo... No entiendo todo.

—La casa de la playa... —comentó él en voz alta, justo cuando el inspector se levantaba para irse. No había contado con que Moreau se dispondría a pasar por detrás de la pareja, y el espejo de la barra reflejaba sus rostros. La chica, con experiencia en situaciones comprometidas, se inclinó hacia él, lo sujetó por la nuca y cubrió su rostro con el brazo, empujando su cabeza hacia su cuello, de un modo tan sugerente como provocador. Él no anticipaba un gesto así, pero eso le devolvió la fe en la humanidad. Sin pronosticarlo, se vio envuelto en el denso aroma del perfume y la suavidad de su cuello, pero aquello no duró más de un segundo.

Probablemente, ese instante sería lo mejor del día para ambos.

Cuando se separó, Moreau ya había salido del bar.

—*Merci, mademoiselle* —le dijo, inclinando la cabeza en señal de gratitud—. Me has sido de mucha ayuda.

Ella sonrió, disfrutando del halago.

—¿Sabes? Si necesitas más ayuda, siempre estoy por aquí, dispuesta a escuchar.

Maldonado sacó otro billete y se lo entregó, guiñándole un ojo.

—Lo tendré en cuenta, cariño.
—No, no puedo aceptarlo.
Él se rio.
—Venga, alguien debe pagar la cuenta... y yo tengo que marcharme.
La joven guardó el billete en el bolso.
—*Merci*.
—A ti. Que tengas suerte hoy.

Maldonado terminó su cerveza y se levantó con elegancia, dándole una última mirada seductora antes de alejarse. Tenía mucho en qué pensar y poco tiempo para hacerlo. Pero, por encima de todo, debía visitar esa casa antes de que el desconocido hiciera lo que Moreau le había encargado. Sabía que estaba en el camino correcto, pero también que jugaba un juego peligroso, en el que cualquier error le podría salir caro.

Salió del hotel y no vio el coche del inspector por ninguna parte. El sol de Cannes brillaba intensamente en el cielo y también sobre la tapicería de cuero del descapotable, que debía estar tan caliente como una parrilla en una barbacoa familiar.

30

Maldonado condujo por la autovía que bordeaba la costa, hasta llegar a la dirección que René Lacoste le había proporcionado. La mansión que Paco Guzmán había alquilado semanas antes de su muerte se erguía majestuosa frente al mar, con su fachada blanca brillando bajo la luz de la tarde. Era un edificio imponente, de dos plantas y una azotea que ofrecía una vista privilegiada del Mediterráneo. Las enormes ventanas de cristal reflejaban los rayos del sol, dándole un aspecto resplandeciente, casi irreal. La casa parecía un fortín aislado en la ladera, rodeada de palmeras y arbustos decorativos que la protegían como un ejército de soldados verdes.

El detective apagó el motor del coche y salió, consciente de que no podía acceder por el camino principal. Decidió aproximarse a pie, cruzando una pasarela de madera que crujía bajo su peso. El olor a sal y algas del mar se mezclaba con el aroma de las plantas tropicales, mientras su mente comenzaba a reconstruir los últimos momentos de Paco Guzmán. Intentaba visualizar el escenario que le habían descrito y contrastarlo con la versión que había leído en el informe de Salinas.

«El barco estaba atracado cerca de las rocas, al otro lado», pensó al divisar un pequeño espigón en la distancia. Desde allí, el yate habría tenido una vista clara de la mansión, y viceversa. Se detuvo un instante, observando cómo las olas rompían suavemente contra las rocas, recordando las palabras de Lacoste: «Yo estaba en el barco, no vi nada». Sin embargo, desde su posición, era evidente que se podía ver perfectamente lo que sucedía en el interior de la casa, gracias a las grandes paredes de cristal.

Lacoste estaba mintiendo. ¿Por qué?, se preguntó.

Se acercó más a la mansión, notando que aún quedaban restos de la fiesta: copas de cristal rotas esparcidas en el césped, colillas de cigarro aplastadas, e incluso un par de zapatos de mujer abandonados junto a una maceta. La puerta principal estaba entreabierta y Maldonado se detuvo a escuchar. Nada. Un silencio inquietante envolvía el lugar. Empujó la puerta con cautela y entró, asegurándose de que no hubiera nadie. La alarma de seguridad estaba desactivada, lo que le pareció sumamente extraño. ¿Por qué no estaría activada en una mansión tan cara y aparentemente desierta?

El interior era tan lujoso como había imaginado. Pisos de mármol, candelabros colgantes y muebles caros esparcidos por la estancia. Subió las escaleras de caracol que conducían al segundo piso, donde, según los informes, Guzmán había muerto. Las habitaciones estaban vacías, pero había señales de que alguien había estado allí recientemente: una botella de champán medio vacía en una mesa y una bufanda de seda tirada en un sillón. Eso era todo lo que quedaba de la noche del fatídico accidente que, poco a poco, se iba convirtiendo en un extraño crimen. Se asomó a una de las habitaciones y miró hacia el mar.

—Desde aquí, es probable que todos lo vieran —murmuró, observando cómo la vista desde la casa era perfectamente clara hacia el embarcadero.

Sacó su teléfono para llamar a Marla y contarle lo que había descubierto, pero no había señal. Maldonado reinició el aparato varias veces, pero el resultado fue el mismo. Era extraño, como si hubiera un inhibidor de frecuencias en el lugar. Con un mal presentimiento, decidió seguir investigando y bajó hacia la planta baja, dirigiéndose a la cocina. «¿Es aquí donde guardaba el dichoso proyecto?», se cuestionó, imaginando qué haría tan importante ese montón de folios. Tras merodear por las habitaciones, no encontró nada extraño y prefirió no dejar más huellas. Al llegar a la cocina, observó por la ventana que daba al exterior y notó algo flotando en el agua cerca de las rocas, mientras un puñado de gaviotas volaba sobre el lugar, picoteando el agua. Salió de la vivienda y se aproximó con cautela.

¿Qué llamaba tanto la atención a esos malditos pájaros?, se preguntó.

La sorpresa se reveló a medida que se acercaba a las rocas.

Primero, puso un pie sobre la más plana. Luego, se apoyó en otra y así continuó, hasta alzarse sobre ellas.

—¡Oh, Dios! —exclamó, horrorizado, y se obligó a retroceder.

Era un cuerpo, de eso no había duda, y se le formó un nudo en el estómago al verlo tan próximo. El mar lo arrastraba lentamente hacia las rocas, pero Maldonado no lograba identificar el rostro a simple vista, aunque parecía un hombre. Se acercó, con esfuerzo, manteniendo los ojos bien abiertos para no resbalar y sufrir el mismo destino. Cuando estuvo lo bastante cerca, su corazón dio un vuelco. No podía ser él. Debía de estar alucinando. Era el hombre que había visto reunirse con Moreau en el bar del Marriott.

—Mierda... —murmuró, poniéndose en alerta. Calculó que ese tipo habría llegado poco antes que él, lo que hacía muy improbable que hubiera sido un accidente. Sin embargo, no había ningún vehículo aparcado por los alrededores de la propiedad.

De repente, oyó unos pasos detrás de él. Se quedó inmóvil, tratando de discernir si eran reales o fruto de su paranoia. Los pasos se acercaban, silenciosos pero inconfundibles. Maldonado retrocedió, bajó de las rocas y corrió por la arena hasta la parte trasera de la casa, donde estaba la entrada a la cocina. Sin pensarlo dos veces, agarró un rodillo para amasar que estaba sobre la mesa. Era lo más cercano a un arma que tenía a mano.

Mientras avanzaba hacia la puerta de salida, escuchó un susurro y el inconfundible sonido de una pistola siendo cargada. En ese momento supo que no estaba solo y que debía escapar si quería sobrevivir.

Los pasos se acercaron aún más. Él podía sentirlos, en aquel silencio asfixiante.

Uno.

Dos.

Ahora.

De repente, un hombre vestido de negro y con un pasamontañas se abalanzó sobre él desde la oscuridad. Maldonado apenas tuvo tiempo de girarse, pero fue suficiente para lanzar el rodillo con fuerza hacia su atacante, golpeándolo en la cabeza y derribándolo por completo.

—¿Quieres más, cabronazo? —gruñó el detective, pero antes de que pudiera reaccionar, sintió un golpe en la espalda.

Una mujer, también vestida de negro, lo atacaba con una daga, aunque el detective logró desviar el ataque con el rodillo, haciéndola retroceder. Sabía que estaba en desventaja y que necesitaba salir de allí cuanto antes. La mujer sacó una pistola y apuntó directamente a su pecho, pero él se lanzó sobre ella, propinándole un fuerte golpe con la izquierda que la hizo tambalearse y caer al suelo, soltando la pistola.

Un disparo reventó una lámpara.

Maldonado giró sobre sus talones y corrió hacia la puerta. No tenía tiempo para enfrentarse a ellos. Alcanzó la entrada justo cuando oyó una explosión y una bala rozó su oreja.

—¡Carajo! —exclamó, sin tiempo para pensar.

Corrió a través del jardín, zigzagueando para evitar ser un blanco fácil. Los disparos continuaban mientras el sabueso huía y lograba llegar al Mazda. Una vez fuera, abrió la puerta de un tirón y se lanzó dentro del vehículo. Encendió el motor mientras los atacantes seguían disparando. Si lo alcanzaban, su final sería sobre la tapicería de cuero de aquella reliquia motora.

—¡Vamos, vamos! —Aceleró, dejando atrás la mansión y a sus agresores—. Joder... —dijo entre dientes, con el corazón a mil por hora.

Había sido un día complicado y estaba seguro de que no iba a mejorar.

31

Maldonado conducía a toda prisa por las serpenteantes carreteras de la costa, con el corazón acelerado y un mal presentimiento aferrado a su pecho. Todavía no podía creer que hubiese logrado librarse de aquellos dos. A veces, era mejor no pensar demasiado en esos momentos. La casa de Paco Guzmán quedaba atrás, pero los recuerdos del cuerpo flotando en el agua y los disparos seguían resonando en su cabeza como un eco persistente. Intentó llamar a Marla, aunque su teléfono seguía sin señal. Maldijo en voz baja y reinició el dispositivo, pero solo obtuvo el frustrante zumbido de la ausencia de cobertura.

—Vamos, Marla... responde —murmuró entre dientes, intentando mantenerse calmado.

Al no obtener respuesta, decidió llamar a René Lacoste. El reportero debía estar con ella, o al menos eso supuso. Tras un par de tonos, René contestó con su tono despreocupado de siempre.

—¡Mi querido detective Maldonado! ¿Disfrutando de la Riviera? —preguntó con una risa ligera.

—René, métete las bromas donde te quepan —espetó, con la voz áspera por el estrés de la pelea. Encendió un light mientras mantenía la otra mano firme en el volante—. ¿Dónde está Marla? ¡Demonios! La he llamado, pero no contesta. ¿Está contigo?

—Tranquilo, amigo. Es normal que no responda. Está... Debe de estar en los baños... Ya sabes. Estas fiestas suelen ser un poco... intensas —respondió René, con el mismo tono relajado de siempre—. ¿Me escuchas bien? Aquí la señal es mala.

Maldonado exhaló una bocanada de humo, mientras sus ojos se mantenían fijos en la carretera.

—René, maldita sea, no estoy llamando para charlar. ¿Por qué diablos no me dijiste que Dupont era el dueño de todo esto?

Al otro lado de la línea, René guardó silencio por unos segundos antes de reír nerviosamente.

—¿No era evidente? ¿Necesitaba hacerte un dibujo como a los niños? Pensé que ya te había quedado claro.

—¿Cómo demonios voy a saberlo? —gritó Maldonado, golpeando el volante con frustración—. Una cosa es tener mucho dinero y otra, muy distinta, tener a la policía de tu mano.

—¿Cómo dices?

—He visto a Dupont en la comisaría, con Étienne Moreau, el inspector que cubrió el caso de la muerte de Guzmán. Estaban hablando como viejos amigos. Y los policías no suelen tener muchos amigos, especialmente con tipos como Dupont.

—Vaya. No pongo en duda lo que me cuentas, aunque... ¿No has pensado que tal vez este caso es un poco especial?

—No soy la excepción a ninguna norma, ¿queda claro?

—Clarísimo.

—Pero eso no es todo. Las cosas han cambiado desde que he salido de esa mansión.

—¿Alguna prueba reveladora? Estoy ansioso por saber más.

—No, René. Un fiambre.

—¿Un fiambre?

—Un cadáver flotando en la casa de Guzmán. El mismo tipo que se ha reunido con Moreau, después de que este viera a Dupont. Podría ser un periodista, no estoy seguro. Tira de tu agenda y entérate de quién no se ha presentado hoy a trabajar.

—¿Pe-pe-pero... un muerto de verdad? —balbuceó René, con evidente desconcierto.

—¿Me tomas el pelo?

—No, no, en absoluto.

—Los muertos no son una broma, zoquete. ¿En qué andaba metido Guzmán para que Dupont se tome tantas molestias?

René suspiró al otro lado de la línea. Cuando habló de nuevo, su tono era más serio.

—Mira, Javier... no tengo ni idea de lo que tramará Dupont, pero no me sorprendería que intentara manipular la escena del crimen. Es un hombre muy osado. Controla casi todo en este lugar. Pero que haya matado a alguien más... ¡Ay, madre! ¿Qué pasará ahora conmigo?

—¿Contigo? —espetó Maldonado—. ¿Qué carajo me estás preguntando? No va a pasarte nada, no seas dramático.

El detective maldijo en silencio. Lo que René decía tenía sentido, pero algo no cuadraba del todo. ¿Por qué Dupont estaría tan interesado en manipular una escena que ya estaba cerrada? Si el caso de Guzmán ya había concluido, ¿qué necesidad tenía de verse con Moreau y enviar a su contacto al hotel? Algo olía a podrido en Cannes, y no precisamente el mar. Mientras su mente trataba de encajar las piezas, notó un parpadeo de luces azules en el espejo retrovisor.

Un coche de policía.

—Maldita sea —murmuró, colgando abruptamente—. René, te llamo luego. Dile a Marla que quiero hablar con ella.

—Detective, espera...

—Sí, apúntame en la lista para ese cóctel. Me presentaré cuando termine con esto.

Redujo la velocidad y vio cómo el coche de policía se colocaba justo detrás de él, haciéndole señas para que se detuviera. Maldonado apretó los dientes y obedeció, sabiendo que no tenía muchas opciones. El agente se acercó lentamente a su ventana, con la mano descansando cerca del cinturón. Maldonado bajó el cristal, y el policía le habló en francés, pidiéndole la documentación. Maldonado detestaba la altanería de los policías franceses. Haciendo un esfuerzo por parecer lo más inofensivo posible, respondió en español, aunque entremezclando algunas palabras con el francés.

—Soy turista español, por el festival de Cannes. ¿Festival, *oui*?

El agente, un hombre de rostro severo y mandíbula cuadrada, examinó sus documentos en silencio, para luego inspeccionar el Mazda con detenimiento. El coche de alquiler con matrícula francesa no cuadraba mucho con su coartada. El silencio se prolongó mientras el policía revisaba algo en su móvil, quizá una foto o una orden. Maldonado lo observó con desdén, sabiendo que no le convenía mostrarse desafiante.

—¿Qué pasa? —preguntó con tono sarcástico—. ¿Voy a poder seguir mi camino o me tienen preparada una sorpresa? No me gustaría perderme la película de esta tarde.

El policía no respondió. Se acercó con un gesto preciso y retiró las llaves del coche, guardándolas en su cinturón.

—¿Perdone? No puede hacer eso.

—Debe acompañarnos a la comisaría —dijo el agente con tono firme.

—¿Y si me niego? —preguntó Maldonado, aunque sabía que no había lugar para el diálogo. Resopló con resignación—. Supongo que he cambiado de opinión...

Encendió otro light mientras otro agente se acercaba para escoltarlo al coche policial. Mientras lo hacían subir, su mente volvía a las palabras de René. Dupont sabía que estaba husmeando en su territorio. Pero, ¿por qué tanto esfuerzo por seguirle la pista si no tenían nada que esconder? ¿Qué había hecho que justificara que lo detuvieran así?

Mientras el coche avanzaba hacia la comisaría, las luces de los hoteles y restaurantes de Cannes pasaban a su lado como un murmullo lejano. El brillo de la Riviera contrastaba con el frío nudo que sentía en el estómago. Estaba metido en el fango, en un buen pozo ciego, algo mucho más oscuro de lo que había imaginado. Podía llamar a un abogado, pero el único abogado que conocía era el único al que no quería llamar. No le importó. Estaba dispuesto a seguir cavando, y lo peor era que aún no tenía ni idea de hasta dónde llegaba el peligro.

32

Maldonado se sentó en el asiento trasero del coche patrulla, con los ojos fijos en la carretera y sin decir una palabra. El reflejo de las luces azules y rojas en el parabrisas le provocaba una sensación de déjà vu, aunque esta vez, el asiento trasero no era el suyo como en sus días de gloria en Madrid.

«Maldita sea», pensó, mientras el coche doblaba una esquina hacia la comisaría. «Sabía que no se trataba de una simple charla de cortesía».

Al llegar, uno de los policías le indicó con un gesto que saliera del coche.

—Vale, colega, tranquilo —murmuró para sí mientras lo escoltaban hacia una sala de interrogatorios.

El interior era tan gris y frío como el exterior del edificio. Le hicieron señas para que se sentara. La silla de metal chirrió contra el suelo.

—¿Un café? —preguntó uno de los policías.

—*Oui, merci.*

Poco después, otro oficial apareció con una taza humeante. Maldonado tomó un sorbo y su expresión se agrió al instante.

—¿En todas las comisarías el café sabe igual de mal o es una especialidad francesa? —murmuró, dejando la taza a un lado.

Nadie respondió. Al rato, la puerta se abrió y entró el inspector Étienne Moreau, acompañado por un joven oficial que claramente no había visto mucha acción. El chico se sentó junto al inspector y comenzó a hablar.

—El inspector Moreau le hará unas preguntas. Yo soy su intérprete —dijo en un español forzado, sacado de un manual.

—Claro, ¿por qué no? Que empiece el espectáculo —dijo Maldonado con una sonrisa irónica—. Aunque podríamos haber hecho esto en una cafetería, sin tanta ceremonia. Hacen unos cruasanes excelentes por aquí.

Ni el inspector ni el intérprete respondieron al comentario. Maldonado lo notó de inmediato: Moreau lo conocía, sabía quién era. Y eso no era buena señal.

—Señor Maldonado, no es necesario que nos mienta, ni que oculte información. Estamos al corriente de lo que hace aquí, en Cannes —empezó Moreau, con su tono grave y controlado, a través del intérprete—. Sabemos que su cliente, el señor Salinas, abogado y representante de la familia Guzmán, quiere reabrir el caso de la muerte del director. No nos sorprende que haya enviado a alguien. La gente pudiente suele pedir una segunda opinión y no conformarse con cualquier caso. Lo que nos sorprende es que le haya enviado a usted.

Maldonado arqueó una ceja.

—¿A mí? —preguntó, fingiendo sorpresa.

El intérprete tradujo lentamente.

—Un expolicía. Exinspector de Homicidios, de hecho. Un mal ejemplo para el Cuerpo, expulsado por su actitud y falta de ética.

—¿Y quién les ha dado esa información? Se asemeja bastante a la verdad.

—Somos la policía. Usted lo sabe bien.

Maldonado maldijo en silencio. ¿Desde Madrid? ¿Había hablado Berlanga? Qué importaba. Moreau continuó sin darle tiempo a procesar sus pensamientos.

—Entendemos que solo está aquí para confirmar ciertos detalles.

—He venido a probar que la vida en Cannes no es tan glamurosa como la pintan en las películas —respondió Maldonado con sarcasmo—. Y, ahora que lo menciona, puedo dar fe de ello.

—¿Qué pretende conseguir de todo esto? —insistió el inspector.

—¿Pruebas? ¿Un papel en una película?

El detective hizo una pausa, midiendo sus palabras.

—Está bien, veo que no quieren perder el tiempo —reculó—. Me pagan por hacer mi trabajo, y eso es lo que estoy haciendo. Mi cliente tiene dudas, y es mi labor aclararlas. Si Guzmán murió por accidente, no tengo ningún interés en cambiar esa conclusión. Lo último que quiero es buscarme problemas con la policía. Ustedes hicieron su trabajo y yo lo respeto.

Moreau cruzó las piernas y, a través del intérprete, prosiguió:

—¿Y esa corroboración incluye husmear en ciertos círculos?

—¿Husmear? Me parece un término fuerte y poco preciso. Digamos que hago preguntas. —Maldonado sonrió—. Casi tan fuertes como este café.

El inspector no reaccionó a la broma.

—¿Preguntaba también cuando estuvo en la mansión de Guzmán?

Un latigazo de adrenalina recorrió el cuerpo de Maldonado. Guardó silencio un segundo más de lo normal antes de responder:

—No sé de qué habla. No he estado en esa mansión, jamás.

Sabía que mentir podría costarle caro, pero si reconocía haber estado allí, también tendría que explicar el cadáver que había encontrado. Por alguna razón, sentía que Moreau no estaba al tanto de ese detalle todavía. Decidió ganar tiempo.

El inspector lo miró con fijeza, pero cambió de tema, adoptando un tono más relajado.

—Hemos escuchado que ha estado molestando a ciertas personas relacionadas con el cine.

—Fui invitado a una fiesta y traté de hablar con desconocidos. ¿Es delito aquí intentar socializar? Los franceses podrían aprender un par de cosas sobre cómo divertirse —replicó con sarcasmo—. Si le soy sincero, fueron ellos quienes me molestaron a mí, contándome sus rollos peliculeros...

—En ciertos círculos, ese comportamiento puede incomodar a las personas. Ha estado haciendo preguntas sobre el señor Dupont y la señora Lambert.

—Así es, me interesa su relación con Guzmán. Como también me interesa la relación que tenían otras personas.

—¿Y ha encontrado algo interesante?

—Zancadillas, cuernos y problemas de dinero. Vamos, lo de siempre. Y que a Dupont no le agrada que le pisen los talones. ¿O hay algo más que debería saber?

El joven intérprete tragó saliva, nervioso, pero cumplió con su trabajo. Moreau mantuvo su compostura fría y profesional.

—No mucho más de lo que ya sabe. Guzmán era un hombre con deudas y problemas con las mujeres. Tenía una personalidad compleja.

—Un hombre complejo —matizó Maldonado, inclinándose hacia delante—. ¿Qué tan complejo?

—Se creía capaz de derrumbar a la industria del cine.

—Quiere decir Dupont.

—No, exactamente. Pero siempre acababa siendo utilizado por otros.

Maldonado tomó nota mental de esa información. Algo no encajaba y lo sabía. Si no era Dupont, ¿se referiría a ese D'Angelo?

«No sé si soportaré más jugadores en esta partida, antes de volverme loco».

El inspector se levantó.

—Señor Maldonado, no dispongo de más tiempo, pero le sugiero que no cruce la línea que le acabo de marcar. Esta es una ciudad pequeña y las noticias viajan rápido. No queremos turistas con... demasiado interés.

—El saber no ocupa lugar, señor.

El intérprete intentó suavizar las palabras, pero el mensaje estaba claro.

—Recuerde, la curiosidad mató al gato.

El sabueso sonrió cínicamente y respondió en un francés forzado:

—*Oui, monsieur, no problem.*

A punto de salir por la puerta, se detuvo y se dio la vuelta.

—Una última pregunta.

—*Oui?*

—¿Realmente me han detenido por exceso de velocidad?

El inspector no respondió. Una mirada fue suficiente para que Maldonado comprendiera que la historia iba mucho más allá de lo que le habían dejado ver. Esto no había sido más que una advertencia. Y estaba seguro de que no habría una segunda oportunidad.

33

El detective abandonó la comisaría con un pensamiento claro: algo importante se le escapaba. Lo vivido en la mansión alquilada de Paco Guzmán lo había dejado trastocado. No necesitaba un polígrafo para saber que Moreau estaba compinchado con Dupont; eso lo veía claro. Sin embargo, el inspector no le transmitía el mismo grado de corrupción que había visto en otros policías. Había algo en su advertencia que parecía ir más allá de los intereses del empresario. Maldonado pensaba que podía tratarse de las altas esferas, los intereses políticos —en los que seguramente Dupont también estaba implicado— o simplemente del deseo de mantener la imagen de una ciudad segura durante el festival internacional. No estaba seguro, y esa incertidumbre lo ponía más tenso todavía.

La tarde empezaba a caer y el agujero en su estómago crecía, no solo por la falta de comida —más allá de los cruasanes matutinos—, sino también por la agitación acumulada. Decidió que era el momento de poner al corriente a Salinas, así que marcó su número mientras conducía hacia la costa.

—Hombre, detective. Pensaba que se había olvidado de mí y que estaría disfrutando de sus vacaciones... —saludó Salinas con evidente retintín.

—¿Le contó a la policía que me enviaría?

—¿Qué? No, ¿por qué lo haría?

—Ese inspector Moreau sabe perfectamente quién soy.

—Ese es su trabajo, no el mío.

—Diablos... —murmuró Maldonado, frustrado—. ¿Ha averiguado ya lo que sucedió con el señor Guzmán?

—Usted es investigador, ¿no?

—Y usted abogado, ¿verdad?

—Así es, desde hace décadas.

—Entonces seguro que entiende esto. ¿Alguna vez ha desayunado churros con chocolate?

—Sí, pero... ¿A qué viene esa pregunta?

—Pues entonces comprenderá que, cuando baña el churro en la taza, el chocolate sube. Y esto es lo mismo, Salinas. Cuanto más avanzo y descubro sobre Guzmán, más mierda sale a flote. Temo que al final acabe desbordando la taza.

Hubo un breve silencio al otro lado de la línea, pero Maldonado no le dio tiempo a reaccionar.

—¿Por qué no me lo ha contado todo?

—Le he contado lo que sé, no todo lo que hay.

—En ese caso, debería darme el contacto de la familia.

—Usted es mi cliente, Maldonado. ¿A qué viene todo esto?

El sabueso decidió no seguir discutiendo mientras conducía. Desvió el coche hacia una acera y aparcó con los intermitentes encendidos. Reconoció la calle: una vía estrecha y poco transitada, con bares y terrazas al final, llenos de gente. Calculó que estaba cerca del bulevar de la playa, lo que significaba que tampoco estaría lejos del casino, el cine y el centro de convenciones.

—¿Sigue ahí?

—Sí, y de una pieza. —Encendió otro light—. Mire, Salinas... Empiezo a pensar que a Guzmán se la jugaron. Tenía fama de vicioso, mujeriego y también de ser un grano en el trasero para muchos... Además, guardaba algo en su casa, que parece ser del interés de muchos. ¿Ha oído algo al respecto?

—Ya se lo comenté. Había un proyecto, pero pensamos que era fruto de sus aires de grandeza. La familia no encontró nada de valor entre sus pertenencias.

—El inspector dice que tenía deudas y que todo el mundo se aprovechaba de él y, en lo que a mí respecta, le creo. ¿Qué me dice de eso?

—Que no le han contado la verdad. Paco llevaba su vida privada con mucha discreción.

—No me haga reír, abogado —bufó, exhalando humo por la nariz—. Lo que no me cuadra es que, con tanta deuda y tanto favor, pudiera soportar ese estilo de vida, como la mansión o el barco.

—Le gustaban los caprichos caros...

—¿Sí? ¿Y qué me dice sobre las mujeres en su vida? No son pocas. En apenas cuarenta y ocho horas ya he conocido a tres: Duvall, Miraflores y Lambert. Las dos primeras no se soportan y la última no tiene un buen recuerdo de Guzmán, quizá porque no llegó a acostarse con él. O sí. ¡Yo qué sé! ¿Qué tenía el director que las atraía tanto? No era precisamente un Adonis...

—Eso mismo podría preguntarse usted.

Maldonado cambió de tema.

—He estado en la mansión que alquiló la noche del accidente. No niego que cayera desde la planta superior, pero hay algo que no encaja.

—¿A qué se refiere?

—Es imposible que nadie lo viera. Había un barco atracado frente a la casa, y las cristaleras permitían verlo todo desde fuera.

—¿Qué quiere que le diga?

—Nada. Pero pensaba que me ayudaría con este asunto.

—¿Por qué? Jamás he visitado esa vivienda, ni pienso hacerlo.

—Porque alguien me ha mentido.

—¿Quién?

—Supongo que todos... —respondió, masticando la amargura. Se sentía como un imbécil, pero sabía que, de no haber visitado la mansión, nunca habría llegado a esa conclusión—. Empezando por ese maldito periodista francés con el que me puso en contacto.

—¿René Lacoste?

—El mismo. Mierda... —dijo Maldonado, recordando a Marla. Era obvio que Lacoste le estaría sacando información;

sabía que ella sería más fácil de manipular que el propio detective—. Tengo que dejarle.

—Espere un momento...

—No puedo esperar, Salinas.

—¿Ha hablado con Isabelle Duvall?

—No. Las actrices excéntricas no son lo mío.

—No sea estúpido. Si no recuerdo mal, Guzmán la rechazó como protagonista en su última película. Eso podría haberla motivado...

—¿Motivado para qué?

—Para hacer algo. Ella tuvo un aborto. Renunció al bebé por su carrera.

Maldonado sintió un golpe en el estómago.

—Entiendo que el bebé era de Guzmán.

—Así es.

—Carajo... Esto parece una telenovela.

—Lo sé. Un mazazo.

—Este dato no figuraba en el informe policial. ¿Por qué me lo cuenta ahora?

—Es un tema delicado, y no parecía relevante en su momento.

—¿Y usted es abogado?

—Bueno, vale. Puede que me equivocara. Después de escucharle, pensé que debía saberlo.

—Eso lo dirá usted.

—Lo siento.

—A todo esto, ¿fue decisión de la actriz o la presionó Guzmán?

—Nunca lo supimos. Él parecía emocionado con la idea. Fueron pareja durante un tiempo, ya sabe.

Maldonado vio por el espejo retrovisor a unos guardias municipales acercarse a su coche.

—Ahora, sí. Tengo que colgar, Salinas. Le llamaré más tarde.

Antes de que los policías llegaran al coche, arrancó y se adentró en la calle. Su mente era ahora un torbellino de nombres, posibilidades y motivos. «Maldita sea, esto lo cambia todo», pensó sobre el aborto de Duvall. Era muy probable que ella hubiera abortado por decisión propia, en aras de su carrera, lo que explicaría el distanciamiento con Guzmán. Y si Miraflores era la nueva amante de Guzmán, ¿qué hacía con Dupont? ¿Y por qué no estuvo en la fiesta la noche del accidente?

«Este caso me está agriando el día».

Pero lo más inquietante seguía siendo la sombra de Dupont, siempre presente, vigilante, como un cóndor. También estaba Philippe D'Angelo, el productor italoamericano que podría estar cubriendo las espaldas de Dupont y, de alguna forma, vengando a su amante, Sophie Lambert.

Y en medio de todo, René Lacoste, quien se perfilaba como el mayor mentiroso en esa maraña de engaños.

El caso se volvía más oscuro a cada minuto y las ganas de seguir en él disminuían.

«Necesito un maldito trago... y encontrar a Marla».

34

Maldonado conducía de vuelta al centro de la ciudad, el MX-5 deslizándose con la elegancia de un felino sobre el asfalto de Cannes. Las luces doradas del atardecer bañaban el horizonte, mientras el sol se hundía perezosamente en un cielo que empezaba a teñirse de púrpura. Era un espectáculo de belleza cinematográfica, digno de una postal. Lástima que lo único mágico de su día fuera ese instante. Con una mano en el volante, con la otra buscó el móvil en su bolsillo y marcó el número de Marla.

—¿Diga? —respondió ella al segundo timbrazo.

—Soy yo. ¿Dónde estás?

—Le Vesuvio, pasado el Marriott.

—¿Un restaurante? —Frunció el ceño, tratando de ubicarlo mentalmente. Nunca había ido, pero por el nombre, apostaba a que sería uno de esos italianos de moda, con terrazas llenas de gente adinerada que se creían invulnerables. Como Paco Guzmán, como Dupont... como todo lo que él detestaba.

Suspiró y miró el reloj del salpicadero: las cinco y media.

—Escucha, estoy llegando, si esta ciudad no me asfixia antes. Guárdame una silla, tengo un hambre que me está matando.

—Estamos cenando con una pareja de actores y... bueno, también está Miraflores.

—¿La actriz?

—Sí, parece más simpática hoy.

—¿Has hablado con ella?

—No, pero lo parece cuando habla con otros.

—¿Y Dupont?

Marla se quedó callada al pronunciar él ese nombre, lo que hizo que Maldonado apretara el volante.

—Déjalo, ya sé que no puedes hablar mucho.

—Exacto.

Dupont era un jugador peligroso, siempre al acecho como un buitre esperando la carroña. Y no era el único que lo ponía en guardia.

—Oye, una última cosa. No te fíes de Lacoste. No sueltes prenda. Ese tipo nos ha mentido, lo sé. Solo juega para sí mismo.

—Entendido. Te esperamos.

Maldonado colgó y lanzó el móvil al asiento del copiloto. Sabía que Marla no podía hablar con soltura, por lo que decidió terminar la conversación. Su estómago gruñó de nuevo. «Maldita sea», pensó, y comenzó a imaginar la carta del restaurante. Solo esperaba que le sirvieran algo sencillo: una pizza con anchoas o un plato de pasta, acompañado de una buena copa de vino. No había comido desde la mañana y su cuerpo comenzaba a pasarle factura.

Aparcó unas calles más arriba del Vesuvio, en una zona tranquila donde los edificios ocultaban las sombras tempranas del atardecer. Cerró la puerta del coche con un golpe seco y se acomodó el abrigo sobre los hombros, echando un vistazo rápido a la calle. Había demasiada gente en las aceras para esa hora. No le gustaba.

Empezó a caminar hacia el restaurante, acelerando el paso, pero sin parecer apresurado. Entonces lo sintió. No lo vio, pero lo sintió. Una presencia. Como el roce de una mano invisible en su espalda. De reojo, en el reflejo de un retrovisor, distinguió una figura borrosa. Alguien lo seguía. O quizás eran más de uno.

«Carajo», pensó, mientras mantenía el paso firme. Sabía cómo funcionaba ese juego: no podían saber que los había detectado.

Giró una esquina y se adentró en la rue de Pasteur, con los ojos fijos en las ventanas oscuras de los edificios, que lo observaban como ojos sospechosos. La silueta seguía ahí, moviéndose entre el tumulto de peatones. Maldonado dobló otra esquina, esta vez con más rapidez, y se coló en una tienda de souvenirs, tratando de respirar hondo mientras se ocultaba detrás de un estante de camisetas.

—¿Puedo ayudarle? —preguntó el dependiente, un joven con una sonrisa torcida.

—Solo estoy mirando —respondió, sin apartar la vista de la puerta.

Esperó.

Uno.

Dos.

Contó hasta diez.

Veinte.

Nada.

Se preguntó si los habría despistado.

Asomó la cabeza discretamente.

Ni rastro de ellos.

«Quizá los he perdido», pensó, pero su alivio fue breve.

Al salir, los vio de nuevo. Eran los matones de la mansión de Guzmán y eso no auguraba nada bueno.

Caminó hacia un callejón estrecho para tratar de darles esquinazo, pero uno de ellos lo sorprendió por el lateral. Esta vez, la mujer, vestida de manera informal y pasando desapercibida entre la multitud, lo tenía en la mira. Maldonado apenas tuvo tiempo de reaccionar cuando ella sacó una pistola del bolso, rápida como una serpiente. Con un manotazo certero, logró golpear el brazo de la mujer, haciendo que el arma cayera entre unos arbustos cercanos.

Ella gritó algo en un idioma que no reconoció y se abalanzó sobre él. El detective, viendo que tenía poco espacio entre los arbustos y un muro cercano, vio su oportunidad cuando un repartidor en bicicleta pasó a toda velocidad. Empujó la bicicleta hacia la mujer, haciendo que perdiera el equilibrio y cayera al suelo junto con el repartidor. No esperó a ver si se levantaban; simplemente corrió.

«Sobrevivirán los dos, ya lo creo», pensó, mientras se alejaba.

Logró avanzar unos metros hasta que el segundo matón apareció de la nada, tratando de emboscarlo por la izquierda. Pero justo en ese instante, un coche pasó a toda velocidad. El matón no lo vio venir y fue arrollado de lleno. La calle se llenó de gritos mientras el conductor, un taxista, salía del coche en estado de pánico.

Maldonado no se detuvo ni a mirar el cuerpo. Dos milagros seguidos no esperaban a un tercero, pensó, y siguió corriendo, ignorando las llamadas y los intentos de la gente por detenerlo. Su corazón latía a mil, pero sabía que no podía aflojar el paso todavía.

Finalmente, tras recorrer varias calles y esquinas, vio la entrada del restaurante Le Vesuvio. Se detuvo un momento, recuperando el aliento, y miró a su alrededor. Había logrado perderlos, al menos por ahora.

Con la mano temblorosa, sacó un cigarrillo de su abrigo y lo encendió, disfrutando de la primera calada mientras el humo se mezclaba con el aire fresco de la tarde.

—Maldito Lacoste —murmuró, al verlo al fondo del lujoso restaurante, riendo junto a los demás—. Pronto se te acabarán las risas, cretino.

Tiró la colilla al suelo, la aplastó con la suela y entró al restaurante. Al cruzar la puerta, vio a Marla sentada en un rincón, riendo con los actores y Miraflores. De puertas para dentro, la realidad se convertía en un mundo de ostentación y fantasía, en el que las personas como él no eran bienvenidas. Sin embargo, ese día era una excepción. Sonrió para sus adentros y se presentó ante la dama que custodiaba la entrada y acompañaba a los comensales a los comedores privados, consciente de que el ambiente relajado no duraría mucho. Una vez dentro y acompañado, caminó hacia ellos con paso firme, su mente ya maquinando el próximo movimiento.

35

Maldonado irrumpió en el restaurante como un lobo en una fiesta de corderos. Su chaqueta Barbour, desaliñada y cubierta de polvo, atrajo las miradas de los comensales, que lo observaron con esa mezcla de curiosidad y desprecio que tienen los que no están acostumbrados a las manchas fuera de sus perfectas mesas. René Lacoste lo miró por encima de su copa de vino, visiblemente incómodo, pero Maldonado ni se inmutó.

—¡Javier! —exclamó Marla al verlo.

—Vaya, veo que no os perdéis una fiesta. ¿Me puedo sentar? —preguntó con el tono de quien no espera un «no» como respuesta.

René sonrió con una rigidez helada.

—Ya estábamos terminando, detective. ¿Por qué has tardado tanto?

—¿Qué has cenado, Lacoste? ¿Un payaso?

El detective lanzó una mirada rápida a la mesa. Apenas habían empezado los platos. Maldonado lo sabía, y René también. El detective se encogió de hombros, y antes de que alguien pudiera decir algo más, Lola Miraflores, sentada en la esquina opuesta, con una copa de vino en la mano, lo invitó con un gesto elegante a sentarse a su lado.

—Por favor, detective. Acompáñenos. Aquí hay un sitio.

El corazón se le congeló al sabueso.

Lola Miraflores, una estrella de Hollywood en todo su esplendor, parecía un milagro haber salido de un barrio cualquiera del este de Madrid. La actriz no había perdido ese toque magnético que hacía que las cámaras la adoraran. Tenía un aire de elegancia y peligro, el tipo de mujer que podía tener a cualquier hombre rendido a sus pies con una sonrisa calculada. Maldonado notó la frialdad en sus ojos, pero también algo más... algo que ocultaba bajo una fachada de serenidad.

—Me está haciendo una oferta que no puedo rechazar —respondió, tomando asiento a su lado. Alzó la mano y llamó al camarero.

—*Oui, monsieur?*

—¿Qué recomienda la casa? —preguntó, sin mirar la carta.

El camarero no titubeó.

—Nuestro especial, *monsieur*: pappardelle al ragú de ternera, cocido a fuego lento durante seis horas, con un toque de trufa negra.

—Suena perfecto —dijo, sin saber lo que era—. Tan solo espero que no tarden otras seis horas en servirlo. ¡Ah! Y tráigame una botella de vino tinto para mí y para esta bonita gente, algo que haga olvidar el polvo de las estrellas de Cannes.

El camarero asintió y se retiró en silencio, mientras René cruzaba una mirada con Marla, quien, aunque mantenía la compostura, se veía tensa. Maldonado lo notó de inmediato, pero no podía decir nada desde tanta distancia. Sabía que en algún momento ajustaría cuentas con el reportero. Lacoste, por su parte, jugaba a mantener su papel de protagonista, aunque una vena palpitaba en su frente.

El sabueso le hizo un gesto con la mano a la actriz y ella se inclinó ligeramente hacia él, lo suficiente para que le escuchara.

—René parece algo... inquieto esta noche —comentó él, en tono suave, con una sonrisa ladeada—. Apuesto a que está celoso de que me siente a su lado, señora Miraflores —pronunció «señora» con una mezcla de admiración y desafío.

Lola rio, pero fue una risa hueca, superficial, la de alguien acostumbrado a fingir, a los guiones y a las cámaras.

—Por favor, detective, no me trate con tanta formalidad —contestó y le tocó el brazo—. Soy solo una actriz, no una reina. Además, no soy tan mayor.

—Discúlpeme, pero soy de la vieja escuela —replicó, clavando sus ojos en los de ella—. Desde que llegué, llevo deseando hablar con una estrella de cine como usted.

—Ah, no exagere, detective. No llegará muy lejos con tanta adulación —respondió ella, jugueteando con la copa de vino, girando el tallo entre sus dedos-. Estoy segura de que usted preferiría a alguien como Lauren Bacall.

Su sonrisa se desvaneció cuando Maldonado bajó la voz, afilando las palabras como un cuchillo bien templado.

—En realidad, me alegra que saque el tema, Miraflores... porque no he venido aquí para hablar de su carrera, ni de la señora Bacall, aunque admiro el trabajo de ambas —le confesó, y su tono se volvió más serio—. Estoy aquí para hablar del señor Guzmán.

La expresión de la actriz se congeló un instante. Apenas perceptible para alguien que no la estuviera observando de cerca. Pero él lo notó. Siempre lo notaba.

—¿Paco? —preguntó ella, ganando tiempo con una suavidad ensayada—. ¡Oh! Qué triste lo de su muerte... Era un gran hombre. Un genio. Ha sido una gran pérdida.

—No parece muy dolida.

—Lo estoy, pero no puedo aparentarlo —le dijo, y giró la vista hacia él—. Aquí no se puede mostrar debilidad. Los tiburones huelen la sangre.

—Y los reporteros... la exclusiva.

—Veo que me entiende.

—Era un gran amigo suyo, ¿no? —La observó, dejando que el silencio se colara entre ellos como un invitado no deseado. Lola mantuvo la calma, o al menos lo intentó, pero sus dedos tensaron ligeramente la copa de vino—. Los españoles siempre hacemos piña.

—Nos conocíamos, claro. Cannes es un lugar pequeño en ciertos círculos.

El camarero llegó con el plato de Maldonado, pappardelle al ragú humeante, y un vino que parecía sangrar del centro de la tierra. Maldonado tomó un sorbo, disfrutando el sabor profundo del tinto antes de volver la atención a Lola. Ella miró de reojo el plato de pasta.

—¿Quiere un poco?

—No, gracias. Ya no tengo apetito.

«Supongo que estabas pensando en otra cosa, querida».

—Una pena. Y dígame —continuó—, ¿cómo es que alguien tan cercano a él no estuvo presente la noche de su muerte? Nadie parece recordar haberla visto en la fiesta.

Lola miró su copa como si buscara la respuesta allí, luego suspiró con elegancia.

—Estaba en un rodaje. Ya sabe cómo es el trabajo, detective. No siempre podemos divertirnos como nos gustaría.

Maldonado carraspeó. Pensó que sería buena actriz para muchos, pero era una pésima embustera. Más tarde contrastaría su coartada.

—Un rodaje en Cannes... —Dejó caer las palabras con una falsa incredulidad—. Curioso. Es Cannes, señora. Todos están en la ciudad para las fiestas y para conseguir trabajo, no para trabajar.

Lola entrecerró los ojos, y por un momento, Maldonado creyó ver una chispa de irritación, pero ella lo disimuló rápidamente.

—¿Acaso eso no forma parte de este trabajo?

—No del que finge haber hecho.

—Detective, si me está insinuando algo...

—Solo que no me trate por idiota, señora Miraflores —la interrumpió—. Y ya que estamos hablando de cosas que no cuadran, me pregunto qué le diría a alguien que la vio entrar al hotel del señor Dupont la pasada noche.

Lola lo miró directamente y apretó los labios con fuerza. Sus dedos apretaban el cuello de la copa como si lo estuvieran asfixiando. El sabueso había tocado un nervio, aunque eso no era una buena noticia. Antes de que pudiera presionar más, Lacoste se acercó por detrás, rompiendo la tensión como un hacha.

—Lola, querido detective, vamos a llegar tarde a la fiesta de D'Angelo si no nos apuramos. Los taxis nos esperan a la salida del restaurante.

Maldonado lo observó con desconfianza, pero antes de que pudiera reaccionar, Marla se levantó de su asiento y tomó el brazo de Lacoste. El sabueso entrecerró los ojos. Algo no iba bien y ella se estaba saliendo del guion.

—Voy a quedarme un poco más —dijo Lola con sutileza—. Espero que no te importe que termine de cenar con el detective.

Lacoste frunció el ceño, pero no insistió.

—Todo tuyo.

—Ambos nos ahorraremos escucharte, Lacoste. —Maldonado lo observó mientras salía del restaurante con Marla a su lado. Su estómago, que antes había rugido de hambre, ahora se le anudaba. Había perdido el apetito.

—Se lo agradezco, señora. Todo un detalle, por su parte —dijo, tomando un último sorbo de vino—. Aunque soy de comer poco. No me gustan las digestiones pesadas...

—Veo que usted también ha perdido el apetito —le comentó ella, al notar su recelo al observar la imagen de René Lacoste y la secretaria juntos.

—Más o menos. Será mejor que nos vayamos.

—¿Quién ha pagado todo esto?

—No lo sé, pero no seré yo —dijo él y le ofreció su brazo, un gesto que ella ignoró con elegancia.

***

Cuando salieron del restaurante, la noche en Cannes había caído por completo. René y Marla subieron a un taxi con una rapidez que no le gustó un pelo al expolicía. Desde la puerta, observó cómo el coche arrancaba y se alejaba entre las luces del bulevar.

«Espero que Marla sepa lo que está haciendo», pensó, encendiendo un light. Se detuvo un segundo, exhaló lentamente y luego le ofreció uno a Lola Miraflores.

—¿Fuma? —preguntó, con una media sonrisa, sabiendo que ella aceptaría—. Seguro que no me rechaza esto.

La española lo miró con esos ojos oscuros, entrecerrados por la luz tenue del restaurante. Sin decir una palabra, tomó el cigarrillo y dejó que él lo encendiera. Lo hizo con una elegancia natural, como si todo lo que tocaba estuviera destinado a ser parte de una película.

Los dos permanecieron en silencio un momento, fumando bajo las estrellas, mientras esperaban el taxi. El silencio entre ellos no era incómodo, pero estaba cargado de algo. Maldonado lo sentía, aunque no era vicio, quizá deseo. Un deseo peligroso, como el sabor a pólvora antes de que empiece el tiroteo.

Lola dio una calada profunda y el humo escapó lentamente de sus labios pintados de rojo.

—Maldito René Lacoste... parece que no podía esperarnos —comentó la actriz.

—Pocas veces tendrá una compañía como esa. ¿Le conoce?

—¿Quién no? Vive en busca de una exclusiva.

Un tipo peculiar.

—¿A dónde vamos? —preguntó él, rompiendo la calma.

—A la fiesta de D'Angelo.

—Suena interesante.

—Sí.

—Vaya —comentó para llenar el silencio y dejó que ella hablara.

—Me agota fingir todo el tiempo, que todo está bien.

—Es su trabajo, le pagan por eso.

—Qué comentario tan desafortunado, detective.

Maldonado advirtió que Miraflores estaba acostumbrada a que todos le siguieran la corriente.

—No se queje. A mí me pagan por hacer cosas más feas.

—Prefiero no saber.

—Anímese, Miraflores. Es una fiesta y le acompaña un hombre real y en peligro de extinción. Saboree la vida como lo que es.

—¿Un drama?

—Más o menos... Ya veo que no parece entusiasmada.

—Lo siento... no pretendía ser grosera. Estoy cansada, nada más.

«D'Angelo», pensó Maldonado. «Otro nombre en esta lista de carroñeros». Decidió seguir el hilo.

—¿Y qué puede decirme del anfitrión? He oído que tiene una forma bastante... americana de hacer las cosas.

Lola sonrió con la mitad de sus labios, como si supiera algo que él no.

—Philippe D'Angelo —dijo ella, saboreando el nombre como si lo estuviera probando antes de decidir si le gustaba—. Un empresario despiadado. El tipo que haría cualquier cosa por estar en la cima. Si no me equivoco, le robó más de un contrato a Paco en los últimos años.

Maldonado inclinó la cabeza. Eso encajaba con lo que había oído. La rivalidad entre Guzmán y D'Angelo había sido tema de conversación en Cannes durante semanas antes de la muerte de Paco. Incluso se decía que D'Angelo lo había amenazado públicamente más de una vez.

—Vaya. ¿Cómo sabe todo eso? ¿Se lo contó el director?

—¿Eh? No. La gente habla en estos círculos, ya sabe.

—Eso dicen siempre —murmuró Maldonado, dándole otra calada al cigarrillo—. ¿Es cierto que lo amenazó?

Lola se encogió de hombros, sacudiendo el humo del aire con una mano elegante.

—Philippe no es de amenazas directas. Lo suyo es más... sutil. Está metido en diferentes asuntos, como el lavado de dinero, el cine para adultos... y hace tratos con gente poco recomendable.

—Cualquiera diría que es un buen tipo al que pedirle un favor.

Al mencionar el cine para adultos, Maldonado no pudo evitar pensar en el «Proyecto X» que mencionaba aquel documento.

—¿Cree que Guzmán podría sacar a la luz algunos de los trapos sucios del americano?

—Ese era el problema de Paco, que aireaba demasiado.

—Un motivo para sellarle los labios...

—¿Qué? No sea exagerado... Si se refiere a que pudo haberle hecho algo a Paco, no lo creo. Philippe es demasiado calculador para arriesgarse. Perdería mucho más de lo que ganaría. De hecho, era él quien iba detrás de Guzmán.

—¿Con malas intenciones?

—No, al contrario. ¿Quién cree que le pagaba el estilo de vida?

—Entonces, ya sé que no estuvo, pero, ¿el señor D'Angelo podría haber estado en la fiesta? —preguntó, lanzando el anzuelo mientras exhalaba otra bocanada de humo.

Lola dudó un segundo, o tal vez solo estaba eligiendo las palabras con cuidado. Él la observó de cerca. No era una actriz cualquiera, sabía cómo jugar con los silencios.

—Le he dicho que no estuve allí, detective —respondió ella, alzando una ceja perfecta—. Lo que yo diga, no cambia nada.

Maldonado soltó una risa seca.

—No es eso lo que le he preguntado, señora Miraflores.

Lola se encogió de hombros, un gesto apenas perceptible, y lanzó la ceniza del cigarro al suelo.

—Puede ser —dijo finalmente—, pero no lo veo como un hombre que se arriesgaría a algo tan... sucio. Eso perjudicaría su carrera, y créame, D'Angelo valora más su imagen que cualquier otra cosa. De lo contrario, Lambert no estaría saliendo con él.

Maldonado asintió, pero le sorprendió que metiera a Lambert de por medio. Era como si lo hubiese hecho con calzador. Reflexionó por un segundo, con tal de eliminar sospechosos de su lista. Por un lado, D'Angelo tenía la influencia, el dinero y los contactos. Sabía que podría hacer desaparecer a alguien si lo deseaba, tenía poder para ello, aunque no era el único. No debía olvidarse por completo de Dupont. Pero la muerte de Paco no olía a trabajo de mafiosos. No, al menos, en la vida real. Esas cosas solían ser más de la gran pantalla. El asunto le olía a algo más personal, a un tirón de pelo, a un boleto de lotería. «Frío, tal vez, pero no calculado. Más bien, pasional».

D'Angelo seguía siendo una pieza del rompecabezas y, sin embargo, Maldonado no podía terminar de encajarla. Sus pensamientos se desviaron hacia otro pez gordo: Jacques Dupont, otro gigante. ¿Por qué seguía resonando ese nombre en su cabeza? Todo apuntaba a él. El productor francés había tenido demasiados roces con Guzmán, demasiadas tensiones. Aquella era una buena oportunidad para esclarecer el asunto:

—¿Y Dupont? —preguntó de repente, girando la cabeza para mirarla.

Lola lo miró de soslayo, casi divertida.

—¿Qué pasa con Jacques?

—No me vacile. Es un pez gordo. Tengo entendido que no se llevaba bien con Guzmán.

Dejó que las palabras flotaran en el aire, observando la reacción de Lola.

Ella tardó un segundo en responder. Bajó la mirada, como si no supiera qué decir o si debía decir algo. Pero su rostro habló por ella. Había una sombra de temor que no pudo ocultar del todo.

—El señor Dupont es... un hombre poderoso. Pero no creo que tenga que ver con la muerte de Paco —respondió, finalmente, aunque su voz no era del todo convincente.

Maldonado insistió, oliendo la grieta en la fachada.

—¿Tan peligroso es?

Ella guardó silencio, pero sus ojos se oscurecieron por un momento. Maldonado pensó que había metido el dedo en la llaga. Cometió el error de seguir hablando, de presionar más de lo necesario.

—Lo digo porque la vi entrar al hotel.

Lola lo miró, no obstante, esta vez fue distinto. Sus ojos brillaron con algo que no había mostrado hasta ahora.

—No se crea todo lo que ve, detective.

Miraflores aplastó el cigarro bajo su tacón justo cuando un taxi se detuvo frente a ellos. Maldonado le abrió la puerta para que entrara y luego accedió por el otro lado del vehículo.

—Al Hotel Barrière Le Majestic —le indicó la actriz al conductor, en un pulcro francés y con una elegancia que solo las estrellas podían emanar.

El taxista, un hombre de rostro curtido, giró la cabeza para observarlos a través del espejo retrovisor.

—¿Están seguros?

Maldonado sonrió y se inclinó hacia delante.

—¿Y usted, *monsieur*? ¿Es consciente de que lleva a una estrella de Hollywood en su coche? —respondió con una mueca.

El taxista se encogió de hombros y puso el coche en marcha. Miraflores rio y le dio un toque juguetón al detective en el hombro. El motor rugió suavemente mientras se alejaban del restaurante y las luces de Cannes se desdibujaban a su alrededor. Eso alivió la tensión, al menos, hasta que llegaran a la fiesta, o eso pensó él. Maldonado sentía la presencia de Lola a su lado, una mujer envuelta en sombras, secretos y miradas furtivas. Era inteligente, rápida y peligrosa, a diferencia de otros personajes del mundillo, que solo se guiaban por el estómago, el bolsillo y el ego. Su intuición, ese fino instinto que siempre lo había sacado adelante, le decía que no debía confiar en ella. Pero no era solo ella la que le preocupaba. También estaban Marla y ese Lacoste.

Se recostó en el asiento, bajó la ventanilla y respiró profundamente, disfrutando del instante como si fuera un soplo de vida.

«Cuando seas viejo, solo te quedarán estos recuerdos».

Estaba cansado, pero aún quedaba mucha noche por delante. Desde allí, las luces del Hotel Majestic se asomaban a lo lejos, como faros en medio de la oscuridad.

36

Maldonado y Lola Miraflores bajaron del taxi frente al Hotel Majestic. El aire de la noche estaba impregnado del perfume del lujo y la exclusividad, como si cada rincón de Cannes recordara a todos que no era lugar para los débiles ni para los miserables. Las luces del hotel se reflejaban en las aceras mojadas, y el constante murmullo de la élite cinematográfica resonaba en el aire como el vaivén del mar.

El detective pagó el taxi mientras echaba una rápida mirada alrededor. Entre la multitud, bien vestida, vio a Marla junto a Lacoste. El francés no se separaba de la secretaria ni un segundo, y eso lo ponía enfermo. El muy cretino exhibía una sonrisa constante, pero Maldonado conocía esa expresión tonta. Era la mueca de alguien que sabía demasiado. Y Marla... «Maldita sea, chica». Maldonado no sabía qué juego estaba jugando, pero tenía claro que no debía subestimarla.

A su lado, Lola Miraflores se deslizó con la gracia de Marilyn Monroe y el peligro de una fiera. Se le acercó lo suficiente para que él sintiera su perfume, un aroma caro y embriagador que nublaba los sentidos. Sus labios pintados de rojo oscuro se curvaron en una sonrisa lenta, peligrosa.

—Parece que te preocupan muchas cosas, detective —dijo, su voz suave como la seda—. ¿Es ella una de ellas?

Maldonado encendió un cigarrillo antes de entrar, intentando mantener la compostura. Sabía bien lo que Lola estaba haciendo; era el truco más viejo del libro, pero, aun así, seguía funcionando. La actriz jugaba sus cartas con la destreza de una profesional.

—¿Ya nos podemos tutear?

—Diría que sí —respondió ella, quitándole el cigarrillo de los labios. Maldonado sacó otro del paquete y lo encendió—. Juntos hemos compartido más que toda esta gente junta.

—Entiendo... Te sorprendería lo que me asusta —contestó él con tono mordaz, exhalando una nube de humo que se desvaneció en el aire—. Pero tú, querida, no estás en la lista.

Lola rio suavemente, acercándose un poco más. Su mano descansó casualmente en el brazo de Maldonado, como si fuera lo más natural del mundo.

—Ah, detective, no me digas que no te dejo algo... intrigado.

Antes de que Maldonado pudiera responder, la voz de Marla irrumpió en la escena.

—Espero no estar interrumpiendo nada importante.

Lola se giró lentamente. Sus ojos destilaban veneno disfrazado de cortesía. Él no pudo evitar una sonrisa ladeada. La actriz se apartó con una gracia estudiada, lanzando una mirada cargada de significado tanto a él como a Marla, antes de desaparecer entre la multitud del Majestic, dejándolos solos en el corazón del lujoso salón.

Finalmente, el detective apagó su cigarrillo en una papelera de aluminio y entró junto a Marla.

El interior del Majestic resplandecía con luces doradas y reflejos brillantes. Las paredes de mármol pulido y las inmensas arañas de cristal hacían que todo brillara como si estuvieran dentro de una película de ensueño. La alfombra roja bajo sus pies amortiguaba el sonido de sus pasos mientras avanzaban.

—¿Todo en orden con el francesito? —preguntó él, con tono casual.

La secretaria se cruzó de brazos, lanzando una mirada hacia donde había estado René, ahora perdido entre los invitados de la fiesta.

—Podría preguntarte lo mismo sobre ella.

—¿Miraflores? Descuida, es una actriz.

—Las actrices también son personas.

—No cuando estoy trabajando. Debo cuestionar todo lo que dice. Ni siquiera sé cuándo me está tomando el pelo.

—Es su trabajo —dijo ella con evidente recelo.

—Eso pienso yo. ¿Qué has averiguado?

—Poco, por el momento.

—Oye, ¿te ha comido la lengua el gato? Parecía que estabas disfrutando.

—Y así es, pero no es fácil sacarle una exclusiva a quien vive de conseguirlas.

—Empiezas a hablar como él...

—No seas bobo, Javier. Hablo en serio.

—Pronto se te pegará ese acento francés.

—Te diré algo: las tensiones entre Dupont, D'Angelo y Lola Miraflores son más que aparentes. Quizás tú no lo veas, porque estás más pendiente de sus ojos o de su escote, pero hay algo grande en juego, aunque aún no sé qué. —Miró a Maldonado de reojo—. En fin, ¿y tú? ¿Qué has averiguado en la comisaría?

—Buena pregunta.

—¿Ha habido un cambio de planes?

Él lanzó una mirada tan espesa como sus pensamientos.

—Ha habido un poco de todo. Persecuciones, visitas incómodas a la comisaría, un pez gordo llamado Dupont que no parece querer cooperar y, para colmo, he tenido que esquivar un par de gorilas. —Hizo una pausa, estudiando el rostro de Marla—, pero nada fuera de mi trabajo habitual. Eso, sí, estoy por proponerles mi historia para un guion. Es mucho mejor que las chorradas melodramáticas que proyectan en estos festivales... Lástima que Steve McQueen ya no esté entre nosotros. Habría sido un buen protagonista para representarme.

—¿Estás hablando en serio o me tomas el pelo?

—Yo nunca bromeo, Marla. Al menos, cuando trabajo y cuando me persiguen.

—Ni en tu tiempo libre —dijo cambiando su expresión y lo agarró del antebrazo con fuerza—. ¡Javier! ¡Por Dios!

—¿Qué?

—Me preocupas. Podría haberte pasado algo grave...

—A buenas horas, querida... —dijo él, acercándose a ella—. Eso no es lo peor. Te diré algo. He encontrado a Dupont en la comisaría, reunido con el inspector Moreau, el mismo que llevó el caso de la muerte de Guzmán. Después, he seguido al inspector hasta el hotel Marriott, donde el pez gordo se ha reunido con Miraflores y un reportero. Cuando he visitado la mansión que alquiló Guzmán, el cadáver de ese hombre estaba flotando en las rocas...

A medida que contaba los hechos, el rostro de Marla palidecía.

—¿Un cadáver?

—Así es. Se lo han llevado por delante. Después, han intentado ir a por mí.

—¡¡Javier!!

—Cálmate, ¿quieres? Será mejor que no llamemos la atención. Aquí hay demasiados ojos observándonos. Esto huele a crimen pasional, Marla, y no algo frío y calibrado, como pensaba en un principio. Maldita sea, todo pinta muy mal.

La pelirroja alzó una ceja, sopesando sus palabras.

—Entonces, lo ves más como una venganza que como una conspiración. Eso me dice que...

Maldonado asintió.

—Que hay demasiado caos, demasiada improvisación. —Miró a su alrededor—. No es algo habitual de un criminal. ¿Matar a un director para guardar un secreto? No hay nada que el dinero no pueda silenciar. Sin embargo, intentan convencernos de lo contrario, aunque de manera muy sutil.

—¿Y piensas que...?

—Falta algo que se me escapa, Marla. Una carta que me falta para terminar el maldito solitario... Sé que Guzmán era un retorcido, que se había enfrentado a los productores de la industria, que llevaba a las mujeres por el camino de la amargura y que sabía cómo tocar las narices de los demás, pero nada justifica su muerte, excepto lo último, porque lo consiguió. ¿Cómo? Incluso muerto, siguen buscando algo que ocultaba. Ahí está la clave. Por eso estaba toda esa gente en su mansión.

Un camarero impecablemente vestido se acercó con una bandeja de champán francés. Maldonado tomó una copa y se la ofreció a su compañera, antes de tomar una para él. El líquido dorado burbujeaba bajo la luz de las lámparas, tan lujoso como el resto del lugar.

—Salud —dijo él, alzando su copa—. Por las malas decisiones y las peores compañías.

Marla soltó una risa seca y ambos chocaron sus copas, observando los rostros pulidos y sonrientes de los invitados. Pero detrás de cada sonrisa había una sombra, una mentira, y Maldonado lo sabía mejor que nadie. Aunque, ¿también se ocultaba algo detrás de la sonrisa de Marla? La duda le retorcía el estómago.

—¿Tienes un plan? —preguntó ella, en tono bajo, pero prudente, como si intentara descifrar algo oculto en el silencio.

Maldonado giró su copa en la mano, pensativo.

—Philippe D'Angelo, el productor. Me han contado que es el más turbio de todos. Conoce los secretos más oscuros de cada uno. Es el único que podría saber lo que Guzmán tenía entre manos. Estoy convencido de que, si alguien puede soltar algo, será él.

—¿Lo has visto por aquí?

—Todavía no, pero allí está Dupont, Lambert, Lacoste... —indicó, señalándolos con la mirada. Sin embargo, se detuvo en seco al ver algo al otro lado de la sala. Una pareja, impecablemente vestida, estaba de pie junto a la mesa del bufé. Sus rostros eran inconfundibles—. Carajo... No puede ser...

—¿Qué ocurre?

—Son ellos.

—¿Quiénes?

—Los matones que me han seguido. No puedo creer que estén aquí, dentro de esta maldita fiesta.

—¿Cómo es posible?

—Eso es lo peor de todo, querida —dijo y terminó la copa de un trago. Después, se secó los labios con la mano—. ¿Quién diablos los ha invitado?

37

El detective miró a la secretaria con una calma estudiada, pero detrás de esos ojos castaños, las ruedas de su mente giraban a toda velocidad. Ella lo sabía, y él no podía engañarla. Los matones en la fiesta no eran una coincidencia, ni tampoco una sorpresa, pensándolo bien, y con cada segundo que pasaba, la presión en su pecho aumentaba.

—Tenemos que darles esquinazo —murmuró, manteniendo su voz baja, casi en un susurro.

Marla lo observó, leyendo la tensión en su mandíbula. No hacía falta preguntar más; sabía exactamente a qué se refería.

—No han venido solo por ti, ¿verdad?

El expolicía negó con la cabeza.

—Yo solo soy una piedra en el zapato, pero hay algo que me mosquea en todo esto... Si esos tipos trabajaran para Dupont, el muy idiota se estaría pegando un tiro en el pie con ellos aquí. Dupont es un hombre calculador, no va a poner en peligro su reputación con algo tan burdo. —Miró de reojo a los matones, que seguían mezclándose con los invitados como lobos con piel de cordero entre el rebaño, pasando perfectamente desapercibidos—. Lo que no me cuadra es cómo los han dejado entrar. Aquí dentro se necesita algo más que una sonrisa para cruzar la puerta.

Marla asintió, su mirada también recorría el salón, buscando a D'Angelo, el objetivo del jefe. Pero él sabía que no podía avanzar con esos dos gorilas, respirándole en la nuca.

—Voy a buscar al americano —murmuró él—. Mantente cerca, pero no demasiado. No quiero que esos tipos te relacionen conmigo. No soportaría que te hicieran algo.

—Soy mayorcita, sé cuidarme.

—Tu espray pimienta, no es suficiente. Es probable que vayan armados.

Marla sonrió de medio lado, tragándose el orgullo.

—No te preocupes, Javier. Sé cómo ser invisible cuando quiero.

—Nos reunimos aquí en diez minutos, ¿entendido?

—¿Y si estoy en problemas?

—Grita.

—¿Grita?

—Sí, grita... si es que alguien logra oírte en medio de este follón.

***

Maldonado dejó escapar un breve suspiro y se adentró más en la fiesta, abriéndose paso entre los invitados del Majestic, mezclándose con las figuras elegantes y los murmullos de la élite cinematográfica. Las luces doradas y los reflejos de las copas de champán eran una distracción perfecta, pero sus ojos estaban enfocados en algo más importante: Philippe D'Angelo. El tipo era un peso pesado de los negocios, y no por su influencia en la industria, sino por su tamaño y por su habilidad para mantenerse siempre a flote, sin importar la corriente.

Cuando lo encontró, D'Angelo estaba en una esquina del salón, de espaldas a la piscina, sosteniendo una copa con la indiferencia de quien está acostumbrado a que el mundo se acomode a su voluntad. No estaba solo. Una chispa llamó la atención del detective: era el brillo de una copa de espumoso, acompañado del traje de lentejuelas doradas que llevaba Sophie Lambert, su actual pareja. El sabueso no esperó una invitación para proceder al abordaje:

—Oh là là... —murmuró, al verla junto al americano. La empresaria era una caja de sorpresas.

Se aproximó a ellos, que parecían hablar de algo entre susurros, hasta que él llegó bajo sus miradas.

—Señor D'Angelo, señora Lambert —saludó con una voz cargada de falsa cordialidad—. Espero no ser una molestia... de nuevo.

—¿Usted, otra vez? —preguntó ella, malamente sorprendida—. ¿Cómo ha burlado la seguridad?

—Estoy invitado a la fiesta.

—Oh, lo siento, querido —le dijo al productor—. Debo ir al baño. Me ha sentado mal el caviar... Pero no pierdas mucho tiempo con este sacamuelas. —Sophie Lambert se evaporó sin decir adiós, y el expolicía encontró su oportunidad para hablar con el empresario a solas. Raras veces tenía una ocasión tan perfecta.

—No sé lo que significará eso, pero no quiero causar un problema conyugal.

—¿Acaso le importa eso? —preguntó el americano, y luego se rio de su propio chiste—. En el fondo, me ha hecho un favor.

—Lo que no separe el amor... ¿Tiene un minuto?

D'Angelo levantó la mirada, apenas moviendo la cabeza. Su expresión era impenetrable.

—Depende de para qué —respondió con un tono seco y directo, como un tiro bien medido—. No me ponga de los nervios. Todos sabemos lo que hace aquí.

«No pareces un tipo de los que pierde los nervios con facilidad».

—Iré al grano, antes de que venga su... lo que sea. Es sobre el Proyecto X. Sé que estuvo involucrado en él. Dicen que no era más que una chorrada, pero usted no parece opinar lo mismo...

D'Angelo dejó su copa en la mesa, sin prisa.

—¿Eso se lo ha dicho ella?

—¿Eh?

—Sophie... Siempre igual. Pues no, no lo es —explicó, sin adornos—. No era una chorrada, era un buen guion. No de los que cambian el mundo, pero sí de los que hacen ruido. Y en este negocio, el ruido es dinero.

Maldonado inclinó la cabeza ligeramente, interesado. Después tomó una copa de la bandeja que servía un camarero.

—Por lo que he escuchado, era una película erótica.

—¿Erótica? No me haga reír. Era una película con todos los ingredientes para el público generalista. ¿Ha visto «Instinto Básico»?

—Como para olvidarla.

—Tiene erotismo, acción, drama. Lo que vende, ¿no? Pues este guion también.

—¿Por eso los demás la echaron atrás?

D'Angelo soltó una breve risa, como si hubiera oído la misma historia mil veces antes.

—No tiene nada de eso. Los que le dijeron eso o no saben de qué hablan o están protegiendo sus propios intereses. Los europeos siempre están pensando en el cine como arte, en el cine de autor y de vanguardia. Mamarrachadas. Los americanos pensamos en el dinero, por eso somos la mayor potencia que domina el mercado.

El americano tenía razón, pero al detective le sorprendía que Dupont dejara pasar una oportunidad así.

—Entonces, no era un problema con las escenas sexuales.

—Para nada. El problema con ese guion era que dejaba a demasiada gente en una posición incómoda. —Hizo una pausa, mirándolo fijamente—. Guzmán se estaba ganando enemigos por todas partes, más de los que ya tenía, y buscaba financiación para algo que podía hacerle mucho daño a la gente equivocada.

—Lo tomó como algo personal —murmuró Maldonado, más para sí mismo que para D'Angelo.

—Sí —confirmó el otro, sin rodeos—. Cada vez que alguien le decía que no, lo veía como un ataque personal. Dupont y los demás intentaron frenarlo, pero Guzmán no era del tipo que retrocede. —D'Angelo hizo una pausa. Sus ojos, de un tono glacial, se clavaron en los de Maldonado—. Cuanto más lo frenaban, más interesado estaba yo en financiarlo.

Maldonado levantó una ceja, intrigado.

—¿Entonces usted no estaba en su contra?

—¿Yo?

—Pensaba que sí, pero veo que no. Le interesaba poner dinero en el proyecto.

D'Angelo asintió lentamente, sin apartar la mirada.

—Así es. No era mi enemigo. De hecho, iba a financiar la película. Me importaba un carajo que fuera el fin de su carrera, pero el morbo... el morbo vende, y mucho. Y donde hay morbo, hay dinero. A mí me mueve el capital, detective. Soy americano. No estoy aquí para hacer amigos. En todas las historias siempre hay un ganador... y yo he venido a ganar dinero.

Maldonado dejó escapar un leve suspiro, pero sus pensamientos ya iban por otro camino.

—¿Qué pasó?

—Que nunca llegó a presentar el guion.

—¿Cómo dice? Pero, si...

—Lo tenía escrito, pero no dejaba que viera la versión íntegra. Temía que lo plagiaran.

—No lo entiendo.

—No hay nada que entender. Era un jodido excéntrico. Llegamos a un acuerdo.

—¿De qué clase?

—Haría el casting y después la película.

—¿Lo permitió?

—¿Qué iba a hacer? Le dije que lo haríamos a su manera, si me prometía el guion entero antes del rodaje. Me dio su palabra, lo cual, era todo lo que tenía hasta entonces. Así que comenzamos las audiciones... Le pagué los caprichos, la mansión, el barco, las fiestas... Guzmán era un loco y, aun así, sabía lo que hacía. Había mucha pasta en juego y no salía de su bolsillo, pero yo sabía que merecería la pena.

—Desconocía todo esto. ¿Qué demonios...?

—Evidentemente, no terminamos las audiciones —prosiguió—. El muy cabrón dejó embarazada a Duvall, su amante de entonces y quien sería la actriz principal. Dado el período que conlleva un rodaje, acabaría mostrando la barriga. Ella abortó con tal de recuperar el papel, pero ya era tarde y Guzmán estaba buscando a otra... Menudo cretino.

—Y eso no lo sabía todo el mundo, supongo —dijo el investigador, tanteando el terreno.

D'Angelo esbozó una sonrisa corta, sin humor.

—Solo Sophie estaba al corriente de esto. Pero no le importa. Está conmigo por conveniencia, como todo el mundo en este negocio. Nadie me va a hacer daño por ello.

«Por supuesto, contando con las amistades de las que todo el mundo habla».

—Yo tampoco se lo haría.

—Entonces me da la razón.

El detective observó al empresario en silencio durante unos segundos, sopesando sus palabras antes de lanzarse con otra pregunta. Llegado a esa situación, con la información que tenía en su poder, se planteó si merecía la pena continuar con el caso. Guzmán, en cierto modo, iba detrás de un buen castigo.

—Es un hombre particular, señor D'Angelo. Mezcla de americano, francés e italiano... Parece que tiene un pie en cada lado del juego.

—Tengo lo mejor y lo peor de cada uno. Y no, no nací ayer. A mí no me la pegan tan fácilmente.

—¿Qué quiere decir?

—Usted ha sido policía, ¿verdad?

—Sí.

—Entonces conocerá el dicho de, "quien corre con la policía, paga la carrera".

—No, exactamente.

—A buen entendedor...

—Dígame, entonces, ¿esa fue la razón por la que no estuvo en la fiesta de Guzmán la noche en que murió? ¿Por descontento?

Sus ojos se entrecerraron un poco, como si estuviera calculando la respuesta exacta que iba a dar.

—Lo primero, no me gustan las fiestas. Y no, no estuve. Fue mejor así. Si hubiera estado allí, las cosas habrían sido incómodas para mis socios. —Dio un sorbo a su copa antes de continuar—. Guzmán les envió invitaciones a todos los de su círculo, todos los que estuvimos ayer en el barco de Dupont, incluido a mí. Pero fui el único que no fue. Sin embargo, no me malinterprete. Estaba dispuesto a invertir el último centavo en él por ese guion, aunque este no existiera, o me arruinara con ello. Ese español cabrón nos había vendido tan bien el proyecto, que convirtió la película en la Fiebre del Oro.

El silencio se instaló entre ambos por un segundo, roto solo por el murmullo lejano de la fiesta.

—Un momento. ¿Ha dicho que los invitó a todos?

—Sí, detective. Incluido el anfitrión.

Maldonado guardó silencio, pero su mente no estaba en ese salón. Las piezas empezaban a encajar, aunque aún faltaban algunos fragmentos cruciales. Mientras D'Angelo lo acechaba, él empezaba a entender que el guion perdido de Guzmán era más que un simple proyecto. Era la llave a algo mucho más grande.

—Volviendo a ese guion... ¿Qué ha pasado con él?

—Buena pregunta, detective. Sigo dispuesto a financiarlo, pero alguien debe encontrarlo primero... Si lo hace usted, prometo pagarle bien.

En ese momento, con la miel en los labios, Sophie Lambert apareció de nuevo en escena. Esta vez parecía dispuesta a ser ella quien interrumpiera la conversación.

—¿Nos permite, detective? —preguntó, sin dar lugar a una respuesta, y agarró al americano del brazo.

—Todavía no he terminado, me gustaría hacerle una última pregunta...

—Creo que ya han hablado lo suficiente. Moleste a otra persona, hay mucha gente en esta fiesta.

El americano se rio al ver la expresión del sabueso y la pareja desapareció de su vista en cuestión de segundos.

Suspiró profundamente, absorto en la información que había obtenido. Era demasiado como para asimilarla sin un segoviano con hielo entre los dedos. Allí, rodeado de tanto esnob, se conformaría con un escocés de doscientos euros la botella. Necesitaba encontrarse con Marla y contarle lo que había escuchado.

De pronto, antes de que recuperara el aliento, avistó dos siluetas cerca de la piscina, apenas visibles desde donde él estaba. Aprecció el destello de un cigarrillo encendido, y eso fue todo lo que necesitó para que la curiosidad lo guiara.

Salió del hotel, el aire húmedo lo asfixiaba por dentro. El bullicio del interior se desvanecía con cada paso que daba, reemplazado por el murmullo de voces en francés que provenían de la oscuridad cerca de la piscina. Se movió con cautela, manteniéndose en las sombras, siguiendo el rastro de las voces. No sabía quiénes eran, pero estaba casi convencido de que uno de ellos le resultaba familiar.

A medida que se acercaba, logró escuchar las palabras con más claridad. Para su sorpresa, reconoció de inmediato la voz de René Lacoste, impostada como siempre, pero había otra con él, todavía más temida: Jacques Dupont. «¿Qué carajo hacen esos dos juntos, fumando y hablando como viejos amigos?», se preguntó, y no dudó en quedarse para averiguarlo. Acto seguido, con mucho sigilo, se escondió entre los setos, agachado, permitiendo que la penumbra lo protegiera.

—*Elle... elle est un problème*, Dupont —dijo Lacoste, con un tono agudo que denotaba preocupación. Maldonado no era un maestro del idioma, y echaba en falta que Marla estuviera allí para traducir la conversación entera, pero entendía lo suficiente para captar que hablaban de Miraflores.

—*Si nous ne récupérons pas...* —Dupont gruñó algo más bajo, pero el detective solo captó las palabras clave: algo valioso, algo que buscaban. Un objeto que parecía tener más importancia de la que había imaginado.

«¿Estarían hablando del guion que había mencionado D'Angello? ¿Sería eso lo que buscaban en la mansión alquilada de Guzmán?»

Se quedó quieto, agazapado entre los arbustos, apenas a unos metros de ellos. Sabía que no podían verlo, y el murmullo distante de la fiesta cubría cualquier sonido que él pudiera hacer. Estaban lo suficientemente absortos en su conversación como para no darse cuenta de que los estaban espiando.

«Guzmán...», Maldonado captó el nombre del director muerto, y luego, como una flecha, su propio nombre. No era raro que hablaran de él, pero lo que le preocupaba era la manera y el tono que empleaban. Lacoste parecía más nervioso de lo que recordaba, y Dupont, como un puño de hierro, siempre calculador, sonaba irritado. Algo no cuadraba para el expolicía.

«Maldito bastardo de Lacoste... Estás más metido en esto de lo que aparentabas en un principio, desgraciado», pensó Maldonado, entrecerrando los ojos. El francés jugaba a dos bandas, o tal vez a tres. Pero, ¿con qué fin? ¿Una exclusiva en primicia? ¿Ganarse al pez gordo de la industria a cambio de favores? ¿Un pase exclusivo a la dirección de la revista para la que trabajaba?, se planteó. Las opciones eran infinitas. Y si estaba buscando algo... algo valioso, Maldonado tenía una buena idea de qué podría tratarse.

Cuando la conversación concluyó, Lacoste y Dupont regresaron al hotel, caminando con la seguridad de quienes creen tener todo bajo control. El pisar de las suelas de sus zapatos sonaba como una melodía de castañuelas. Maldonado esperó unos segundos, asegurándose de que desaparecieran entre la multitud antes de salir de su escondite.

«Cerdo, francés. Te vas a enterar», se dijo en cuanto salió de la oscuridad.

Ahora que estaba solo, encendió otro light y sus pensamientos comenzaron a girar como un torbellino. Si ya tenía un mal presentimiento sobre ese mamarracho, ahora no le cabía duda de su falta de moralidad. Debía encontrarse con Marla y contárselo antes de que cayera rendida ante sus encantos y hablara más de la cuenta. No es que desconfiara de ella, pero la seducción es una tela de araña de la que cuesta salir. Fumó con ansias, buscando un claro entre las nubes de su mente. Necesitaba un trago, un respiro, ordenar sus pensamientos y dormir ocho horas.

Necesitaba volver a Madrid.

Estaba a punto de regresar al hotel cuando, a lo lejos, vio algo que lo hizo detenerse en seco.

«¿¿Qué demonios??».

Eran los dos matones. Se encontraban en la entrada del hotel, pero esta vez no estaban solo vigilando. Ahora empujaban a Lola Miraflores, con un arma sutilmente presionada en su espalda. Los tacones de la actriz se movían con resistencia sobre el asfalto. Maldonado apenas podía creer lo que veía, pero no había mejor momento para sacarla de allí: la seguridad del hotel parecía haberse esfumado. La femme fatale, la futura promesa de Hollywood, se veía más vulnerable que nunca, con el rostro tenso mientras era obligada a caminar hacia un coche que esperaba junto a la fuente de la entrada.

Todo pasó tan rápido que ni siquiera el sabueso logró reaccionar. Los matones abrieron la puerta del coche con brusquedad y obligaron a Miraflores a entrar. El vehículo arrancó inmediatamente, desapareciendo en la noche.

Maldonado tiró su cigarro al suelo y lo aplastó con el pie, con la mente ya trabajando en un plan para averiguar adónde la llevaban. Si esos tipos habían capturado a Lola, significaba que las cosas estaban escalando mucho más rápido de lo que había anticipado. Y ahora no solo estaba en juego la verdad sobre la muerte de Guzmán, sino también la vida de Miraflores, y con ella, las respuestas que tanto necesitaba.

Sin perder más tiempo, se aproximó a los taxis que esperaban en la entrada del hotel y subió en uno de ellos.

38

El conductor lo entendió a la primera cuando Javier señaló el vehículo que se alejaba del hotel con Lola Miraflores, secuestrada en su interior. Sin perder tiempo, el detective buscó su móvil y marcó el número de Marla.

—¿Te has perdido? —preguntó ella con tono despreocupado.

—Mucho peor. Voy en un taxi.

—¿Por qué? ¿A dónde?

—No lo sé, pero estaba en lo cierto, Marla. Esos matones no iban solo a por mí, han secuestrado a Lola Miraflores.

—¿Cómo dices? Creo que no te estoy entendiendo...

—Sabía que dirías eso.

—¿Cómo van a secuestrar a una actriz famosa como ella? ¿En Cannes? ¡Es un disparate!

«Pensándolo bien, lo es. Pero también sé lo que he visto», reflexionó.

—No te llevaré la contraria, pero tampoco te daré la razón —respondió con calma—. Escucha, Marla. Debes mantener la guardia alta con Lacoste.

—¿Otra vez, Javier? Lo tuyo es enfermizo. Tan solo está siendo amable. De hecho, creo que empieza a cansarse de mí...

—Es una rata traidora. Nos ha mentido todo este tiempo.

—¿Por qué?

—Por su propio interés. Ha estado jugando a dos bandas y ahora puedo confirmarlo. La razón la tendrás que averiguar tú, pero ándate con ojo.

—¿Cuándo ha ocurrido eso?

—Después de hablar con D'Angelo. Él no me ha visto, pero lo he cazado conversando en privado con Dupont, en la piscina. Hablaban de nosotros, de Miraflores y de algo que no encontraban, que me temo es el guion del que hablaba D'Angelo. La razón de todo este follón...

—¿Un guion de cine? Estoy confundida, Javier —respondió, desconcertada por la información—. Creo que me falta contexto porque no entiendo nada de lo que estás diciendo. ¿Cuándo vas a volver?

—No lo sé, pero debes regresar al apartamento. Sal del hotel, pide un taxi y lárgate. Me reuniré contigo en cuanto averigüe adónde llevan a Miraflores. Prometo contártelo todo más tarde.

—Un segundo... ¿Estás siguiendo ese coche?

—Me ofende que lo preguntes.

—¡Ay, Dios!

—No blasfemes. Ya sabes que el de arriba, cuando quiere, es muy traicionero.

—¡No, no es por eso! Me temo que René viene hacia mí. Espero que no se haya dado cuenta de que lo sé.

—Sonríe, síguele el juego y se ocupará de llevarte a la cama.

—¿A la mía o a la suya?

—Eso ya depende de ti.

—Tu plan no es muy esperanzador.

—No te he dicho que lo hagas, pero es lo que estará pensando.

—Tengo que dejarte, Javier. Lleva cuidado. Te veré más tarde.

«¿Es el detective? ¿Dónde se ha metido?», escuchó decir a Lacoste de fondo.

«Parece que ha encontrado mejor compañía que nosotros», respondió Marla antes de colgar.

El sabueso respiró hondo y guardó el teléfono en el bolsillo. No se fiaba de ese caradura, pero confiaba en las habilidades de Marla para mantenerlo a raya. Volvió a concentrarse en la carretera. Tras un corto trayecto, el vehículo que seguía se detuvo al pasar por el bulevar del casco antiguo. Reconoció la zona, pues no estaban muy lejos del apartamento donde dormían. De pronto, la berlina se metió en un callejón. Maldonado insistió en que el taxista mantuviera la distancia, pero este empezó a murmurar cosas en francés que el detective no entendió. La tensión no hacía más que aumentar.

Para su sorpresa, la berlina se detuvo en seco y las luces de freno se encendieron. De repente, una puerta trasera se abrió y un empujón brusco arrojó a Lola Miraflores contra la angosta pared de un edificio. El coche arrancó de nuevo, mientras la actriz respondía con un manotazo contra la carrocería, sin causar daños. Maldonado no daba crédito a lo que veía.

«Ni el secuestro, ni la manera en que Miraflores actúa... ¿De qué carajo va todo esto?», se preguntó.

Antes de que la actriz desapareciera por una esquina, sacó un billete, se lo entregó al conductor y salió del taxi sin esperar el cambio.

—*Merci!* —oyó a lo lejos, mientras el taxi retrocedía y él se acercaba a Miraflores, que caminaba con dificultad sobre la acera empedrada.

A escasos metros de ella, y antes de que pudiera llamarla por su nombre, la actriz se giró de repente y, sin previo aviso, le golpeó en la cara con su bolso. El impacto fue tan fuerte que Maldonado cayó al suelo.

39

Lola Miraflores se detuvo en seco, girándose hacia Maldonado con una mezcla de culpa y miedo en los ojos. Su rostro, habitualmente adornado con maquillaje y sonrisas forzadas, parecía ahora más frágil, quebrado.

—¡Maldita sea!

—Siento haberte golpeado —murmuró ella con la voz entrecortada—. Pensé que alguien me estaba siguiendo.

«Yo sí que lo he sentido...».

Maldonado la miró en silencio, con los ojos entrecerrados, midiendo cada palabra, cada gesto. El golpe aún lo sentía en la mandíbula, pero lo que más le dolía era saber que detrás de todo eso había un puñado de mentiras. Sin pensarlo demasiado, la agarró del brazo, no con brutalidad, pero con suficiente firmeza para que supiera que no estaba jugando.

—Basta de tonterías, Lola. Más te vale decirme qué está pasando, porque si no lo haces, esto va a ponerse feo.

La actriz se sobresaltó ante su tono y sus ojos se abrieron más de lo esperado. Él no era un hombre que anduviera con rodeos y ella lo sabía. Después de unos segundos de vacilación, suspiró, cediendo ante la presión.

—Me estás haciendo daño...

—Esto no es ni el principio. Le has tomado el pelo al tipo equivocado.

—De acuerdo, está bien... —susurró, rindiéndose—. Te lo contaré, pero no aquí.

Maldonado la soltó de inmediato y levantó la mano para pedir un taxi. El coche no tardó en llegar y ambos subieron, en silencio. Mientras el taxi avanzaba por las calles de Cannes, el ambiente dentro del coche estaba cargado de tensión. Las luces de la ciudad se reflejaban en las ventanas, proyectando sombras sobre sus rostros. Él miraba por la ventana, perdido en sus pensamientos. Sentía que estaba a punto de destapar algo grande, pero no estaba seguro de cuánto más tendría que apretar para conseguirlo.

El taxi se detuvo frente al Hotel Carlton, cuya fachada resplandecía bajo las luces. El sabueso pagó al conductor y ambos salieron del coche. Aquel lugar representaba la frontera entre los dos mundos. Mientras entraban en el hotel, las puertas se abrieron de par en par, revelando el ostentoso interior. El vestíbulo era un espectáculo de riqueza y elegancia. Las estrellas de cine iban y venían, charlando entre ellas, riendo como si el mundo entero les perteneciera. Pero Maldonado no se dejaba fascinar por tanta opulencia. Estaba allí por trabajo, para cerrar su caso. Y sentía que estaba más cerca que nunca de la verdad.

—¿Por qué no subimos a mi habitación? —le preguntó Lola con un tono inocente, casi seductor—. Así no nos verán. Estaremos más cómodos y podremos hablar en privado.

Por un momento, se sintió tentado, pero esa mujer le había demostrado que era más peligrosa que un subfusil de asalto. La mirada de Lola tenía ese brillo que desarmaba a cualquiera. Pero él no era cualquiera.

—Prefiero que nos vean. Mejor en la barra del bar —dijo con firmeza—. Me gustan las barras de los bares, y más cuando puedo ver a las personas a plena luz.

Lola no insistió, y ambos caminaron hacia el bar del hotel. El ambiente allí era acogedor, con luces tenues y una música suave que acompañaba el murmullo de las conversaciones. Un camarero los guio hasta una pequeña mesa redonda con una lámpara en el centro. Era como en las películas, pensó él. El tipo de lugar donde las confesiones salen a flote, pero también donde las verdades pueden torcerse.

Maldonado pidió un whisky irlandés con hielo, para rematar el recuerdo y paliar el cansancio que llevaba encima, y observó a la actriz española mientras se acomodaban en sus asientos. Ella mantenía la cabeza gacha, con la mirada fija en la mesa, como si el peso de lo que iba a decirle fuera demasiado. No parecía importarle su compañía, por lo que él supuso que aquel lugar estaría libre de fotógrafos y curiosos. «De todos modos, nadie sabe quién soy». No apartó la vista de ella, esperando el momento exacto para disparar la primera pregunta.

—Hablemos de Guzmán —dijo finalmente, viendo cómo el nombre del difunto director hacía que los hombros de Lola se tensaran—. ¿Por qué me mentiste?

—Yo no te he mentido.

—Sí, mentiste al decir que no tenías invitación a su fiesta.

Soltó el farol. Ella solo había mencionado que no estuvo en la fiesta, pero quería asegurarse de que había sido invitada. Dependiendo de lo que respondiera, su actitud hacia ella cambiaría. Lola respiró profundamente antes de responder.

—Yo... ya te lo dije. No fui porque no podía. Estaba trabajando.

—Embustera.

—Es la verdad. No quería estar allí. No quería verlo.

Maldonado entrecerró los ojos, cruzando los brazos sobre el pecho. La paciencia no era una de sus virtudes.

—¿Esperas que me crea eso también? —dijo con sarcasmo—. Ya he escuchado lo mismo demasiadas veces. No me impresiona.

Lola apretó los labios. Parecía estar al borde de romperse.

—Te lo juro, Maldonado —dijo con las lágrimas asomando. Parecía tener un poder divino para que no salieran de los ojos—. No he hecho nada malo.

—Nadie te acusa de lo contrario, todavía.

—¿Entonces?

—¿Qué?

—¿Por qué me miras así?

Él se acercó a ella. Tenía la sartén por el mango. Cualquiera en la posición de esa actriz no estaría rindiendo cuentas a un detective cualquiera de poca monta. Pero allí estaba Lola Miraflores, frente a él, mordiéndose el labio inferior sin darse cuenta.

—No maté a Paco, te lo juro —agregó finalmente—. Todo lo que quería era...

El camarero los interrumpió y sirvió el whisky con hielo, una botella de agua para ella y una bandeja de aperitivos con frutos secos.

—*Merci* —le dijo ella y este se retiró.

—Ni siquiera estabas enamorada de él, admítelo —Maldonado la interrumpió y dio un sorbo al whisky. El alcohol, a esas horas, entraba como combustible por su garganta. Se dijo que pocas veces pegar un trago le había sentado tan bien—. Venga, habla. Lo sé todo. Sé lo que estaban buscando en esa fiesta y por qué querían deshacerse de él. Sé lo del aborto de Duvall, y presupongo que la dejó porque se encaprichó de ti. Maldita sea, mujer. Hay un cadáver de por medio en este caso, y pronto la policía empezará a señalaros a cada uno de vosotros... ¿Es eso lo que quieres para tu carrera? Ayúdame y te ayudaré a salir de esta, a dejarte al margen del asunto, pero no me hagas perder el tiempo o te costará caro, cara bonita.

Ella lo miró directamente a los ojos, y por un momento, él creyó estar viendo a la verdadera Lola Miraflores, no a la actriz que jugaba papeles dentro y fuera de la pantalla.

—¿Aborto?

—Sí... —dijo y le dio un largo trago al whisky. Entonces se dio cuenta de que se había dejado llevar por la emoción—. ¿No te lo contó?

—¡Oh, Dios! No...

—Pues, supongo que ahora ya lo sabes.

Ella se echó las manos a la cabeza. La información revelada parecía haber sido un mazazo sentimental para ella.

—Paco tenía ese guion... —comenzó con la voz temblorosa—. El dichoso guion de cine que lo iba a encumbrar. Se había dejado influenciar por los malos consejeros, hasta que escribió esa maldita obra.

—¿Lo leíste?

—No. Se supone que nadie lo ha leído.

—¿Y por qué todos lo quieren?

—Ahí está la gracia. Paco iba a recibir una Palma de Oro este año en el festival. ¿Sabes lo que significa eso?

—¿Reconocimiento?

—Más caché. Más dinero. Cuantos más premios ganas, más invierten en ti.

—Pero, es un festival...

—¿Y qué? Están todos amañados, detective. Hay contratos de por medio, antes de que el ganador reciba la estatuilla.

—¿Cómo lo sabía?

—Supongo que se lo chivaron. Todos lo sabían, en especial Sophie Lambert.

—¿Así que ella también estaba al tanto?

—¿Quién no? Dicen que les preocupan las buenas historias, pero se les iluminan los ojos con cuatro monedas de oro... No era solo un guion, Maldonado. Era algo mucho más grande. Todos lo sabían: D'Angelo, Dupont, todos. —Su voz fue cambiando a medida que hablaba—. Esos hombres, los que me secuestraron... eran los guardaespaldas de Guzmán. ¡Hasta ellos están metidos en esto! Me están extorsionando para que encuentre el guion.

Maldonado no apartó la vista de ella.

—¿Los guardaespaldas?

—Luis. Luis Rodríguez... Era el jefe de seguridad privada de Paco.

—Desconocía que los directores contrataran servicios como ese...

—Tenía a dos empleados trabajando en su mansión. Paco se había vuelto un poco paranoico en sus últimos días, creía que todos le querían traicionar, que iban a robar en su casa.

—¿Y no lo hicieron?

—Ya te lo he dicho. Yo no lo sé, pero sé lo que buscan.

—El dichoso guion... ¿Por qué? Si ya está muerto.

—Precisamente, por eso. Ahora su precio se ha triplicado.

—Demonios, ¿y qué les has dicho?

Lola se encogió de hombros, desesperada.

—Lo mismo que a ti. No puedo encontrarlo. Me encantaría, porque lo quemaría delante de mí hasta que no quedara ni una palabra escrita. Te lo juro, odio ese guion casi tanto como llegué a detestar a Paco... pero no sé dónde está. Nadie lo sabe. —Las lágrimas comenzaron a correr por sus mejillas. Maldonado le ofreció un pañuelo, pero ella lo negó—. Me da igual que me vean llorando, no tengo nada que ocultar, ni idea de dónde lo escondió, ni si alguien se lo ha llevado, te lo juro por mi santa madre... Era su amante, y puede que me aprovechara de él para ampliar mis conexiones, eso no te lo negaré... pero jamás estuve con él para robarle su trabajo. Si llego a saber que todo esto sucedería, jamás me habría acercado a él.

—En ocasiones, lo barato sale caro.

Maldonado la observó un momento más, luego apoyó los codos sobre la mesa, inclinándose hacia delante.

—Dime una cosa, y espero que seas sincera conmigo... —le pidió, bajando el volumen de la voz y utilizando un tono cómplice—. Porque hasta ahora todo lo que he escuchado, suena a una fantasía bien elaborada, propia de comediantes y faranduleros de la industria. ¿Qué es lo que tiene ese guion que lo hace tan valioso?

Lola secó sus lágrimas rápidamente, intentando recomponerse, y dio un largo trago de agua.

—Sigues obcecado con encontrar un culpable y no escuchas lo que digo.

—En efecto, escucho lo que me da la gana.

—Es más que un guion. Es lo que representa. D'Angelo, Dupont y todos los demás están dispuestos a pagar una fortuna por él para especular. No les importa lo que contiene, y menos ahora que él está muerto. A D'Angelo solo le va el morbo y la venta.

—¿Y al Ferrero Rocher?

La analogía del bombón con el bronceado de Dupont le hizo gracia a la actriz.

—A Dupont solo le preocupa lo que piensen de él, que aireen sus trapos sucios en la pantalla y que lleven al cine una parodia de su persona. Es como Berlusconi, pero más francés y con más pelo. Para él, es más una humillación, sobre todo, del hombre que intentó vengarse de él en vida.

—¿Eso te lo ha contado él, mientras dormías bajo su brazo?

Esta vez, el comentario no le hizo la menor gracia.

—En cuanto alguien haga la primera oferta, todos los demás lo seguirán. Y cuando eso ocurra, el precio subirá como la espuma. Dupont puede tener mucho dinero, pero no es el único millonario en este planeta.

—¿Lo llegaste a ver? El guion...

Ella negó con la cabeza.

—Tal vez. Si lo hice, nunca lo sabré. ¿Acaso no es más que otro montón indistinguible de papeles? ¿Qué importa eso ahora?

La pregunta había sido para bajar su guardia. Para él, era evidente que ella lo había visto.

—¿Crees que lo mataron y no fue un accidente, como dice la policía?

Ella alzó los hombros y dio otro trago de agua.

—Solo sé que me arrepiento de no haber estado esa noche a su lado.

Maldonado la miró fijamente, dejando que las palabras se asentaran en el aire entre ellos. El guion no era solo una película. Era un arma, y todos querían tener el control del gatillo.

40

Maldonado tomó el último sorbo de whisky, dejando que el líquido le quemara la garganta mientras observaba a Lola Miraflores al otro lado de la mesa. Ella lo miraba con los ojos cargados de una mezcla de cansancio y algo que parecía tristeza genuina. A pesar de las tensiones, de las mentiras, había algo en esa mirada que lo hacía dudar, aunque solo fuera por un instante. «Separar el grano de la paja, qué creer y qué no creer. Esa es la cuestión». El encuentro con Lola había durado más de lo planeado, y aunque había sacado algo de información, no era suficiente como para aclarar el caso. El misterio en torno a la muerte de Guzmán estaba cubierto por capas de secretos e intereses entrelazados como una telaraña.

—Es tarde —murmuró él, con el tono de quien sabe que el final de la noche se acerca—. Lo dejaremos aquí.

Lola lo observó, sus ojos aún vidriosos por la conversación que habían tenido. Había llorado, había confesado, pero Maldonado no se fiaba de esas lágrimas. Eran lágrimas de actriz, bien ensayadas, con el dramatismo calculado de sus papeles en el cine. Antes de levantarse, ella lo miró con la misma expresión lánguida, y aunque no sonrió, sus labios se movieron lo suficiente como para dejar entrever una chispa de coquetería.

—Quizás... deberías quedarte aquí esta noche —sugirió ella—. En mi habitación. Para estar seguros.

Él vaciló un momento. No era la primera vez que una mujer como Lola intentaba envolverlo con ese tipo de ofrecimiento. Una parte de él, la más instintiva, estuvo a punto de aceptar. Pero otra, la que aún conservaba algo de ética, sabía que no era una buena idea.

—No hace falta, Lola —respondió, levantándose lentamente de la mesa. Cuando estaba de pie, le lanzó una última mirada a la estrella caída—. Aquí no corres peligro. Este hotel está mejor vigilado que cualquier comisaría.

La noche había sido larga, pero el caso, mucho más. La actriz no insistió, aunque una sombra de decepción cruzó brevemente su rostro. Maldonado sabía que ella estaba acostumbrada a que los hombres cayeran a sus pies, pero él no era como los demás. No podía permitirse ese lujo.

—Cuídate —le dijo, mirándola una última vez, antes de darse la vuelta y caminar hacia la salida.

El vestíbulo del Carlton estaba igual de silencioso que cuando habían entrado. Las luces suaves reflejaban el brillo del mármol, y los pocos huéspedes que se paseaban por allí lo hacían en un murmullo que parecía no querer romper la quietud del lugar. Abandonó el hotel con el sabor del whisky aún en la boca, mezclado con la amargura de un caso que parecía desmoronarse con cada paso que daba. Los intereses en torno a la muerte de Guzmán lo abrumaban; cada nuevo descubrimiento solo lo alejaba más de la verdad.

La brisa de la noche acarició su piel al salir, y su mente voló por un instante hacia Madrid. Extrañaba su cama, su pequeño refugio en medio del caos. Pero Cannes lo retenía con una mano invisible, prisionero en la Costa Azul. No podía escapar. No todavía.

Caminó hacia la calle, donde su Mazda MX-5 estaba aparcado bajo una farola. Subió al coche y cerró la puerta con un golpe seco, echando un vistazo al reloj del salpicadero. Era mucho más tarde de lo que pensaba, y el cansancio se le metía en los huesos. Al sentarse detrás del volante, sintió el agotamiento que le azotaba como una ola. Conducir a casa se sentía como un desafío hercúleo. El caso estaba cubierto de sombras por todos lados: el guion perdido, los guardaespaldas, D'Angelo, Dupont... y cada pieza parecía más difícil de encajar. Conduciría de vuelta al apartamento que compartía con Marla y trataría de recomponer sus pensamientos.

Encendió el coche y arrancó, el motor rugiendo suavemente mientras se alejaba del hotel. Las calles de Cannes, vacías a esa hora, parecían invitarlo a perderse en sus pensamientos, pero Maldonado tenía un único destino en mente: el apartamento. Condujo en silencio hasta que llegó al edificio donde se alojaban él y la secretaria. Aparcó el coche en la acera, apagó el motor y miró hacia la terraza de la vivienda. Las luces estaban apagadas. «Marla debe estar dormida», pensó, esperando que hubiera tenido una noche mejor que la suya.

Sin acompañantes.

Sin sorpresas.

Subió lentamente las escaleras, procurando no despertar a los vecinos. Se notaba un poco achispado al caminar, aunque lo achacó a la somnolencia. Cuando finalmente llegó a la puerta, la abrió con un suave clic y lo recibió la oscuridad. Encendió la luz del pasillo y se dirigió a su dormitorio, pero al pasar por la puerta entreabierta de la habitación donde dormía la pelirroja, algo lo hizo detenerse. El mal augurio lo paralizó. Sabía que no estaba bien, que no debía hacerlo, pero tampoco podía evitar echar un vistazo. La puerta estaba ligeramente abierta, lo suficiente para permitirle ver que la cama no estaba deshecha.

—¿Marla? —llamó, con una nota de preocupación en la voz.

No hubo respuesta. Maldonado empujó la puerta del todo, mirando dentro de la habitación vacía. «¿Qué carajo...?». Se acercó a la cama, que no mostraba signos de que alguien hubiera dormido en ella. Su corazón comenzó a latir más rápido. Algo estaba mal. Muy mal.

Giró la cabeza, observando a su alrededor. Una sensación de malestar recorrió su espalda como otro escalofrío. Se movió por el apartamento, buscando algún rastro de ella, pero no había nada. Sacó el teléfono del bolsillo del pantalón y justo cuando estaba a punto de marcar su número, el teléfono vibró en su mano.

Una llamada entrante. Un número oculto.

Su estómago se hundió.

Se quedó quieto un segundo más, con el teléfono aún en la mano, antes de descolgar. La línea zumbaba con ese eco vacío que anuncia malas noticias.

Descolgó sin decir nada, esperando, y entonces escuchó una voz áspera, en francés, que hizo que sus dedos se tensaran alrededor del teléfono.

—*Si vous continuez à enquêter, la fille va mourir.*

«Si sigue investigando, la chica morirá», interpretó. El corazón de Maldonado se detuvo por un segundo. El sudor le corría por la frente, pero mantuvo su voz firme.

—¿Dónde está? —preguntó, intentando prolongar la conversación para obtener más información.

Por un momento, todo lo que escuchó fue silencio. Luego, el ruido de fondo llegó claro. Maldonado lo reconoció: una sirena y el sonido del mar rompiendo contra algo. Sabía que la habían llevado cerca de la costa. Pero eso no era suficiente.

—*Vous la trouverez à l'aéroport. Premier vol pour Madrid. Si vous ne venez pas, elle mourra.*

«Se encontrará con ella en el aeropuerto. Primer vuelo de regreso a Madrid. Si no aparece, ella morirá».

La llamada se cortó de repente, dejándolo solo en la oscuridad del apartamento, con el teléfono aún en la mano. Maldonado dejó caer el brazo, sintiendo que las paredes se cerraban sobre él. Necesitaba otro trago. Uno fuerte y largo. Se había excedido, jugando al gato y al ratón con desconocidos, en una ratonera que no era la suya, y ahora había quedado atrapado entre la espada y la pared. Por desgracia, Marla estaba pagando el precio de su insensatez.

41

Maldonado dejó caer el teléfono sobre la mesa con un golpe seco. El eco de la llamada seguía retumbando en su cabeza, como si la voz anónima se hubiera quedado atrapada en su mente: «*Si vous continuez à enquêter, la fille va mourir*». La frase se repetía una y otra vez, cortante, implacable. Marla estaba en peligro por su descuido, y eso lo estaba destrozando por dentro.

Se pasó una mano por el rostro, notando la barba áspera que comenzaba a crecerle. Sus manos temblaban ligeramente y, aunque no lo admitiría nunca, su moral estaba hecha pedazos. ¿Quién demonios estaba detrás de esto? ¿Eran los mismos matones que habían extorsionado a Lola Miraflores? ¿O trabajaban para Dupont o D'Angelo? No tenía respuestas, solo preguntas que le quemaban la mente como una colilla mal apagada.

Llenó los pulmones.

Uno.

Dos.

Exhaló profundamente.

El agobio lo consumía lentamente. Se levantó de la silla con pesadez y caminó hacia la cocina. Necesitaba algo que lo calmara, y los ejercicios de respiración no funcionaban. Así que recurrió a algo más simple, pero siempre efectivo. Abrió el armario donde guardaba la botella de vino barato que había comprado en la tienda al otro lado de la calle. No era de su agrado, pero no tenía tiempo para exquisiteces. Sirvió una copa y, sin esperar a saborearla, se la llevó a la boca, bebiendo un largo trago. El vino bajó por su garganta, sin el calor del whisky, pero suficiente para calmarlo por un momento.

Con la copa en la mano, salió a la terraza. El aire fresco de la noche lo golpeó en el rostro y respiró hondo, intentando recuperar algo de control sobre sí mismo. Encendió un light con destreza. La llama de su encendedor brillaba débilmente en la oscuridad. El humo se elevó lentamente hacia el cielo, mientras Maldonado miraba el muelle. Las luces de los barcos se reflejaban en el agua, inmóviles, como si el mundo no tuviera prisa.

—¡Joder! ¡Maldita sea, Marla! Debes estar en algún barco de esos, pasando frío, oliendo a pescado podrido... —pensó, soltando el humo por la nariz—. Y todo por mi culpa. Es lo único que sé.

Su instinto le decía que buscar por la ciudad sería inútil. Los que la tenían, sabían lo que estaban haciendo, y él estaba solo en esto. Los ojos del sabueso recorrieron las sombras de las embarcaciones atracadas en los muelles, imaginando que en alguna de ellas estaría su secretaria, llena de pavor, esperando ser rescatada, o peor, esperando su sentencia de muerte. Simplemente, no podía fallarle.

Tras una calada larga y otro trago de vino, su mente voló hacia Moreau, el inspector de policía, pero descartó esa idea tan rápido como llegó. Después de su última charla en la comisaría, acudir a la ley sería como caminar directo a un callejón sin salida. Además, si los secuestradores no mentían, la policía ya habría encontrado el cadáver en la mansión de Guzmán. Pensar en eso le apretaba el pecho.

Dio otra calada al cigarrillo, cazando alguna idea útil. Sabía que no podía permitirse perder la cabeza. Estaba agotado, sí. Cada parte de su cuerpo pedía descanso, pero no podía detenerse. No ahora. A lo lejos, las luces de Cannes seguían parpadeando con indiferencia, como si nada estuviera pasando, como si no hubiera vidas en juego.

René Lacoste. Ese zoquete había sido el último en ver a la secretaria en la fiesta del Carlton. Si alguien sabía algo, debía ser ese periodista con aires de superioridad. Dejó la copa de vino a un lado y marcó el número de Lacoste.

El teléfono sonó varias veces antes de que una voz adormilada contestara.

—¿Aló? —respondió, arrastrando las palabras. Maldonado sintió cómo la furia se acumulaba en su garganta.

—¿Dónde diablos está Marla? —le gritó al aparato, sin preocuparse por moderar el tono. La tensión acumulada durante la noche finalmente explotó.

El francés pareció confundido al otro lado de la línea. Lo escuchó resoplar, como si intentara despejarse.

—¿Detective? ¿Qué estás diciendo? No está aquí —respondió René, con la voz aún pastosa por el sueño. Justo entonces, se escuchó una voz femenina en francés de fondo.

—*Qui est-ce, mon amour?* —preguntó una mujer.

—*Rien, chérie, juste un appel de travail.*

—¿Qué carajo...? ¿Quién está ahí?

—¿Eh? Nadie.

—¿Cómo que nadie, cretino?

—Es mi novia. Un momento...

Maldonado apretó los labios, bajando la guardia momentáneamente. Una mujer. Quizás había sido demasiado rápido para acusar. Pero, aun así, no se fiaba de él.

—Escúchame bien, René —le dijo, ahora con un tono más bajo, pero aún cargado de tensión—. Marla ha desaparecido. Me han llamado para anunciármelo, y no suena a una broma. Quiero saber qué ha pasado después de que le dijeras adiós.

René pareció despejarse un poco más.

—¿Eh? Pues... hemos regresado en taxi y la he dejado en la puerta del apartamento. La he visto subir las escaleras. Eso ha ocurrido hace una hora, tal vez dos... o más. Aún estoy dormido.

El corazón de Maldonado latía con fuerza en los oídos. Las palabras de René se hundían en su cerebro, pero nada le daba respuestas claras.

—¡Despierta, cojones!

—¡Lo intento!

—¿Había alguien allí?

—¿Dónde? ¿En la fiesta?

—¡En el apartamento! No me obligues a salir a buscarte...

—No, no lo sé. Supuse que estarías dentro.

—¿Por qué?

—Es obvio, ¿no? —contestó, y aunque no lo vio, Maldonado sintió que se reía.

—Eres un auténtico cabronazo.

—¡Eh! Sin faltar al respeto. Le sugerí tomar una copa en la terraza y lo rechazó. Tan solo quería disfrutar de las vistas.

—No tienes suficientes con las de tu casa, ¿verdad?

—Oh, la la! Pretendía ser cortés, nada más.

—Has tenido suerte de que no te encontrara aquí. ¿Había alguna luz encendida en el interior? ¿Te ha dicho algo antes de entrar? ¡Haz memoria! Es importante.

Las preguntas eran rápidas y cortantes, como golpes de un púgil. René parecía aturdido por el aluvión de cuestiones.

—Espera, detective, un momento. Déjame pensar... No he notado nada raro, más allá de que rechazara mi proposición... —René respiró hondo—. Ha subido tranquila. No había luces, nada fuera de lo común. Como comprenderás, me he marchado... Alguien debía pagar el taxi. ¿Estás seguro de que no ha preferido continuar la fiesta? Es Cannes, no hay fin.

—René, seré honesto contigo, aunque me arrepienta más tarde. Marla no es de esa clase de personas.

—¿Estás seguro? Todos tenemos varias caras.

—Escúchame bien, si no quieres que te arranque la cabeza. Ha sido secuestrada y es lo único que me importa ahora mismo. Me han llamado y han sido claros. La matarán si no dejo el caso —admitió Maldonado, con la voz quebrándose ligeramente—. Y te juro que correrá la sangre, si eso sucede.

Hubo un largo silencio. René se alejaba de la mujer, su tono ahora mucho más sosegado.

—¿Te han dado alguna razón?

—No. Pero sé lo que buscan.

—¿Qué es?

—No te hagas el idiota. Tú también lo sabes. Me refiero al guion.

El silencio regresó. René parecía sopesar la confesión.

—¿Estás en el apartamento?

—Sí.

—¿Qué tienes en mente?

—Buscarla hasta encontrarla.

«Y hacer que paguen por lo que ha hecho».

—¿Buscarla?

—¿No te parece suficiente?

—¿Te has planteado la oferta?

—¿Eres imbécil?

—No. Soy un hombre precavido.

—Y yo un expolicía con los principios muy claros. No negocio con extorsionadores.

—Entiendo... ¿Alguna idea de dónde pueden tenerla?

—Tal vez en un barco... He notado el movimiento del mar por el auricular.

—Yo no lo habría logrado.

—Pero, eso no es todo. Miraflores me lo ha confesado todo. D'Angelo y Dupont estaban tratando de hundir a Guzmán, ¿verdad? Sospecho que el equipo de seguridad del director se haya vendido al mejor postor.

René hizo una pausa profunda.

—¿Cómo?

—Contesta. Por tu bien, con la verdad.

—Sí, sí. Todos lo sabían. Guzmán se estaba buscando enemigos, y al final, fue demasiado para él.

—Así que lo mataron.

—No he dicho tal cosa. Pero si crees que Luis Rodríguez está detrás, te equivocas. No es su estilo.

Maldonado lo meditó.

—Entonces, ¿quién demonios está detrás?

René se tomó un momento antes de responder.

—Eso es lo que tenemos que averiguar. Y lo haremos. Pero si quieres salvar a Marla, debemos trabajar juntos.

—Espera. Lo hemos hecho hasta ahora y no ha funcionado. ¿Por qué debería confiar en ti?

El silencio se mantuvo un instante más, pero René no se dejó intimidar.

—Tienes razón. No te pido que confíes en mí, pero te conviene.

—¿A mí?

—No te muevas de ahí, ¿entendido, detective? Nos vemos en veinte minutos. Se me ha ocurrido algo.

Maldonado suspiró, resignado.

Colgó el teléfono, dejando que el clic resonara en el apartamento vacío. Desde la terraza, veía las luces del muelle que seguían reflejándose en el agua, mientras el desasosiego crecía en su interior.

42

René Lacoste llegó al apartamento de Maldonado unos veinte minutos después de la llamada, justo como había prometido. El detective lo recibió en la puerta, con una expresión que combinaba cansancio y frustración. El apartamento estaba oscuro, las luces apenas iluminaban el espacio lo suficiente para ver las sombras de los muebles.

—Gracias por venir —dijo Maldonado, mientras abría la puerta y hacía un gesto con la cabeza para que Lacoste entrara.

René no perdió el tiempo en cortesías. Se quitó la chaqueta ligera, revelando una camisa arrugada por la prisa, y se dejó caer en el sillón del salón como si no hubiera dormido en días.

—¿Qué tienes? —preguntó, con la voz áspera y cargada de preocupación.

Luego se dejó caer en la silla frente a René y apoyó los codos en la mesa, pasando una mano por el rostro. Estaba agotado, cada palabra y cada movimiento le costaban un esfuerzo tremendo.

—Luis Rodríguez y su gente —dijo René, sin rodeos—. Son ellos. Los guardaespaldas de Guzmán.

Maldonado frunció el ceño. Su mente, enturbiada por el vino y la frustración, intentaba procesar lo que estaba oyendo.

—¿Los hombres de Guzmán? —preguntó, incrédulo—. Hace media hora, me has dicho lo contrario. ¿En qué quedamos?

René lo miró con frialdad.

—Lo sé, pero he reflexionado sobre ello y puede que no sea tan mala idea... Trabajan para el que mejor paga, Maldonado. Guzmán les daba un sueldo, pero nada más. La lealtad no existe en este negocio. Es todo una cuestión de cifras. Si alguien les ofreciera más, no dudarían en cambiar de bando.

Maldonado apretó los dientes. Desconfiaba de la gente que cambiaba de opinión con facilidad, pero también significaba que los de seguridad podrían haber hecho lo mismo con el director. La traición era la norma en el entorno en el que se movía, así que esa revelación le calaba hondo. Apoyó los codos sobre las rodillas mientras se frotaba las sienes, intentando desentrañar la maraña de pensamientos.

—Eso explicaría por qué sabían tanto —dijo, levantando la vista—. Tenían acceso a las cámaras de seguridad, sabían dónde estaba Guzmán en todo momento, y quizá vieron dónde escondió el guion.

René asintió y no añadió nada más. El otro continuó, sumergido en sus elucubraciones.

—Sin embargo, algo no encaja —murmuró—. Si estaban tan al tanto, ¿por qué no han encontrado el guion? Eso es...

Guzmán no confiaba en nadie. Sabía que su entorno estaba podrido.

René lo miró con seriedad.

—Es posible que Paco supiera que le iban a traicionar. Quizá estaba jugando su propio juego o pretendía tenderles una trampa. Pero eso no cambia las cosas. Está muerto y el guion continúa en paradero desconocido. Todos lo quieren: D'Angelo, Dupont, incluso Luis Rodríguez y su gente.

Maldonado lo miró fijamente.

—¿Y Lola? —preguntó—. ¿Sabes si está al tanto de dónde está? Porque sabe mucho más de lo que aparenta. Y más todavía de lo que habla. Es una buena actriz.

René negó con la cabeza.

—No lo creo. Si lo supiera, ya habría chantajeado a medio Cannes.

Maldonado dejó caer la cabeza hacia atrás, cerrando los ojos mientras un suspiro de agotamiento escapaba de sus labios. La presión era asfixiante. Quería tirar la toalla, rescatar a Marla y largarse de esa maldita ciudad. En ningún momento de esa historia, se había imaginado haciéndole la guerra a los enemigos de la víctima.

—¿Sabes qué? Me rindo, estoy harto, René —dijo finalmente, con la voz áspera—. Solo quiero sacar a Marla de esta situación y siento que no hay otra manera. Tal vez debería aceptar lo que esos tipos me han propuesto. Todos saldremos ganando, ¿no? Hacer las maletas e irme al aeropuerto. Si es la única manera de sacarla con vida de este país...

René se inclinó hacia delante con la expresión endurecida.

—¿En serio, detective?

—Ya me has oído —dijo, sacó un light y lo encendió. Sin que lo advirtiera, el francés se acercó a él y le propinó una bofetada.

No fue tanto el impacto, como el susto de no verla llegar. El cigarrillo, a pesar de estar prendido, salió volando por el aire hasta tocar el suelo. El picor empezó a rondar el lado derecho del rostro del sabueso, que se enrojecía por segundos. Su corazón latía como un tambor tribal antes de la guerra, y sus ojos lo miraron como el león que está a punto de degollar a la presa.

Lacoste tardó varios segundos en silencio para darse cuenta del riesgo que había cometido. Con voz grave y lineal, el detective se dirigió a él:

—No vuelvas a hacer eso... o te arrepentirás el resto de tu vida, ¿te ha quedado claro?

—No tires la toalla ahora —dijo el reportero con firmeza—. Si te vas, ¿qué le vas a decir a tu cliente? ¿Que te fuiste con las manos vacías? Además, sabes que esos tipos no van a cumplir su palabra, aunque te largues. ¿De veras crees que Marla estará a salvo, si les das lo que quieren?

Las palabras de René golpearon a Maldonado como la bofetada que había recibido. Tenía razón ese maldito mezquino, se dijo para sus adentros. Si se marchaba, ganarían los malos de la historia. Guzmán quedaría como un director traicionado, y él... sería el tipo que huyó.

—No tengo una solución, René. Esto se me está escapando de las manos.

El francés lo miró con un brillo de compasión inusual en él.

—No lo tomes como algo personal, detective. Pero si te rindes ahora, el honor de Guzmán se manchará para siempre. Dupont y D'Angelo se saldrán con la suya, y tú... te quedarás con esa espina clavada... por el resto de tus días.

—Quiero encontrar a Marla. Quiero resolver este caso, pero estoy perdido. No sé por dónde empezar.

René se acercó más, bajando el tono.

—Si Marla está en el mar, podemos alcanzarlos. Podemos llegar a ellos en un barco.

Maldonado lo miró, intrigado.

—Un barco, ¿eh? Olvídalo.

Lacoste sonrió, mostrando esa mezcla de orgullo y astucia que lo caracterizaba.

—No necesitas dinero. Conozco a alguien que tiene uno. Si jugamos bien nuestras cartas, podríamos estar navegando antes de que se haga de día.

El detective permaneció en silencio, sopesando las palabras del reportero. Sabía que la propuesta era arriesgada, pero también era su única opción.

—¿Quién? —preguntó, sintiendo una mezcla de curiosidad y aprensión.

René se levantó, ajustándose la chaqueta.

—Dupont.

Maldonado parpadeó, sorprendido.

—¿Dupont? ¡Vete al carajo! —exclamó, con incredulidad—. ¿El mismo Dupont que ha estado jugando con nosotros todo este tiempo? ¿Me quieres entregar también?

Pero el otro asintió con calma.

—Sí, él. Tiene su barco atracado en el puerto. No está lejos. Es un hombre de recursos y, créeme, si le ofreces la oportunidad de conseguir el guion antes que los demás, te dará todo lo que necesites.

Maldonado no podía creer lo que oía y trataba de digerir el argumento. El plan tenía sentido, pero también era peligroso. Dupont no era alguien en quien confiar a la ligera y podía traicionarlos con chasquear los dedos.

—¿Y si no tengo nada que ofrecerle? —preguntó, midiendo las implicaciones.

El otro lo miró con una sonrisa cargada de malicia.

—Siempre hay algo que ofrecer, detective. El truco está en hacer que él piense que lo tienes.

El expolicía permaneció en silencio unos segundos más, procesando la idea. Sabía que esta sería su última jugada, su último intento. No le gustaba la opción, pero no le quedaban más cartas por jugar. La presión en su pecho le recordaba que estaba caminando en una cuerda floja, pero si quería salvar a Marla, tendría que arriesgarse.

—Está bien. No perdemos nada con una visita. —Se levantó lentamente, dándose por vencido en su batalla interna—. Aunque sea mi último intento.

René sonrió.

—Sabía que lo verías como yo.

43

El rugido del motor del MX-5 rompía el silencio de la noche mientras el descapotable avanzaba por las desiertas carreteras a las afueras de Cannes. El aire fresco y salado del Mediterráneo entraba por las ventanillas, pero ni Maldonado ni Lacoste parecían disfrutar del viaje. La tensión era palpable. René daba indicaciones, guiando al detective por desvíos cada vez más alejados del centro, hasta que el paisaje se transformó en un oscuro laberinto de caminos serpenteantes rodeados de vegetación.

—Sigue recto, toma la carretera hacia el sur —indicó René, señalando con la barbilla una curva que se perdía entre los cipreses.

Maldonado asintió en silencio, siguiendo el trayecto. Poco después, una imponente puerta de hierro forjado apareció al final de la carretera, marcando la entrada a la mansión de Jacques Dupont.

El detective redujo la velocidad y se detuvo frente a la puerta. Apagó el motor, dejando que el silencio tomara el control. La mansión se alzaba como una fortaleza en medio de la oscuridad, con muros de piedra blanca y tejados de tejas rojas, proyectando una sensación de poder. Maldonado pudo divisar los jardines impecables y el largo sendero que conducía hasta la entrada principal. El lugar no dejaba duda de la influencia y el dinero que manejaba su dueño.

René se bajó del coche y caminó hacia el guardia de seguridad, que se resguardaba en una pequeña garita junto a la puerta. Maldonado observó con detenimiento el intercambio, viendo cómo Lacoste cambiaba de seriedad a un tono más conciliador. Después de un breve diálogo, el guardia, a regañadientes, presionó un botón y las puertas se abrieron con un chirrido mecánico.

El reportero regresó al coche con una media sonrisa.

—Listo. Nos dejarán pasar y despertar a Dupont.

Maldonado resopló con sarcasmo. «Vaya con el señorito...». No le sorprendía que Lacoste supiera cómo moverse en esos círculos.

El coche avanzó lentamente por el sendero rodeado de cipreses, que parecían estrecharse a medida que se acercaban a la casa. Maldonado sentía el peso de la oscuridad envolviéndolo, una oscuridad que no solo pertenecía a la noche, sino también al ambiente de mentiras y traiciones en el que estaba inmerso.

Al llegar frente a la puerta principal, una silueta emergió de las sombras. Jacques Dupont estaba de pie, impecablemente vestido a pesar de la hora, sosteniendo un puro encendido entre los dedos. El humo se enroscaba alrededor de su rostro como una serpiente. Maldonado se sorprendió de verlo tan preparado; era evidente que nada lo tomaba por sorpresa.

—Parece que nos estaba esperando —comentó Maldonado, apagando el motor.

—Siempre está un paso por delante —respondió René, bajándose del coche.

Maldonado se acercó al magnate con cautela. Dupont, sin embargo, no ofreció cortesías ni invitaciones a entrar. Simplemente, los observó en silencio, con sus ojos fríos y calculadores, como si ya supiera perfectamente por qué estaban allí.

—Qué casualidad, detective —dijo, con una sonrisa fría—. No he tenido que esperar mucho.

—Veo que tiene mucho tiempo libre... —respondió Maldonado con tono seco—. ¿No me va a invitar a un trago?

El productor negó y no perdió más tiempo.

—No me andaré con rodeos, caballeros. Estoy dispuesto a ayudarles a rescatar a la chica... si me ayudan a conseguir el guion.

Maldonado entrecerró los ojos, evaluando al hombre que tenía delante. Sabía que el pez gordo jugaba sus cartas con maestría. Tenía algo que él necesitaba desesperadamente, pero no estaba dispuesto a mostrar debilidad.

—No hay problema —respondió, fingiendo tener bajo control algo que no poseía—. Si rescatas a la chica, tendrás lo que quieres. El guion no será un inconveniente.

Dupont exhaló una larga bocanada de humo, observando al detective con una leve sonrisa.

—Me gustaría aclarar algo —continuó Dupont. Su tono ahora cambiaba a uno más reflexivo—. No me importa lo que piense de mí, porque me trae sin cuidado lo que opine un don nadie como usted, pero no maté a Guzmán. Aunque podría haberlo hecho de mil maneras más efectivas que dejándolo caer por las escaleras... El hombre se estaba destruyendo solo. Su ego lo devoraba. —Hizo una pausa para darle otra calada al puro—. No me preocupaba lo que dijera de mí, pero ese guion... *Mon Dieu!* Estaba loco. Ese guion podría causar un escándalo y acabar con todos nosotros.

—Ni siquiera sabe lo que hay escrito en él.

—Me lo imagino. Y eso, amigo mío, afecta a los negocios.

Maldonado lo escuchaba con atención, intentando leer entre líneas. «Nadie lo ha visto, pero todos saben lo que contiene... Curioso». Esa historia le recordaba a otros casos del pasado. El magnate parecía demasiado calmado, demasiado seguro de sí mismo. El detective entendía que había más tras esas palabras cuidadosamente elegidas.

—Entonces, si nada le concierne, ¿por qué diablos lo vi hablando con Moreau? —quiso saber—. Se suponía que el caso estaba zanjado, que la policía había resuelto esta pantomima. Por desgracia, descubrí que no era así.

—Vaya. ¿Es usted capaz de hacer el trabajo que no ha conseguido una comisaría entera?

—Después de esa conversación que mantuvieron, el inspector envió a alguien a la mansión de Guzmán a buscar algo. A esa persona la mataron. También estaban buscando el guion. Y ahora me dirá que es la primera noticia que tiene.

El ambiente se volvió incómodo. Dupont se tensó ligeramente, pero no perdió la compostura.

—No. No lo es.

—¿Lo ve?

—¿Me estás acusando, detective? —preguntó—. Si fuera un hombre más joven y sin educación, le rompería la cara por esa insinuación. Pero no me importa lo que piense. Le diré esto: mi conversación con Moreau fue sobre usted, Maldonado. Le advertí de su presencia en Cannes. Iba a arruinarlo todo con esa maldita investigación privada. ¿Sabe lo que es soltar un perro en un palomar? Usted estaba originando el mismo efecto.

El detective sintió una oleada de ira al escuchar aquellas palabras, pero sabía que Dupont solo buscaba provocarlo.

—Tenemos que ir a por la chica —dijo el productor, dando un giro en la conversación—. Si está en un barco, probablemente sea en el de Guzmán. Eso le daría la razón a usted y a Lacoste. Supuestamente, tras la investigación, el barco está bajo vigilancia judicial, por lo que no estarán muy lejos. Iremos con dos de mis hombres, por lo que pueda pasar.

—No debería pasar nada.

—En efecto, detective. Por eso mismo, cuando los encontremos, avisaremos a la policía para que hagan el resto y rescaten a su amiga. No quiero sorpresas.

Maldonado asintió. El magnate era muchas cosas, pero en ese momento, era su único comodín para salvar a la secretaria.

—Qué remedio... —murmuró, sin vacilar.

—¿Tengo su palabra, detective? —preguntó, con los ojos fijos en los de Maldonado.

—Tienen a mi secretaria, que vale más que mi palabra.

La voz de Maldonado era firme, pero dentro de él, sentía que todo se estaba desmoronando.

Dupont, satisfecho, le estrechó la mano y luego apagó el puro. La tensión seguía en el aire, pero todos sabían que la misión sería decisiva.

Para él, para encontrar a la chica y, seguramente, para dar con el dichoso guion.

Cada uno de los tres hombres jugaba su mano.

Por desgracia, el tiempo corría, y con cada segundo, la vida de Marla pendía de un hilo más delgado.

44

No se fiaba un pelo de él.

Por pez gordo, por manipulador, quizá también por ser francés, pensó con sorna. Dupont lo tenía todo para ser el villano de la historia y, sin embargo, no lo era.

El viento nocturno golpeaba el rostro de Maldonado, mientras el yate del productor cortaba las oscuras aguas del Mediterráneo como un cuchillo atravesando seda. Desde la proa, el detective observaba la luna reflejada en el mar, como si fuera la única testigo de lo que estaba por suceder. El aire salado llenaba sus pulmones, pero no lograba deshacer el nudo de ansiedad que le apretaba el pecho.

La noche era un manto pesado que lo envolvía todo, y el puerto, en su aparente calma, reflejaba lo que estaba a punto de estallar. El barco de Paco Guzmán se alzaba majestuoso y oscuro en medio de la quietud, como un gigante dormido. Maldonado contemplaba las luces reflejadas en el agua, sintiendo un nudo formarse en su estómago. No era la primera vez que veía ese barco, pero esta vez, algo era diferente. Más oscuro. Más peligroso.

René Lacoste y Jacques Dupont aguardaban a su lado. Ninguno decía una palabra. La tensión entre los tres era palpable, cortante como una navaja bien afilada. Sabía que estaba caminando hacia una trampa, sin embargo, la promesa de encontrar a Marla lo empujaba a continuar.

—¿Seguro que la tienen en ese barco? —preguntó Maldonado, rompiendo el silencio. Su voz sonó más dura de lo que esperaba.

Dupont no se molestó en mirarlo. Seguía con la seguridad de un hombre que no tiene nada que perder.

—Es la única opción lógica —respondió, con un tono frío y cortante, como si hablara de un simple negocio—. Si Luis Rodríguez y sus hombres tienen a la chica, la habrán llevado ahí.

Finalmente, llegaron a la parte trasera del barco del director. Las sombras cubrían cada rincón y la tensión en el aire creció como una bestia invisible. El sabueso pudo sentir el sudor comenzando a formarse en su frente, quizá por la humedad o tal vez por los nervios. Justo entonces, dos figuras emergieron de las sombras. Los ojos del expolicía se entrecerraron en un acto instintivo de supervivencia. Reconocía esos dos rostros.

Era la pareja de secuestradores que los había asaltado previamente. Ella y él, con los trajes de noche y los rostros magullados por la trifulca que habían mantenido horas antes. Sin embargo, esta vez iban armados.

—¡Mierda! ¡Nos has vendido!

Las pistolas se alzaron de inmediato, apuntándoles directamente al estómago. Entre las sombras apareció el tercero, el que Maldonado supuso que sería el mandamás. La mirada del matón era fría y calculadora, como la de un tiburón acechando a su presa. Maldonado no tuvo tiempo de reaccionar antes de que su instinto le gritara que esto no era lo que esperaba.

Y entonces, finalmente, emergió ella: Lola Miraflores. El sabueso no daba crédito a lo que veía. Al entender que no había rastro de Luis Rodríguez, pero sí de su equipo, comprendió que no era Guzmán el único al que habían traicionado y lo relacionó con el cadáver que había encontrado en la mansión.

«Oh, Dios...»

El paso firme y la expresión impasible de la actriz eran suficientes para decirle todo lo que necesitaba saber.

—¿Miraflores? ¿Qué demonios está pasando? —preguntó, confundido y con la voz cargada de incredulidad—. ¿Qué significa todo esto?

Pero las preguntas podían responderse por sí solas.

—¡Traidora! —gritó René y escupió al suelo—. Me has usado todo este tiempo, ¿no es así? ¡Me hiciste creer que estabas en peligro! Me hiciste pensar que... Maldición, ¿alguna vez dijiste la verdad?

Lola Miraflores, imperturbable, lo miró.

—Oh, René, por favor, no seas patético —respondió con una calma escalofriante—. Sabías en qué te metías. —Lanzó una mirada rápida a Maldonado, quien permanecía inmóvil, observando el intercambio con los labios apretados—. ¿Acaso tú no haces lo mismo con todos los que conoces? Manipulas a las personas para obtener lo que quieres. Solo que, esta vez, hubo un intercambio de roles.

La risa de Lola era suave, casi musical, pero el veneno goteaba de cada palabra. René dio un paso hacia ella, pero los hombres de Luis Rodríguez no le permitieron acercarse más. La pistola en sus manos seguía siendo una amenaza demasiado real.

Lola Miraflores lo miró con la misma frialdad con la que había jugado durante toda esta historia. Ya no era la víctima asustada que habían conocido, sino una actriz interpretando su último papel: el mejor pagado de todos.

Dupont dio un paso adelante, pero no hacia los hombres de Rodríguez, sino hacia el detective y el reportero francés. Maldonado sintió cómo el suelo se desmoronaba bajo sus pies.

—Lo siento, detective —dijo el magnate, sin mucho arrepentimiento. Su voz estaba vacía de cualquier intento de cortesía—. Esto es algo que necesitaba hacer.

—Si antes me generaba aversión, ahora me resulta patético —espetó Maldonado. Sus ojos iban de Dupont a Lola, y luego a los hombres de Rodríguez—. Por un momento, pensé que era un hombre de honor.

Lola se adelantó, tan fría y perfecta como siempre.

—No te lo tomes como algo personal, detective. Podríamos haberlo pasado bien esta noche, pero decidiste jugar a ser el héroe...

—He conocido zalameras menos profesionales que tú.

Ella se encogió de hombros.

—Todos tenemos un papel que jugar en esta vida. Si no lo eliges, otros lo elegirán por ti.

El sabueso sintió cómo la rabia comenzaba a hervirle bajo la piel. Se había dejado llevar, había confiado en su instinto, en las personas equivocadas, y ahora todo se estaba desmoronando.

—Pero, el cadáver de Luis Rodríguez, en la casa de Guzmán... —murmuró, buscando respuestas—. La policía os terminará relacionando. Sois cómplices de un montón de mierda.

Uno de los matones se encogió de hombros.

—Lo llaman daños colaterales.

—¿Como los del director? Ahora sé que lo envenenasteis.

—¿Perdona? —preguntó Miraflores, ofendida—. No hizo falta. Paco sabía envenenarse él solito... No necesitaba ayuda de nadie. La noche que murió, tan solo lo animamos a que aumentara, ligeramente, la dosis.

—¡Lo sabía! Sabía que estuviste en esa fiesta —dijo y miró a René Lacoste—. La encubriste, desgraciado...

—Detective, yo...

—La policía se olvidará del asunto, cuando envíe las invitaciones para que el Cuerpo asista a la alfombra roja —respondió Dupont, con una seguridad inquietante—. Rodríguez tampoco era trigo limpio. Tuvo la oportunidad de elegir y prefirió quedarse en el lado de los perdedores. ¡Oh! La vida sigue, detective.

—Hijo de perra...

—¡Silencio! —bramó Dupont, harto de la discusión—. Guárdese la saliva para más tarde, cuando hable con Moreau... Por suerte, tenemos imágenes de su presencia allí, merodeando por el interior de la propiedad. Cuando soliciten las grabaciones, les daremos las que más nos interesen... Se lo advertí y no me hizo caso. Jamás debió aparecer por esa casa, imbécil.

Maldonado podía sentir el peso de la traición apuñalándolo en el pecho. Todo a su alrededor se iba al infierno. La realidad lo golpeaba con una fuerza brutal. Se había equivocado en todo.

Miraflores levantó una ceja y sonrió de manera cruel y sin disimulo.

El productor de cine se mostraba impaciente. Él había hecho la entrega, pero esperaba su parte, a cambio.

—¿Dónde está el guion? Ya me he cansado de tanta palabrería.

La española lo miró sin prisa, como si estuviera disfrutando cada segundo de su control.

—Todo a su tiempo, querido. Encerrad a Lacoste y a Maldonado. No me fío de ninguno de ellos. Y mantened a Lacoste vigilado de cerca. Tiene la desagradable costumbre de aparecer en lugares donde no lo esperan.

—¡Zorra!

Ella se acercó a él y le propinó un rodillazo en la entrepierna. El detective prefirió no pensar en el dolor, al ver al francés, retorcido y sin aliento.

—Si habla demasiado —dijo ella—, podéis cortarle la lengua.

Maldonado intercambió una mirada rápida con René. «Sobrevivirá». La situación había ido de mal en peor, y estaban a punto de perder cualquier oportunidad de salir con vida. Antes de que ella desapareciera de su vista, le dedicó unas últimas palabras:

—Te hundirás como el Titanic, Miraflores... —gruñó, mientras lo empujaban hacia el camarote.

Lola sonrió, pero esta vez sin decir nada.

Los hombres de seguridad de Guzmán, ahora compinchados con la actriz, los rodearon sin desviar los cañones de sus armas. No había manera de luchar. Con las manos levantadas, los llevaron por la cubierta hacia las entrañas del barco. El pasillo que cruzaron estaba oscuro, mal iluminado por algunas lámparas débiles que parpadeaban con cada movimiento del barco sobre las olas. El aire olía a sal y combustible, una combinación que les revolvía el estómago.

Finalmente, llegaron a un camarote pequeño y claustrofóbico. Los hombres los empujaron dentro sin ceremonias y cerraron la puerta con un golpe seco. Maldonado escuchó el sonido del cerrojo deslizándose. Estaban atrapados.

La puerta del camarote se cerró de golpe, dejándolos a los tres en una oscuridad sofocante.

—Perfecto, perfecto... ¿Para qué hablas? —le reprochó Lacoste.

—Cierra el pico, desgraciado. Has sido tú el que se ha llevado el golpe en la entrepierna. ¿En qué pensabas?

—En nada bueno, ese es mi problema.

Cuando Maldonado se giró, sintió una mirada que los observaba desde alguna parte.
—¿Quién anda ahí?
—¿Javier? ¿Eres tú?

45

De pronto, el mundo del detective se detuvo. Marla estaba ahí, en alguna parte de ese minúsculo camarote, observándolos con los ojos llenos de confusión.

—¿Marla?

—¡Javier!

—¡Maldita sea! ¡Marla!

—¿Qué está pasando?

La secretaria encendió la luz del cuarto y Maldonado la vio de frente. Su rostro estaba magullado; le habían propinado un par de bofetadas bien fuertes, y su pálida piel estaba manchada por los hematomas. Maldonado no respondió de inmediato. Algo en su interior comenzó a arder como la caldera de una máquina de vapor. Su mente trabajaba a mil por hora. Era consciente de que lo habían utilizado, que todo este tiempo había estado un paso por detrás. Pero la rabia provenía de otra parte. Y cuando miró a Lacoste, supo exactamente qué era.

—Tú.

René levantó la mirada.

Uno.

Dos.

Tres.

—¡Javier! —exclamó Marla.

Pero antes de que el francés pudiera decir una palabra, Maldonado lo golpeó en la cara con el puño. René cayó hacia atrás, aturdido, con la sangre brotando de su nariz.

—Me mentiste, cabronazo —gruñó, respirando con dificultad—. Se suponía que cuidarías de ella.

René se llevó una mano a la nariz y sacó un pañuelo del bolsillo del pantalón. Por suerte, la hemorragia no era grave, y se limpió la sangre mientras lo miraba. El detective caminaba de un lado a otro por el estrecho habitáculo, incapaz de calmar la tormenta que rugía en su mente. Las piezas del rompecabezas comenzaban a encajar, pero lo hacían con una precisión cruel que lo enfermaba. Notaba el peso de las horas perdidas, los pasos en falso, los hilos que habían sido tirados desde las sombras.

—Lo siento, de verdad. No fue tan sencillo... —comenzó a decir, pero Maldonado lo interrumpió.

—Maldito embustero. Todo este tiempo has estado protegiendo a esa actriz. Sabías dónde estaba, sabías lo que planeaba. Me dejaste correr en círculos como un imbécil y entregaste a Marla. ¿Y todavía tienes la cara de considerarte amigo de la familia Guzmán?

René bajó la mirada, asintiendo lentamente.

Para el expolicía había algo que siempre había estado mal en todo ese embrollo: René Lacoste. En cuanto sus caminos se cruzaron en el centro de congresos, algo en su manera de moverse, en cómo parecía estar en el lugar y momento precisos, lo había inquietado. Pero había ignorado esa sensación o la había enterrado bajo las capas de engaño que cubrían el caso. Ahora, encerrado en ese maldito camarote, todo cobraba sentido: el maldito reportero estaba metido hasta el cuello.

Y no podía ser de otra manera, se dijo. Lacoste había mentido sobre lo que sabía de Lola, sobre la fiesta, sobre Guzmán. Desde el principio, había estado jugando para ella. Maldonado lo entendió tarde y de golpe: Lacoste no era más que otro peón en el juego de Lola Miraflores, como todos lo habían sido: Guzmán, Dupont, los hombres de Rodríguez... Incluso él, solo que ahora lo veía con la claridad que da el engaño desvelado.

«Y pensar que podrías haberte acostado con ella», se dijo, y se imaginó ahogado bajo una almohada. No podía soportarlo más. El sudor frío le corría por la espalda. Miró al hombre que tenía delante, de pie, apoyado contra la puerta, mirando el suelo, incapaz de sostener la mirada.

—Maldita sea, René —murmuró Maldonado entre dientes, su voz cargada de furia contenida—. ¿Por cuánto tiempo pensabas seguir mintiendo? ¿Por qué no me lo has contado en el apartamento? ¡Mira dónde hemos terminado, diablos! Maldito peón faldero... Ahora, di la verdad antes de que te cosa a hostias. ¡Admite que eras su coartada la noche en que Paco Guzmán murió!

El silencio cayó como un yunque en la habitación.

Marla, que había estado observando todo desde un rincón, tenía la mirada sofocada, incapaz de entender lo que estaba ocurriendo. El hombre que parecía siempre estar pendiente de ellos, el hombre que parecía un aliado, les había clavado un puñal en la espalda.

Se acercó a René y le propinó una bofetada que ninguno de los dos hombres esperó. El golpe sonó como un espadazo, y Maldonado la sujetó antes de que continuara.

—Tranquila... Ahora ya estamos en paz.

El francés se limpió los restos de sangre con el pañuelo, tambaleándose un poco mientras recuperaba el equilibrio. Finalmente, dejó escapar un suspiro.

—Tenéis razón —confesó René, mirándola con vergüenza—. Supongo que me lo merezco.

—¡Y tanto! —exclamó ella.

—Lola Miraflores me usó. Me usó desde el principio. *Mon Dieu!* Soy un hombre de carne y hueso, con mis debilidades incluidas... y no soy el único que cayó en su juego. Guzmán también lo hizo. Yo... yo pensé que podía controlarla, que podía manejar la situación, pero todo se me fue de las manos. Quería protegerla. —Levantó la mirada, con la nariz aún sangrando—. Pensé que, si la mantenía alejada de este lío, todo terminaría mejor. Pero me equivoqué.

Maldonado lo miró con desprecio. Las palabras no lo aliviaban, porque seguía escondiendo la realidad. Pero no necesitaba sus excusas. La amarga verdad era que todos habían sido marionetas en manos de Lola.

—Lo único que sé es que eres un imbécil —expresó, finalmente, con un tono frío y controlado—. Otro tonto engañado por los encantos de esa actriz, que solo Dios sabe lo que habrá hecho para acabar con alguien como Dupont, igual que hizo con Guzmán. Pero ahora me da igual. Lo único que me importa es salir de aquí. Y tú nos vas a ayudar.

René asintió, dolorido, pero aceptando su papel en todo esto. No tenía derecho a quejarse.

El plan de escape. ¿Acaso tenían uno? Lo único que estaba claro era que el detective no tenía intención de quedarse quieto esperando que las cosas empeoraran y les dieran el paseíllo. Se giró hacia Marla, que aún lo miraba con una mezcla de miedo y desconcierto.

—¿Alguna idea de cómo salir de aquí? Y no me hables del ojo de buey. Mi cabeza no cabe por ese agujero.

La secretaria se acercó a uno de los armarios del camarote y sacó una pequeña herramienta que había encontrado cuando la encerraron.

—Esto es todo lo que tenemos.

—¿Una llave inglesa? —observó—. Con un poco de suerte, será suficiente para hacer palanca en la cerradura.

Maldonado tomó la herramienta y, con la ayuda de René, comenzaron a trabajar en la puerta. El sonido del metal contra el metal resonaba en la pequeña habitación.

Finalmente, tras varios minutos que parecieron horas, la cerradura cedió con un crujido seco. Maldonado abrió la puerta lentamente. El pasillo exterior estaba oscuro, y no tenían claro cómo salir sin llamar la atención de los que estaban arriba. No debían olvidar que iban armados. Y no lo hicieron.

De pronto, un disparo retumbó en la distancia.

—Demonios...

—¡Oh! Disparos... —dijo el francés.

—Estupendo. La situación no hace más que mejorar.

46

No había tiempo para celebraciones. El sonido de los disparos resonaba en el aire como una tormenta lejana, mezclándose con los gritos, el estrépito de pasos apresurados en la cubierta y el retumbar distante de las sirenas acercándose por el agua. El sabueso pensó que la policía estaba en camino, pero eso no significaba que estuvieran a salvo. Abrió la puerta del camarote y asomó la cabeza al pasillo. Los ecos de la violencia arriba eran inconfundibles. El caos había llegado, y con él, la oportunidad de escapar.

—¡Rápido! —susurró Maldonado, girándose hacia Marla y René.

Con la mirada afilada y los sentidos en alerta, Maldonado se movía con la agilidad de un animal acorralado y sus ojos recorrían cada rincón oscuro del pasillo mientras avanzaban hacia la cubierta superior. René seguía detrás, todavía tambaleante, con la nariz sangrando. Marla, aunque asustada, se mantenía firme, aferrándose a la poca esperanza que les quedaba.

Subieron las escaleras hacia la cubierta principal, pero los disparos se intensificaron. Maldonado distinguió figuras moviéndose en la distancia, corriendo de un lado a otro mientras la policía comenzaba a tomar posiciones en el muelle. Las sirenas aullaban y el resplandor de las luces azules se reflejaba en el agua oscura del puerto.

René, a su lado, respiraba con dificultad. El golpe en la cara le había destrozado el orgullo tanto como la nariz, pero ahora estaba más centrado. No había lugar para la culpa, solo para la supervivencia.

—¡El bote de emergencia! —jadeó el francés, señalando hacia la popa del yate—. Está en la parte trasera. Es nuestra única salida.

Maldonado lo aprobó, sabiendo que esa era la mejor opción, quizá la única. No tenía tiempo para heroísmos ni para recuperar el guion. Solo importaba huir de allí antes de que los atraparan en medio del fuego cruzado. Marla, aunque aterrada, tenía la mirada fija en su compañero, confiando en que él encontraría una forma de sacarlos de aquel infierno flotante.

Corrieron hacia la popa, esquivando obstáculos y agachándose para no ser vistos desde la cubierta. Sabían que cualquier movimiento en falso los pondría directamente en la línea de fuego.

Al acercarse al borde del barco, el sabueso se detuvo un segundo y miró hacia arriba. Dupont y Lola estaban en la parte alta de la cubierta, discutiendo acaloradamente, como si todo lo demás ya no importara. Desde su posición, pudo ver cómo las palabras entre ellos se convertían en gestos furiosos. Lola lo miraba con su clásica sonrisa venenosa, pero esta vez parecía más desesperada que calculadora. Dupont se veía agotado, como un hombre que sabía que había perdido, aunque jamás lo reconociera. Porque él no sabía qué era perder. Ambos estaban atrapados en su propia telaraña de traiciones.

En un arranque de desesperación, el magnate la agarró por el cuello y comenzó a apretarle la garganta. A pesar del esfuerzo, la mirada de la actriz seguía brillando bajo la luz de la luna.

«Será cabrón».

Por un instante, el sabueso avecinó que la empujaría al agua. De repente, sintió una urgencia repentina por salvarla, pero se quedó observando por un segundo, sabiendo que aquella escena definiría su recuerdo de esa noche para siempre. Lola y Dupont, cada uno con sus propias ambiciones, con tantas cosas por decirse y resolver, pero demasiado cegados por la codicia como para ver lo cerca que estaban de la caída libre. La policía se acercaba, y él sabía que era cuestión de minutos antes de que el yate quedara rodeado y ella dejara de respirar.

—¡Vamos! —gritó René, tirando del brazo de Maldonado.

Este se lanzó hacia la popa con los otros dos. El bote de emergencia estaba asegurado a un costado del yate, listo para ser soltado. El detective se movió rápido, desatando los cabos con la precisión de alguien que ya había hecho eso antes. Sus dedos trabajaban furiosamente mientras los disparos seguían resonando a sus espaldas.

—¡Más rápido, Javier! —gritó la secretaria, mirando nerviosa hacia la cubierta.

El bote cayó al agua con un zambombazo, y los tres saltaron a bordo con una agilidad angustiosa. El impacto contra las olas fue brusco, pero Maldonado no perdió tiempo. Agarró los remos y comenzó a alejarlos del yate con toda la fuerza que tenía. René lo ayudaba, remando con el mismo apremio, aunque con menos fuerza.

—Vas a salir de esta, vas a salir de esta, René... —murmuraba el francés en su idioma, como si fuera un mantra, aunque ni él mismo parecía creerlo del todo.

Maldonado no dijo nada. Su mente estaba en otra parte. Mientras remaban hacia la oscuridad del puerto, él seguía pensando en Miraflores y en Dupont, y en todo lo que había ocurrido aquella maldita noche. El guion, la traición, aquel cadáver... todo parecía una pesadilla, reflexionó. Pero la traición de René, y cómo Lola los había manipulado desde el principio, era algo que jamás olvidaría.

«En todas las historias siempre hay un ganador», se dijo, parafraseando a D'Angelo, y se preguntó si el verdadero triunfador de aquella trama criminal sería el hombre que remaba, desesperado, a su lado, el único que había logrado escapar.

Las luces del yate se hacían más pequeñas a medida que se alejaban, pero el caos en la cubierta seguía en aumento. Maldonado podía ver cómo los oficiales de la policía se acercaban al barco, rodeándolo con luces y armas desenfundadas. Los gritos se mezclaban con el sonido de las olas, creando un eco que se extendería mucho más allá de esa noche.

Finalmente, cuando estuvieron lo suficientemente lejos, Maldonado dejó de remar, jadeando por el esfuerzo.

—Lo logramos... —murmuró Lacoste, agotado.

—No lo celebraremos hasta que lleguemos a la playa.

Pero Maldonado sabía que el final de aquella historia aún estaba por escribirse.

47

El bote de emergencia llegó al puerto deslizándose entre las olas, como un fantasma surgiendo de la oscuridad. El puerto, que a esas horas debía estar desierto, por desgracia para ellos, no lo estaba. No solo los curiosos aguardaban expectantes para entender qué había sucedido en medio del mar, sino que el inspector Etienne Moreau esperaba en el muelle, junto a un grupo de agentes y un hombre que Maldonado reconoció al instante: el intérprete de la comisaría.

—Vaya bienvenida —murmuró el detective, apretando los labios mientras el bote tocaba el muelle. Marla contemplaba la situación en silencio y René Lacoste, en la parte trasera del bote, no decía nada. Estaba pálido, como si ya supiera lo que iba a pasar.

Moreau, imperturbable como siempre, dio un paso adelante en cuanto los tres bajaron del bote. Tenía las esposas listas y su expresión era tan dura como el hierro que sostenía en las manos. Maldonado lo miró fijamente. El viento marino le golpeaba en el rostro cansado y movía su flequillo a un lado. Suspiró, sabiendo que no tenía sentido luchar. Levantó las muñecas, resignado, y se las ofreció a Moreau. Sabía lo que venía.

—¿Es necesario, inspector? —preguntó en español, con un tono cansado y burlón, mientras extendía las muñecas—. No pensé que fuera el tipo de hombre que se ensañara con los perdedores.

Moreau no dijo nada al principio, aunque pareció entenderlo. Sus ojos, oscuros y fríos, se clavaron en los del expolicía por un largo segundo. Entonces, algo inesperado sucedió: Moreau sonrió, una sonrisa que no encajaba en su rostro severo.

«¿Qué demonios?».

Antes de que Maldonado pudiera reaccionar, el inspector francés giró y, en lugar de esposar al detective, le colocó las esposas a René Lacoste.

—René Lacoste, estás arrestado por el asesinato de Luis Rodríguez, por encubrimiento y por ser cómplice en el asesinato de Francisco Guzmán —dijo en francés, con ese tono frío y distante que solía utilizar—. Puede guardar silencio y tiene derecho a un abogado.

Los ojos de Maldonado se abrieron de par en par, y Marla dejó escapar un jadeo inesperado. Ninguno de los dos esperaba un desenlace así, aunque el sabueso comenzó a atar los cabos sueltos que no había logrado unir hasta ese momento. René parpadeó incrédulo mientras las esposas se cerraban con un clic metálico alrededor de sus muñecas.

—¿Qué...? —susurró, con el rostro blanco como la cera—. ¡Eso es mentira! ¡No he matado a nadie!

—¡Serás cabrón!

Antes de que nadie pudiera reaccionar, Maldonado lo zarandeó con una fuerza inesperada. Ninguno de los guardias logró detenerlo. Su puño encontró el estómago de René en un golpe rápido y seco, y el francés soltó un gemido de dolor, encorvándose sobre sí mismo. Acto seguido, los guardias de Moreau corrieron a intervenir, sujetando a Maldonado por los brazos, pero este notó algo extraño en el golpe, algo en la manera en que René se movía, en cómo su abdomen parecía hinchado. Eso lo detuvo. Se acercó un poco más y, de repente, una idea cruzó por su mente.

—Espere un momento, Moreau —dijo con una pizca de humor en su voz—. Este tipo está escondiendo algo. Y no me refiero a su conciencia, sino a su estómago... Está más hinchado que un pavo de Navidad. Tiene algo ahí dentro.

Los policías se detuvieron, desconcertados. Moreau, con su habitual frialdad, se acercó a René con una ceja levantada. Con un gesto rápido, ordenó a sus hombres que le desabrocharan la chaqueta y la camisa. Los botones volaron y, de repente, lo vieron. Un paquete, envuelto y metido en la ropa interior de René. Lo había tenido oculto todo este tiempo, justo sobre su cuerpo, como si su felonía necesitara estar pegada a su piel.

Uno de los agentes sacó el paquete cuidadosamente y, al abrirlo, lo que encontraron dejó a todos sin palabras: una copia del guion de Guzmán.

—«La vida no es bella» —leyó el detective en voz alta. Era el título que daba nombre al famoso guion perdido de Guzmán—. No, en efecto, no lo es.

René, al verse descubierto, se derrumbó.

Sus rodillas echaron a temblar y, de repente, rompió a llorar delante de todos.

—¡No!

Marla y el detective se miraron, boquiabiertos.

—Desconocía su talento escénico.

—¡No lo entienden! —gritó entre sollozos—. ¡Nadie lo entiende! No soy lo que todos piensan. ¡No soy basura! ¡Lo hice porque quería mostrarles a todos que soy mejor que ellos! —Su voz estaba rota, cargada de años de resentimiento y un ego malherido—. Quería darles una lección, una lección de periodismo, de ética... ¡De humanidad! Ese maldito guion iba a exponerlos a todos. ¡Iba a demostrar que el poder no puede silenciar a los que sabemos la verdad!

Maldonado lo observaba con una mezcla de asco y resignación. René, el hombre que había intentado jugar a ser un titán, se había caído de su pedestal de mentiras. Era solo otro pobre diablo atrapado en la red de engaños de Lola y su propia ambición desmedida.

—Sí, René, puede que tengas razón. Pero en este mundo, la verdad siempre tiene un precio. Y parece que hoy te toca pagarlo.

Los agentes tomaron a René, aún sollozando, y lo llevaron hacia una de las patrullas que los esperaba en el puerto. Moreau hizo una señal a sus hombres para que lo subieran a la parte trasera del coche.

El puerto quedó en silencio, roto solo por el suave murmullo de las olas y las luces lejanas del barco de la policía que traía al resto de los implicados. Maldonado encendió un light y, con las manos en los bolsillos, se acercó a Marla. Ambos observaron cómo las luces del horizonte se desvanecían.

—¿Cómo estás?

—Viva, que ya es algo.

—Supongo que sí. ¿Un trago?

Marla lo miró por un momento, y aunque sus labios se curvaron en una ligera sonrisa, sus ojos mostraban el cansancio de la noche. Todo había cambiado desde que llegaron a Cannes, pero de alguna manera, él había logrado mantener su esencia. Siempre lo hacía.

—¿Y Guzmán? ¿Qué pasará con el guion? —preguntó ella en voz baja, mientras miraba a lo lejos, hacia el barco.

Maldonado se encogió de hombros.

—No importa, Marla. A nadie le importará dentro de unos años. El guion es solo otro trozo de papel manchado de palabras y sangre. Ahora está en manos de la policía... y puede que en las de Dupont, antes de que termine la noche. Pero, si te soy sincero, lo que realmente importa, es que seguimos vivos para contarlo.

La secretaria asintió, resignada, y, con un suspiro, se metió en el coche, dejando que el cansancio la venciera por un momento. El expolicía se quedó un instante más, observando cómo el barco de la policía llegaba al puerto con el resto de los culpables. Se llevó el light a los labios una última vez antes de tirarlo al suelo y aplastarlo con el pie.

—Vámonos de aquí. Ya hemos tenido suficiente de esta ciudad de estrellados.

Subió al coche, encendió el motor del MX-5, y juntos se alejaron del puerto, dejando atrás los secretos, las traiciones y un rastro de sombras que siempre los seguiría, aunque las luces de Cannes se desvanecieran en el retrovisor. Era hora de regresar a Madrid. Era hora de volver a casa.

48

Día 4.

Sábado.

El aeropuerto de Niza estaba tan lleno de gente como cabría esperar a esas horas de la mañana. Maldonado y Marla caminaban en silencio, mezclándose entre los pasajeros apurados que arrastraban maletas y buscaban sus puertas de embarque. Para ellos, el bullicio del aeropuerto era un simple telón de fondo, una distracción insignificante después de todo lo que habían pasado. El vuelo a Madrid los esperaba, pero antes de llegar a la cola de embarque, algo llamó la atención de Maldonado.

En el pequeño quiosco de periódicos, uno de los titulares le devolvió una mirada que lo detuvo en seco: «UN CRIMEN DE PELÍCULA», decía el enorme titular en francés, y debajo, en letras más pequeñas, se leía: «El director Paco Guzmán jamás imaginó que esta historia de drama, suspense y crímenes superaría la ficción de su propio guion».

Maldonado cogió un ejemplar y hojeó las primeras páginas hasta llegar a la fotografía en la portada. Lola Miraflores estaba allí, en el centro de la imagen, con ese aire de estrella trágica que siempre había llevado consigo. A su lado, Dupont, más sombrío que nunca, y un poco apartada, en una esquina de la foto, la figura abatida de René Lacoste.

El detective estiró el semblante. El titular y la foto le decían todo lo que necesitaba saber. Lola Miraflores, la femme fatale de manual. Una mujer que había jugado con fuego, escalando tan rápido y tan alto que las llamas la alcanzaron antes de que pudiera darse cuenta. Miró la imagen por unos segundos, recordando cada una de las mentiras que había tejido. «¿Lo había hecho por amor, por venganza o simplemente por ambición?», se preguntó. Era difícil de decir. Lola había sido muchas cosas, pero, sobre todo, había sido un enigma. Un cohete que ascendía rápidamente y que se consumía en el mismo vuelo.

Pobre mujer, pensó. Tal vez había creído que podía usar el amor como moneda, intercambiar su belleza por poder. Quizás pensó que con Paco Guzmán a su lado podría destruir a quienes la menospreciaban, derribar a los magnates de la industria y, finalmente, reinar.

«Pero había apuntado demasiado alto», se dijo el sabueso.

«¿Es que no aprendió de los guiones que estudiaba?», se preguntó, al reconocer que las historias, como esa, nunca tenían un final feliz.

«Tal vez ese sea el problema, que creyera que la ficción poco se parece a la realidad, y no al revés».

La pobre pensaba que podía tumbar a un pez gordo como Dupont, como si alguien acostumbrado a aplastar cualquier sombra que le amenazara fuera a dejarse arrastrar por una actriz en busca de poder. Lola, con todo su encanto, había creído que podía jugar a su nivel. Pero el juego era más grande de lo que ella había imaginado.

—¿Qué sucede? —preguntó Marla, acercándose para mirar el periódico.

Él sacudió la cabeza, cerrando el periódico y soltando un pequeño suspiro.

—Nada, solo la confirmación de lo que ya sabíamos —respondió, dejando el diario sobre el mostrador, antes de dirigirse hacia la fila de embarque.

Pero no podía dejar de pensar en el tercer rostro de esa fotografía: René Lacoste. La traición de René era más profunda, más personal. Había sido una rata traidora, no cabía duda.

«Enterraste tu carrera, tu reputación, por un guion que nunca debiste tocar. Te jugaste todo por demostrar que tenías razón... y ahora mírate, esposado como un criminal más».

René había destruido todo lo que alguna vez fue. Y aunque intentó jugarse el todo por el todo, al final no hizo más que hundirse en el barro. Maldonado lo había visto demasiadas veces en otros hombres: tipos que se creían audaces, que pensaban que podían vencer al sistema, a la corrupción, a los peces gordos. Pero el sistema siempre tenía la última palabra.

—René nunca tuvo oportunidad —murmuró para sí, mientras la cola avanzaba lentamente. Podía respetar el atrevimiento de René, su valentía en arriesgarlo todo, pero eso no lo hacía menos culpable. Lacoste, en el fondo, había sido otro tonto más, atrapado en el juego de espejos y puñaladas que él mismo ayudó a construir.

El detective miró a su acompañante, quien lo observaba en silencio, como si pudiera leer sus pensamientos. A pesar de todo, el caso estaba cerrado. Habían completado el trabajo, aunque eso significara enfrentarse a nuevos desafíos en Madrid. Tan solo esperaba que fueran más aburridos.

Por otro lado, con su llegada, debía reunirse con Salinas, y eso le provocaba una pereza abismal. El abogado de la familia Guzmán esperaba respuestas y argumentos por los gastos añadidos, pero Maldonado no tenía ninguna gana de dar explicaciones detalladas. ¿Qué iba a decir? Que todos eran unos miserables y que el guion maldito de Guzmán no había sido más que la excusa perfecta para que cada uno revelara sus verdaderos colores. La muerte de Guzmán ya estaba en los titulares, y sabía que todo terminaría siendo un circo mediático. No había justicia en eso. Solo titulares vendiendo tragedias.

Pero la realidad era otra. A lo lejos, el recuerdo de lo que René Lacoste le había dicho seguía dándole vueltas en la cabeza: «Míralo de frente, Maldonado. Podrías mirar hacia otro lado, pero te arrepentirás toda la vida si lo haces. La verdad sobre la muerte de Guzmán merece ser revelada».

Maldonado pensó en aquellas palabras mientras avanzaban hacia la zona de seguridad. René, con todo su patetismo, había tenido razón en una cosa: la verdad a veces duele y es más difícil de llevar que la mentira. Y eso era lo que le contaría a Salinas, aunque la familia tuviera que tragar con el dolor. Guzmán se había puesto hasta arriba de sustancias que no le hacían ningún bien, sustancias que provocaron su caída y su repentina muerte. Jamás conocería los detalles de sus intenciones, pero sospechó que estarían relacionadas con la presión, con la consciencia de que estaba solo y con la sensación de que, antes de que amaneciera, sería traicionado. «Todo por una historia y un montón de papeles». En cuanto a ese iluso idiota francés, ¿había sido consciente René de que hablaba con su propio delator esa noche? Quizá no. Tal vez, en el fondo de su retorcida mente, había creído que aún podría salir airoso, se dijo.

«Otro idiota vacilando al destino».

Un pensamiento absurdo.

«Jodido tarado».

Cuando pasaron por el control de seguridad, el detective echó un último vistazo al pequeño aeropuerto de Niza, a la luz brillante de la mañana que comenzaba a inundar el lugar. El color del cielo era hermoso, pero no a través de sus ojos. Estaba agotado, física y mentalmente. Para él, ya era hora de volver a casa. Madrid esperaba, con sus lugares familiares y su ritmo cotidiano. Con sus tabernas de barrio, sus guisos de plato hondo y sus cervezas bien tiradas. Con Berlanga, Ledrado, los encargos de poca monta y la chusma de los bares a altas horas de la madrugada. Sin embargo, prefería todo aquello antes de la seducción de la industria del cine. Porque Madrid, siendo Madrid, ya tenía su encanto.

Mientras se acercaban a la puerta de embarque, Marla le lanzó una mirada inquisitiva.

—¿En qué piensas?

Maldonado la miró, esbozando una leve sonrisa, y dio un largo suspiro.

—En que siempre es mejor llegar a casa con el trabajo hecho, incluso si es un trabajo sucio.

49

Había pasado una semana desde la tormenta en Cannes, pero para él, la ciudad seguía siendo un recuerdo que pesaba como una piedra en el bolsillo. Javier Salinas, el abogado de la familia Guzmán, había pagado bien por el caso, más de lo que el detective había acordado en un principio. Es cierto que algunos gastos se habían disparado, pero la compensación fue desmedida. Y aunque el dinero no limpiaba la sangre ni las traiciones, no lo rechazó. Un buen fajo de billetes siempre ayudaba a respirar más fácil, al menos por un tiempo.

El sol de la mañana brillaba sobre Madrid, iluminando la Gran Vía como si intentara borrar los recuerdos de los días anteriores. El bullicio habitual de la ciudad lo rodeaba como una banda sonora que nunca cambiaba. Madrid, siempre en movimiento, siempre viva, aunque por dentro todo fuera distinto.

Salió de la relojería donde Berlanga había dejado su reloj para que lo repararan. Ahora, el viejo reloj de pulsera lucía como nuevo en su muñeca.

«El tiempo es lo único que nos recuerda que no hay modo de retroceder, ni de volver atrás», se dijo al comprobar que las agujas funcionaban perfectamente bajo la esfera.

Caminó entre la multitud con un light entre los labios, disfrutando de una agradable mañana en la capital, donde la gente seguía con sus vidas, ajenos a lo que había ocurrido en Cannes. Los escaparates de las tiendas, los carteles de películas y el bullicio de los transeúntes eran un contraste total con el caos que había dejado en la Riviera francesa.

Antes de llegar al despacho, Maldonado hizo una parada rápida en el Starbucks de la esquina, la franquicia de café a la que aún no se acostumbraba del todo. Sin embargo, no lo hacía por él, sino por su compañera. El aroma del café llenaba el aire, y aunque prefería los bares de siempre, esa mañana necesitaba un poco de intimidad en su escritorio. La chica de detrás del mostrador ya lo conocía y le entregó la bolsa de papel con una sonrisa mecánica. Maldonado pagó, cogió la bolsa y salió, en dirección a la oficina. Mientras subía en el ascensor, sacó un sobre con dinero y lo deslizó dentro de la bolsa de papel que contenía los cafés. Aquello era para Marla, como una pequeña muestra de agradecimiento. No necesitaba decirle lo que ambos sabían: sin ella, no habría salido de ese desastre con la cabeza sobre los hombros.

El ascensor se detuvo con un leve chirrido y las puertas se abrieron. Maldonado salió, recorrió el pasillo, empujó la manivela con la mano libre y empujó la puerta del despacho con el pie. Marla ya estaba allí, sentada detrás de su escritorio, concentrada en las facturas de final de mes. Al notar su presencia, levantó la vista y le lanzó una sonrisa suave, de esas que dejaban claro que, al menos por unas horas, el día sería tranquilo.

—Buenos días, Javier —dijo.

—¿Tan pronto por aquí? Espero que no sea por trabajo.

Él dejó la bolsa de Starbucks sobre el escritorio de la secretaria y caminó hacia su despacho sin decir nada.

—Gracias por el café, jefe —dijo ella, sacando su vaso de cartón de la bolsa. Con un vistazo rápido, vio el sobre y levantó una ceja, sonriendo con picardía.

—El café es tuyo. Lo demás también. Haz algo de provecho con ello —respondió, antes de que comenzaran los agradecimientos y las buenas palabras. No había lugar para sentimentalismos, aunque su tono era más cálido de lo habitual. Ella sonrió, sabiendo que eso era todo lo que esperaba de ella.

El detective se dirigió a su escritorio. Se sentó frente a la pila de papeles, recogió el calendario que llevaba meses mirándolo con el desdén de un condenado, y arrancó la hoja de marzo.

«Abril. En fin».

Arrancar esa hoja fue casi catártico. El mes más largo que había conocido, formaba ya parte del pasado.

A modo de celebración, abrió el cajón del escritorio y sacó una pequeña botella de coñac. Echó un generoso chorro en su café y, con el vaso de cartón en la mano, caminó hasta la ventana.

Desde allí, tenía una vista clara de la Gran Vía y de la plaza de Callao. El gran cartel del Cine Callao anunciaba la película ganadora de Cannes, con letras grandes y brillantes. Pero lo que llamó su atención fue el póster en la cartelera: Lola Miraflores, inmortalizada como la protagonista que siempre había soñado ser, radiante, hermosa, y completamente fuera de su alcance.

Observó la imagen con una mezcla de asombro y resignación. Lola Miraflores había logrado su escalada estelar, a pesar de todo.

«¿Amor, venganza o pura ambición?», se preguntó, una vez más. Quizás una combinación de las tres, pero concluyó que jamás lo sabría. La impaciencia la superó cuando quiso ser más rápida que las agujas del reloj, a pesar de que apuntaba a algo imposible.

Con su carajillo improvisado en vaso de cartón, no pudo evitar una última reflexión.

—En esta vida, lo que es bueno, nos acaba matando... a todos.

¿Conoces a Rojo? Descubre la historia detrás del inspector de policía...

Año 1992. Una llamada invernal arrastra al inspector Rojo a un caso que podría ser su perdición.
Jamás debió descolgar el teléfono...

En las sombras de Cartagena, el inspector se adentra en la investigación de una joven desaparecida, solo para descubrir que esta es la superficie de un abismo de corrupción, tráfico de influencias, y trata de personas, todo envuelto en un tejido político descompuesto.

Con su carrera y principios en la balanza, Rojo se enfrenta a una disyuntiva mortal: salvar a una desconocida o salvarse a sí mismo.

Su tenacidad por defender las causas perdidas lo coloca en un peligro inminente...
...amenazando no solo su vida sino también la de su familia.

La desaparición de la joven será la entrada a una profunda madriguera...

¿Podrá Rojo resolver el caso antes de terminar atrapado en las redes del peligro?

Lo que Rojo aún no sabe es que su decisión lo sumergirá en un infierno del que tal vez no pueda escapar...
HAZTE CON TU COPIA AHORA

—·—

Si aún no lo has hecho, descubre esto...

La envidia puede matar...

Esta apasionante novela negra está disponible GRATIS por tiempo limitado.

Gabriel Caballero está en apuros: un asesino anda suelto en la Costa Blanca.

La rectora de la Universidad de Alicante ha muerto de un extraño modo. Las evidencias apuntan a un homicidio y a su mejor amigo. Tras negar lo que parece evidente, Caballero tendrá que averiguar la verdad para demostrar su inocencia: **su vida y carrera periodística dependen de ello.**

¿Logrará resolver el crimen antes de que sea tarde?

Suscríbete de manera gratuita a mi lista de lectores exclusiva y consigue esta novela hoy.

DESCARGA GRATIS CABALLERO

O si estás leyendo en Kindle o papel y lo prefieres... usa el código QR en tu teléfono para acceder el libro gratis.

Sobre el autor

Pablo Poveda (Elche, 1989) es escritor, profesor y periodista. Autor de otras obras como las series Caballero, Maldonado, Rojo o Don. Vivió en Polonia durante cuatro años, después seis en Madrid y actualmente reside en el Levante español, donde escribe todas las mañanas. Cree en el jazz, el rock, la cultura sin ataduras y en la simplicidad de las cosas.

Autor finalista del Premio Literario Amazon 2018 y 2020 con las novelas El Doble y El Misterio de la Familia Fonseca.

Autor destacado 2022 en Amazon España.

Si te ha gustado este libro, te agradecería que dejaras un comentario en Amazon. Las reseñas mantienen vivas las novelas.

Contacto: pablo@elescritorfantasma.com
Página web: elescritorfantasma.com
Facebook: facebook.com/elescritorfant
Grupo Privado de lectores: elescritorfantasma.com/grupofb

Otros libros de Pablo Poveda
Serie Gabriel Caballero

Caballero

La Isla del Silencio

La Maldición del Cangrejo

La Noche del Fuego

Los Crímenes del Misteri

Medianoche en Lisboa

El Doble

La Idea del Millón

La Dama del Museo

Los Cuatro Sellos

El Último Adiós

Muerte en el Mediterráneo

El arte del engaño

La playa de los muertos

El último baile

Un secreto bajo tierra

Pack Trilogía 1-3 (Caballero, La Isla del Silencio, La Maldición del Cangrejo)

Pack Trilogía 4-6 (La Noche del Fuego, Los Crímenes del Misteri, Medianoche en Lisboa)

Pack Trilogía 7-9 (El Doble, La Idea del Millón, La Dama del Museo)

Pack Trilogía 10-12 (Los Cuatro Sellos, El Último Adiós, Muerte en el Mediterráneo)

Serie Don

Odio

Don

Miedo

Furia

Silencio

Rescate

Invisible

Origen

Pack Trilogía 1-3 (Odio, Don, Miedo)

Pack Trilogía 4-6 (Furia, Silencio, Rescate)

Pack SERIE COMPLETA (8 libros)

Serie Dana Laine

Falsa Identidad

Asalto Internacional

Matar o Morir

Fuego Cruzado

Pack Trilogía 1-3 (Falsa Identidad, Asalto Internacional, Matar o Morir)

Serie Rojo

Rojo

Traición

Venganza

Desparecido

Secuestrada

El trabajo del Diablo

El juego del Diablo

El laberinto del Diablo

Sombra en la costa

Pack Rojo 1-3 (Rojo, Traición, Venganza)

Serie Javier Maldonado (Detective Privado)

Una Mentira Letal

Una Apuesta Mortal

Un Crimen Brillante

El Caso del Tarot

Una Amistad Peligrosa

El asesinato del casino

El crimen de Atocha

Muerte en Las Vegas

Asesinato en Cannes

Pack novelas 1-3

Pack novelas 4-6

Trilogía El Profesor

El Profesor

El Aprendiz

El Maestro

Pack Trilogía Completa El Profesor (El Profesor, El Aprendiz, El Maestro)

Serie Lepoldo Bonavista

El misterio de la familia Fonseca

El misterio de la máscara de porcelana

Otros:

El secreto de la señora Avignon

¿Quién mató a Laura Coves?

Perseguido

Motel Malibu

Sangre de Pepperoni

La Chica de las canciones

El Círculo

Printed in Dunstable, United Kingdom